暨南大学本科教材资助项目

（“一带一路”与粤港澳大湾区特色教材资助项目）

华文教育专业规划教材

中国古代文学经典导读

刘玉红 编著

暨南大學出版社
JINAN UNIVERSITY PRESS

中国·广州

图书在版编目（CIP）数据

中国古代文学经典导读／刘玉红编著．—广州：暨南大学出版社，2022.6
华文教育专业规划教材
ISBN 978-7-5668-3362-4

Ⅰ.①中… Ⅱ.①刘… Ⅲ.①中国文学—古典文学研究—华文教育—教材 Ⅳ.①I206.2

中国版本图书馆 CIP 数据核字（2022）第 002025 号

中国古代文学经典导读
ZHONGGUO GUDAI WENXUE JINGDIAN DAODU
编著者：刘玉红

出 版 人： 张晋升
策划编辑： 杜小陆
责任编辑： 刘宇韬
责任校对： 林 琼 陈皓琳
责任印制： 周一丹 郑玉婷

出版发行： 暨南大学出版社（511443）
电　　话： 总编室（8620）37332601
营销部（8620）37332680 37332681 37332682 37332683
传　　真：（8620）37332660（办公室） 37332684（营销部）
网　　址： http://www.jnupress.com
排　　版： 广州良弓广告有限公司
印　　刷： 佛山市浩文彩色印刷有限公司
开　　本： 787mm×960mm 1/16
印　　张： 17.5
字　　数： 340 千
版　　次： 2022 年 6 月第 1 版
印　　次： 2022 年 6 月第 1 次
定　　价： 53.80 元

编写说明

华文教育专业是近年来随着海外华文教育发展的日渐蓬勃而兴起的一个新专业。2005年，暨南大学率先开设了华文教育专业，面向海外招生，目的在于培养并输出具备华文教育的基本知识和专业技能，具有较强的汉语应用能力，熟悉中国文化，且能从事华文教育、学校教学管理、汉语应用等方面工作的应用型人才。

暨南大学的“中国古代文学导读”是针对华文教育专业本科汉语基础较好的A班、B班和学前教育班的外招生所开设的专业选修课，属于文学文化知识群。本课程旨在帮助学生了解中国古代文学发展的基本概况，解读中国古代重要作家的代表作品，感知其魅力，培养学生对中国古代文学作品初步分析鉴赏的能力，激发学生对中华传统文化的兴趣，为学生毕业后所从事的华文教育或与之相关的工作打下坚实的基础。

由于华文教育专业的学生多来自东南亚国家的华裔家庭，其中A班、B班及学前教育班的学生在来中国之前都接受过一定程度的华文教育，语言障碍较少，有的甚至没有语言障碍，且从父辈、祖辈那里接受过一些中华文化的熏陶，对中国传统文化有一定的感情基础。他们对中国古代文学虽了解有限，但兴趣浓厚，学习该课程往往动力十足。作为外招生，他们对中国古代文学的学习能力虽不及汉语母语者，但明显高于普通留学生。虽然如此，面向中国国内本科生的同类教材却不适合他们，一是教学内容难度过大，二是内容过多，三是不利于把握教学方法。尽管近年来出版了少数针对留学生的中国古代文学教材，但适合程度仍然有限，原因有二：一是学时有限，内容太少；二是针对性不强。一般学校对外汉语专业外招生“中国古代文学”课程开设时间都仅为1学期，而暨南大学的华文教育专业该课程开设时间为4个学期；此外，对外汉语专业外招生包括世界各地的留学生，他们多为与我们文化背景不同的其他民族，因此，为了照顾文化差异带来的种种学习上的困难，为他们编写的中国古代文学教材都极其简单，明显不适合暨南大学华文教育专业的学生。基于这种情况，根据暨南大学华文教育专业外招生的特殊背景，配合相应的课程设置，为他们量身打造一本《中国古代文学经典导读》教材已然是当务之急。作为长期承担该课程教学任务的教师，笔者于2014年便开始着手编写这本教材，在几经试用的基础上反复修改，如今总算初步成形。

本教材以中国文学发展的历史为序，一共分为四编：第一编为先秦两汉魏晋南北朝文学，选取多位作家的几十篇作品；第二编为唐诗，选取10位诗人的21首诗作；第三编为唐宋词，选取8位词人的18首词作；第四编为中国古代四大名著，于四大名著中分别选取一到两部分精彩片段。

篇目选择是以满足华文教育专业的教学实际需要为出发点，适合水平较高的华文教育专业外招生的需求。因此，既不能像对待国内生一样求全，也不能像对待完全没有传统文化基础的普通留学生一样浅尝辄止，而要根据学生情况适度把握。

教材每一课除原文之外，又辅以简单扼要的“解题”“注释”“译文”“导读”“名句欣赏”以及“练习”等。力求做到线索清晰，实用性强，真正帮助学生更加有效地学习，让他们通过对这些重要作家的代表作品的学习，感知到中国古代文学作品的魅力，具备对中国古代文学作品初步分析鉴赏的能力，从而为学生毕业后所从事的华文教育或与之相关的工作打下坚实的基础。

由于教材面对汉语水平不同等级的两类学生，因此，针对A班学生基础较好的现实情况，为了避免他们“吃不饱”，每篇课文的后面又增加了“拓展阅读”部分，为他们提供一个课外自学的文本，同时也为教师教学时根据学生情况对教学内容进行灵活增减提供方便。此外，在课后练习的编排上，同样为了照顾A班、B班学生不同的汉语程度，特意设计了三种不同题型，其中选择题和判断题较为简单，多为对课文所学知识的巩固，而综合题则灵活一些，难度也较大一些。

本教材的编写原则是：其一，简明扼要。课程教学内容多，但教学课时很有限。因此，本着求精不求多的原则，在浩如烟海的作家作品中，笔者筛选出最具代表性的作家作品。不求全面，只求在量和质的方面有一个很好的把握。考虑到外招生的特殊情况，为了解决他们对该课程的畏难情绪，笔者以简明扼要的方式将精练的内容加以编排。其二，注重实用性。课文的编排不追求形式上的新颖别致，而是从学生的学习方便出发，按年代先后顺序排列，便于学生在学习过程中形成一个清晰的线索。其三，注重针对性。针对华文教育专业的学生在文化背景及汉语基础等诸多方面的特殊性，在篇目选择及练习设计上注重中华文化传播，有意向地引导学生学以致用，尝试以多种方式演绎经典作品。

目录

001 编写说明

001 第一编 先秦两汉魏晋南北朝文学

003 第一课 文学的起源——原始歌谣与古代神话
003 选 文
007 练 习
008 拓展阅读
010 第二课 《诗经》
010 选 文
015 练 习
016 拓展阅读
020 第三课 《左传》
020 选 文
026 练 习
027 拓展阅读
034 第四课 《论语》
034 选 文
039 练 习
040 拓展阅读
043 第五课 《庄子》
043 选 文
046 练 习
047 拓展阅读
048 第六课 寓言故事
048 选 文
053 练 习
054 拓展阅读

060 第七课 屈原与楚辞
060 选 文
063 练 习
064 第八课 《史记》
064 选 文
070 练 习
071 拓展阅读
072 第九课 汉乐府民歌
072 选 文
087 练 习
088 拓展阅读
089 第十课 曹操《短歌行》
089 选 文
092 练 习
093 拓展阅读
095 第十一课 陶渊明
095 选 文
100 练 习
102 拓展阅读
103 第十二课 南北朝民歌
103 选 文
112 练 习
114 拓展阅读

116 第二编 唐 诗

118 第一课 王 勃
118 选 文
120 练 习

121　拓展阅读
123　**第二课　李　白**
123　选　文
126　练　习
127　拓展阅读
132　**第三课　杜　甫**
132　选　文
134　练　习
135　拓展阅读
138　**第四课　王　维**
138　选　文
140　练　习
141　拓展阅读
144　**第五课　孟浩然**
144　选　文
146　练　习
147　拓展阅读
149　**第六课　白居易**
149　选　文
159　练　习
160　拓展阅读
164　**第七课　李商隐**
164　选　文
166　练　习
167　拓展阅读
170　**第八课　杜　牧**
170　选　文
171　练　习
172　拓展阅读

177 第三编 唐宋词

178 第一课 温庭筠
178 选 文
180 练 习
180 拓展阅读
182 第二课 李 煜
182 选 文
184 练 习
185 拓展阅读
187 第三课 晏 殊
187 选 文
189 练 习
189 拓展阅读
191 第四课 欧阳修
191 选 文
193 练 习
194 拓展阅读
196 第五课 柳 永
196 选 文
198 练 习
199 拓展阅读
202 第六课 苏 轼
202 选 文
205 练 习
205 拓展阅读
210 第七课 李清照
210 选 文
211 练 习

212 拓展阅读
217 **第八课 辛弃疾**
217 选 文
219 练 习
220 拓展阅读

223 第四编 中国古代四大名著

224 **第一课 《三国演义》**
224 选 文
230 练 习
232 **第二课 《西游记》**
232 选 文
245 练 习
246 **第三课 《水浒传》**
246 选 文
257 练 习
259 **第四课 《红楼梦》**
259 选 文
269 练 习

第一编
先秦两汉魏晋南北朝文学

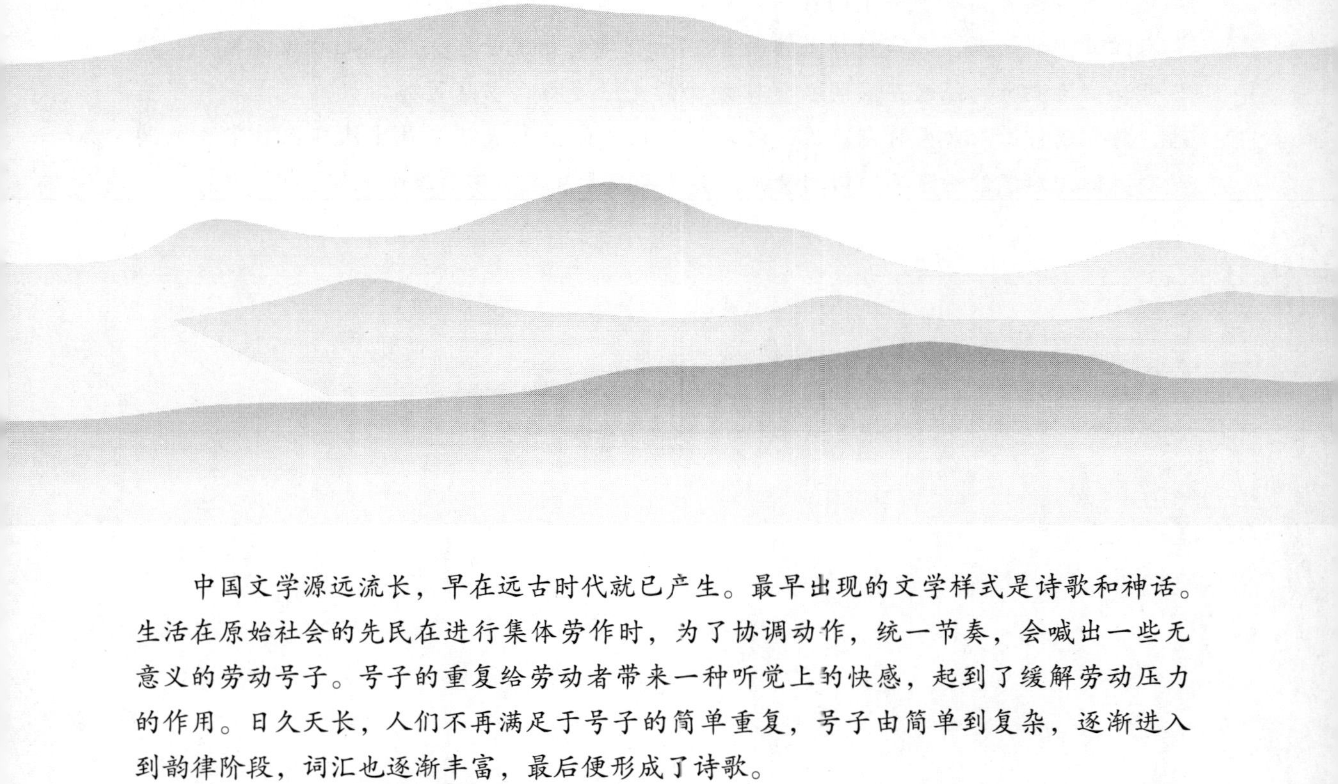

中国文学源远流长，早在远古时代就已产生。最早出现的文学样式是诗歌和神话。生活在原始社会的先民在进行集体劳作时，为了协调动作，统一节奏，会喊出一些无意义的劳动号子。号子的重复给劳动者带来一种听觉上的快感，起到了缓解劳动压力的作用。日久天长，人们不再满足于号子的简单重复，号子由简单到复杂，逐渐进入到韵律阶段，词汇也逐渐丰富，最后便形成了诗歌。

此外，面对纷繁复杂的自然现象和社会现象，先民们由于缺乏科学的认识，只好充分展开其丰富的想象力，以想象的方式创造了一个个故事，试图对这些自然现象和社会现象进行解释，于是，《盘古开天辟地》《女娲补天》《后羿射日》等充满浪漫主义色彩的神话诞生了。

随着社会的发展，在西周初年到春秋中叶（公元前 11 世纪至公元前 7 世纪）的 500 多年中，中国古代诗歌取得了卓越成就，出现了第一部诗歌总集《诗经》。《诗经》收录了 305 首诗，形式以四言为主。200 年之后，随着中国第一位伟大诗人屈原的出现，诗坛上又兴起了一种新的诗体——楚辞。《诗经》中的“国风”和以《离骚》为代表的楚辞，号称“风骚”，分别开创了中国文学现实主义和浪漫主义的诗歌先河，成为中国古代诗歌的光辉典范。

汉魏六朝，封建统治者为“观风俗，知得失”，特于朝廷设置掌管音乐的机构——乐府，这就为诗坛带来了一种新的诗体——乐府诗。乐府诗以强烈的现实主义精神见长，形式多为五言，风格刚健清新。其中的《陌上桑》《孔雀东南飞》《木兰诗》等，都是中国古代长篇叙事诗中的瑰宝。在乐府诗的发展过程中，五言、七言的句式日渐引人注目，到汉末，五言诗体基本成熟。七言诗则稍晚一些，晋宋之际数量增加，唐代开始广泛流行。经过齐梁间在声律方面的充分准备，初唐近体诗开始定型。到了盛唐，诗歌创作进入鼎盛时期。唐代之前诗歌创作的最高成就者是生活在东晋末年的陶渊明，他开启了影响深远的田园诗派，其作品在千载之后仍然深受人们喜爱。

第一课
文学的起源——原始歌谣与古代神话

选　文

一　原始歌谣

【导言】

中国文学起源于劳动，我们的祖先在劳动中创造了文学。中国文学的最早形式是诗歌和神话。中国古代流传下来的原始歌谣反映了我们远古人民的劳动生活。

弹(1)歌

（《吴越春秋》）

断竹，续竹；
飞土(2)，逐宍(3)。

【解题】

狩（shòu）猎，是原始社会时期先民们的一种重要谋生方式。由于当时生产力水平低下，狩猎的手段极为落后。随着社会的不断发展，生产工具慢慢地有了改进。新发明的弹弓，既可以射鸟，又可以射兽，表明当时的生产力水平有所提高。

［注释］

（1）弹（dàn）：弹弓。
（2）飞土：指将泥制的弹丸射出。
（3）逐宍（ròu）：猎手们追捕被击伤的鸟兽之类的猎物。宍，“肉”的古体字，这里指野兽。

［译文］

砍断竹子，再把它们接起来，制作成打猎的工具弹弓；
把弹丸弹射出去，追捕野兽。

［简析］

《弹歌》选自东汉赵晔（yè）编写的《吴越春秋》。这是一首远古民歌，相传为黄帝时期的作品，反映了原始社会的狩猎生活。这首民歌用精练的语言概括了从制作工具到打猎的全过程，表现了劳动人民的聪明才智，以及与自然斗争的豪迈气概。

“断竹，续竹”，是歌咏弹弓的生产制作过程。即先将竹竿截断，然后用弦将截断的竹竿的两端连接起来。这样，一副弹弓便制作完成了。虽然简单、粗糙，却象征了社会文明的进步，表现了劳动人民的聪明才智。

有了弹弓，一场狩猎活动随即展开：“飞土，逐肉”，一颗颗弹丸从弹弓中飞射而出，击中了一只只猎物，人们欢快地追逐着，满载而归。

这首民歌语言简短质朴，节奏明快，韵律和谐，反映了原始时代先民们的狩猎生活。

二　古代神话

［导言］

在远古时期的中华大地上，在社会生产力以及科技文化水平极其低下的情况下，我们的先民们凭借他们丰富的想象力，创造了一个又一个极富浪漫主义色彩的故事，试图通过这些故事来解释他们眼中所见的自然现象和社会现象，给我们留下了一篇篇光辉灿烂的神话传说。

盘古开天辟地

（《三五历纪》）

天地浑沌如鸡子(1)，盘古生其中。万八千岁，天地开辟，阳清为天，阴浊为地(2)。盘古在其中，一日九变，神于天，圣于地。天日高一丈，地日厚一丈，盘古日长一丈。如此万八千岁，天数极高，地数极深，盘古极长，后乃有三皇(3)。

［解题］

盘古开天辟地的故事最早见于三国时期吴国徐整所著的《三五历纪》。人类生活在世界上，这世界是怎么产生的呢？关于世界的产生，每种文明都有各自不同的说法。在中华文明中，有这么一位神，名叫盘古，又称盘古氏、混沌（hùn dùn）氏，他是中国古代神话传说中开天辟地创造人类世界的始祖。

［注释］

（1）鸡子：鸡蛋。

（2）阳清为天，阴浊为地：阳指天，阴指地。轻而清的东西（上升）变成了天，重而浊的东西（下沉）变成了地。

（3）三皇：天皇、地皇、人皇，中国古代传说中的三个帝王，通常是指燧（suì）人、伏羲（xī）和神农。

［译文］

世界开辟以前，天和地浑浑沌沌地聚成一团，像个鸡蛋一样，盘古就生在其中。

过了一万八千年，天和地分离了，轻而清的阳气上升为天，重而浊的阴气下沉为地。盘古在天地之间，一天中有多次变化，比天、地都要神圣。天每日升高一丈，地每日增厚一丈，盘古也每日长大一丈，这样又过了一万八千年。天升得非常高，地沉得非常深，盘古长得非常高大。天地开辟了以后，才出现了世间的天皇、地皇和人皇。

女娲(1)造人

（《风俗通义》）

俗说天地开辟，未有人民。女娲抟(2)黄土作人，剧务(3)，力不暇供(4)，乃引绳絙(5)于泥中，举以为人。故富贵者，黄土人也；贫贱者，絙人也。

【解题】

女娲抟土造人的故事最早见于《山海经》。关于人类的产生，与创世一样，每种文明的说法也不尽相同。在中国古代神话传说中，有一位造人的神——女娲。女娲抟土造人的故事不仅解释了人类的来历，还解释了人类为什么生来就有贵贱之分。

【注释】

（1）女娲（wā）：中国古代神话中的女神，传说是人面蛇身，创造了人类。
（2）抟（tuán）：把东西捏弄成球形。
（3）剧务：工作繁重。
（4）力不暇（xiá）供：没有多余的力量来供应需要。暇，闲暇，空闲。
（5）絙（gēng）：粗绳子。

【译文】

民间传说，天地开辟之初，大地上并没有人类。女娲用黄土捏成团造人，她工作繁重，又忙又累，竭尽全力仍然满足不了需要，于是她就把绳子投入泥浆中，举起一甩，泥浆洒落在地上，就变成了一个个的人。所以后人说，富贵的人是女娲亲手用黄土捏制的，而贫贱的人则是女娲用绳沾泥浆甩出来的。

练　习

一、不定项选择题

1．中国最早出现的文学样式是（　　）。

A．小说　　B．诗歌　　C．神话　　D．散文

2．中国古代神话的主题丰富多彩，包括（　　）等。

A．创世神话　　B．解释自然现象

C．反映人与自然斗争　　D．解释社会现象

3．《盘古开天辟地》的主题属于（　　）。

A．创世神话　　B．解释自然现象

C．反映人与自然斗争　　D．解释社会现象

4．《后羿射日》的主题属于（　　）。

A．创世神话　　B．解释自然现象

C．反映人与自然斗争　　D．解释社会现象

二、判断题

（　　）1．《弹歌》是中国古代最早的诗歌之一。

（　　）2．神话是我们的祖先凭空想象出来的，与现实社会毫无关系。

（　　）3．《女娲造人》不仅解释了人类的来历，还顺带解释了人类为什么生来就有贵贱之分。

三、综合题

1．想一想，原始歌谣为什么没有作者？

2．关于世界是怎么产生的这一问题，你国家的说法与中国的有什么不同？

3．谈一谈你的国家关于人类起源的传说。

拓展阅读

夸父逐日

（《山海经》）

夸父与日逐走[1]，入日[2]；渴，欲得饮，饮于河、渭[3]；河、渭不足，北饮大泽[4]。未至，道渴而死。弃[5]其杖，化为邓林[6]。

【解题】

这一神话故事出自《山海经·海外北经》。相传夸父是黄帝时代夸父族的首领，关于他逐日的动机有很多说法，有人说他是中国农业科学家的鼻祖，逐日是为了弄清太阳一年四季对农作物的影响；有人说他是“盗火英雄”，逐日是为了给人类采撷（xié）火种，使大地获得光明和温暖；还有人说夸父逐日实际上是中华民族历史上的一次自东向西的部族迁徙，是一次以失败而告终的探险。

【注释】

（1）逐走：竞跑，赛跑。逐，竞争；走，跑。

（2）入日：追赶到太阳落下的地方。

（3）河、渭：即黄河、渭水。

（4）北饮大泽：去北方喝大湖的水。大泽，大湖。传说此湖纵横千里，在雁门山北。北，方位名词用作状语，向北方，向北面。

（5）弃：遗弃。

（6）邓林：桃林，地名，今在大别山附近河南、湖北、安徽三省交界处。

【译文】

夸父与太阳竞跑，一直追赶到太阳落下的地方；他感到口渴，想要喝水，就到黄河、渭水去喝水。黄河、渭水的水不够，夸父就去北方喝大湖的水。还没赶到大湖，半路就渴死了。夸父抛弃手杖，手杖化成了桃林。

后羿射日

（《楚辞章句》）

尧时十日并(1)出，草木焦枯，尧命(2)羿射十日，中(3)其九日，日中九乌皆死，堕(4)其羽翼，故(5)留其一日也。

【解题】

后羿（yì）射日，又称“羿射九日”，出自《楚辞章句》。是一篇反映上古人类与自然灾害斗争的神话传说。后羿是帝尧的射师，相传其射箭技艺非常高超。

【注释】

（1）并：一起。
（2）命：命令。
（3）中：射中。
（4）堕（duò）：掉下。
（5）故：故意。

【译文】

尧统治的时候，有十个太阳一起出来，花草树木都枯死了。于是尧就派后羿射十日，射掉九个太阳，太阳里的九只鸟都死了，它们的羽翼都掉了，故意留下它一个太阳。

第二课　《诗经》

选　文

【导言】

《诗经》是中国最早的一部诗歌总集。收集了公元前11世纪至前6世纪的诗歌305首，反映了西周初年到春秋中叶约五百年间的社会生活。

《诗经》相传为孔子编订。最初称为“诗”或“诗三百”，西汉时被尊为儒家经典，才称为《诗经》。《诗经》按音乐分为“风”“雅”“颂”三大类。“风”，又称“国风”，是周代各地人民口头创作的歌谣，包括《周南》《召南》《卫风》等十五个地区的乐歌；“雅”是周人的正声雅乐，分为《小雅》和《大雅》，多为贵族作品；“颂”是周王室和贵族宗庙祭祀的乐歌，分为《周颂》《鲁颂》和《商颂》。

《诗经》的表现手法为赋、比、兴，是中国现实主义文学的光辉起点，其内容丰富，反映了周代社会生活的方方面面，包括劳动与爱情、战争与徭役、压迫与反抗、风俗与婚姻、祭祖与宴会，甚至天象、地貌、动物、植物等，是反映周代社会生活的一面镜子。

关雎

（《诗经·国风·周南》）

关关雎鸠(1)，在河之洲(2)。窈窕淑女(3)，君子好逑(4)。
参差荇菜(5)，左右流之(6)。窈窕淑女，寤寐求之(7)。
求之不得，寤寐思服(8)。悠哉悠哉(9)，辗转反侧(10)。
参差荇菜，左右采之。窈窕淑女，琴瑟友之(11)。
参差荇菜，左右芼之(12)。窈窕淑女，钟鼓乐之(13)。

【解题】

《关雎》是《诗经·周南》中的第一篇，这是描写一位小伙子思恋与追求心中“淑女”的一首爱情诗，可谓“千古爱情第一首”。“雎”是指一种水鸟，“关”是其叫声。

【注释】

（1）雎鸠（jū jiū）：一种水鸟。关关，象声词，是雌雄雎鸠相互应和的叫声。

（2）洲：水中的陆地。

（3）窈窕（yǎo tiǎo）淑女：贤良美好的女子。窈窕，身材体态美好的样子。窈，深邃，喻女子心灵美；窕，幽美，喻女子仪表美。淑，好，善良。

（4）好逑（hǎo qiú）：好的配偶。逑，配偶。

（5）参差（cēn cī）：长短不齐的样子。荇（xìng）菜，一种可以食用的水草。

（6）左右流之：时而向左、时而向右地择取荇菜。流，摘取。

（7）寤寐（wù mèi）：醒和睡。寤，醒。寐，睡。

（8）思服：思念。

（9）悠哉（yōu zāi）悠哉：悠，长。哉，语气助词。这句是说思念绵绵不断。

（10）辗转反侧：翻来覆去睡不着觉。

（11）琴瑟友之：弹琴鼓瑟来亲近她。琴、瑟，都是弦乐器。友，用作动词，此处有亲近之意。这句说，用琴瑟来亲近“淑女”。

（12）芼（mào）：拔取。

（13）钟鼓乐之：钟鼓，古代乐器，这里是指用钟鼓奏乐来使她快乐。乐，动词的使动用法，使……快乐。

【译文】

在那河中的小沙洲上，一对雎鸠鸟相互鸣叫唱和。美丽娴静的姑娘，是男子心中的理想配偶。

参差不齐的荇菜，忽左忽右地采摘。美丽娴静的姑娘，小伙子日夜都想追求你。
追求不到，他日夜都在思念。绵绵不尽的思念，翻来覆去难入眠。
参差不齐的荇菜，忽左忽右地采摘。美丽娴静的姑娘，小伙子弹着琴瑟来亲近你。
参差不齐的荇菜，忽左忽右地采摘。美丽娴静的姑娘，小伙子敲钟打鼓来取悦你。

［简析］

这是一首爱情诗，写一个小伙子对一位美貌贤淑的姑娘的追求，他追求不到时心里苦恼，翻来覆去睡不着觉；追求成功之后就很开心，叫人奏起音乐来庆贺，并以此让姑娘快乐。

《关雎》采用了“兴”的表现手法，以物起兴，含蓄地表达了青年求爱的过程。语言上采用了双声叠韵、联绵词，增强了诗歌的节奏感和音乐美。彰显了古代诗歌淳朴自然的风格特点。

［名句欣赏］

关关雎鸠，在河之洲。窈窕淑女，君子好逑。沙洲上成双成对的雎鸠相互鸣叫，这幸福温馨的画面一下子激发了主人公想要求偶的念头。鸟尚如此，人何以堪？起兴自然巧妙，引人入胜。

蒹葭(1)

（《诗经·秦风》）

蒹葭苍苍(2)，白露为霜。所谓伊人(3)，在水一方。
溯洄从之(4)，道阻(5)且长。溯游从之(6)，宛在水中央(7)。
蒹葭萋萋(8)，白露未晞(9)。所谓伊人，在水之湄(10)。
溯洄从之，道阻且跻(11)。溯游从之，宛在水中坻(12)。
蒹葭采采(13)，白露未已(14)。所谓伊人，在水之涘(15)。
溯洄从之，道阻且右(16)。溯游从之，宛在水中沚(17)。

【解题】

《蒹葭》出自《诗经·国风·秦风》，是2 500年前产生在秦地的一首民歌。蒹葭，是一种植物，即芦苇。这是秋天清晨一位小伙子眺望“在水一方”的“伊人”住所而吟唱的情歌。

【注释】

（1）蒹葭（jiān jiā）：芦苇。

（2）苍苍：茂盛的样子。

（3）伊人：这个人或那个人。指主人公所思念、追寻的人。

（4）溯（sù）洄（huí）从之：逆流而上去寻找她。溯洄，逆流而上。从，追，追求。

（5）阻：险阻，难走。

（6）溯游从之：顺流而下去寻找她。溯游，顺流而下。

（7）宛在水中央：（那个人）仿佛在河的中间。宛，仿佛，好像。

（8）萋萋：茂盛的样子。

（9）晞（xī）：干。

（10）湄（méi）：水和草交接的地方，指岸边。

（11）跻（jī）：登，上升。

（12）坻（chí）：水中的小洲或高地。

（13）采采：茂盛鲜明的样子。

（14）已：止，这里的意思是干、变干。

（15）涘（sì）：水边。

（16）右：向右拐弯，这里是（道路）弯曲的意思。

（17）沚（zhǐ）：水中的小块陆地。

［译文］

芦苇茂密水边长，深秋白露凝成霜。
我思念的那个人，就在河水那一方。
逆流而上去追寻，道路崎岖又漫长。
顺流而下去追寻，仿佛就在水中央。
芦苇茂盛水边长，太阳初升露未干。
我思念的那个人，就在河的那岸边。
逆流而上去追寻，道路险峻难攀登。
顺流而下去追寻，仿佛就在沙洲间。
芦苇茂密水边长，太阳初升露珠滴。
我思念的那个人，就在河岸那一边。
逆流而上去追寻，道路弯曲难走通。
顺流而下去追寻，仿佛就在沙洲边。

［简析］

这是一首恋歌，以隐喻的方式表达了作者对美好爱情的执着追求，以及因所追求的心上人可望而不可即最后陷入烦恼的惆怅心情。其精神是可贵的，感情是真挚的，但结果却是渺茫的。

［名句欣赏］

所谓伊人，在水一方。所爱的那位“伊人”，她在河水的彼岸，主人公与她之间始终有一条河水阻隔着，令人对之可望而不可即。其实不单爱情，凡世间一切因受阻而难以达到的种种追求，都可以在这句诗中找到情感共鸣。

［附录］

现代流行歌曲：

在水一方

琼瑶

绿草苍苍，白雾茫茫，
有位佳人，在水一方。
绿草萋萋，白雾迷离，
有位佳人，靠水而居。
我愿逆流而上，依偎在她身旁。
无奈前有险滩，道路又远又长。
我愿顺流而下，找寻她的方向。
却见依稀仿佛，她在水的中央。
我愿逆流而上，与她轻言细语。
无奈前有险滩，道路曲折无已。
我愿顺流而下，找寻她的足迹。
却见仿佛依稀，她在水中伫立。
绿草苍苍，白雾茫茫，
有位佳人，在水一方。

练　习

一、单项选择题

1.《关雎》中的雎鸠鸟象征着（　　）。

A. 情侣　　B. 淑女　　C. 君子　　D. 小孩

2.《蒹葭》是一首单相思的歌，其感情基调是（　　）。

A. 欢快愉悦　　B. 悲伤痛苦　　C. 平静淡定　　D. 感伤惆怅

3.《诗经》中成就最高的是（　　）。

A. 风　　B. 雅　　C. 颂

二、判断题

（　　）1.《诗经》中的诗歌都是以爱情为主题的。

（　　）2.《诗经》是中国最早的一部文学作品集。

（　　）3.《诗经》是中国古代现实主义诗歌的光辉典范。

（　　）4.《诗经》之所以被称为“诗三百”，是因为它刚好选了300首诗。

三、综合题

1.《关雎》所描写的爱情与我们传统观念中古代“男女授受不亲”的爱情有何不同？想一想其原因何在。

2. 你认为《蒹葭》所写的爱情故事的结局怎么样？用现代汉语把《蒹葭》改写成一个完整的爱情故事。

3. 背诵《关雎》第一章和《蒹葭》第一章。

4. 通过查阅资料了解《诗经》在你国家的传播情况。

拓展阅读

木　瓜(1)

（《诗经·国风·卫风》）

投我以木瓜，报之以琼琚(2)。匪报也，永以为好也(3)！
投我以木桃(4)，报之以琼瑶。匪报也，永以为好也！
投我以木李(5)，报之以琼玖。匪报也，永以为好也！

［解题］

《木瓜》出自《诗经·国风·卫风》，是先秦时期产生在卫国的一首描述朋友之情的民歌，通过赠答表达深厚情意，也是现今传诵最广的《诗经》名篇之一。

［注释］

（1）木瓜：落叶灌木，果似小瓜。古代有以瓜果之类送给朋友作为信物的风俗。

（2）投我以木瓜，报之以琼琚（qióng jū）：你将木瓜送给我，我回报你珍贵的佩玉。投，投掷，此作赠送，给予。报，报答。琼琚，佩玉名，古代的饰物。后边“琼玖（jiǔ）”“琼瑶（yáo）”同此。

（3）匪（fěi）报也，永以为好也：并不是为了回报，而是表示永远相爱。匪，同“非”，不是。好，爱。

（4）木桃：果名，味酸涩，比木瓜小。

（5）木李：果名，又叫木梨。

［译文］

你将木瓜送给我，我拿琼琚作回报。不单为了答谢你，珍重情意永相好！
你将木桃送给我，我拿琼瑶作回报。不单为了答谢你，珍重情意永相好！
你将木李送给我，我拿琼玖作回报。不单为了答谢你，珍重情意永相好！

硕　鼠[1]

（《诗经·国风·魏风》）

硕鼠硕鼠，无食我黍[2]！三岁贯女[3]，莫我肯顾。
逝将去女[4]，适彼乐土。乐土乐土，爰[5]得我所[6]。
硕鼠硕鼠，无食我麦！三岁贯女，莫我肯德[7]。
逝将去女，适彼乐国[8]。乐国乐国，爰得我直[9]？

硕鼠硕鼠，无食我苗！三岁贯女，莫我肯劳(10)。
逝将去女，适彼乐郊。乐郊乐郊，谁之(11)永号(12)？

［解题］

《硕鼠》出自《诗经·国风·魏风》，是产生在魏国的一首批判统治阶级的民歌。硕鼠指田鼠，比一般的老鼠大，头像兔子，尾长有毛，青色。善于叫，能像人一样直立。硕鼠到处都有，住在土洞、树洞中，爱吃粟和豆子，是田中之害。诗中用它来比喻贪得无厌的剥削统治阶级。

［注释］

（1）硕鼠：大老鼠，一种专吃谷物的大田鼠。这里用来比喻贪得无厌的剥削统治阶级。

（2）无食我黍：不要吃我的黍子。无，不要。黍，一种粮食作物，也叫黄米。

（3）三岁贯女（rǔ）：侍奉你多年。三岁，多年。三，非实数，泛指多次。贯，借作“宦”，侍奉。女，通“汝”，你，这里是指统治者。

（4）逝将去女：发誓定要摆脱你。逝，通“誓”，发誓。去，离开，摆脱。

（5）爰（yuán）：乃，于是。

（6）所：处所。

（7）德：施加恩惠。

（8）国：域，即地方。

（9）直：职，处所。

（10）劳：慰劳。

（11）之：其，表示诘问语气。

（12）永号：长叹。号，呼喊。

［译文］

大田鼠呀大田鼠，不要吃我种的黍！多年辛勤侍奉你，你却对我不照顾。发誓定要摆脱你，去那乐土有幸福。乐土啊乐土，才是我的好去处！

大田鼠呀大田鼠，不要吃我种的麦！多年辛勤侍奉你，你却对我不优待。发誓定要摆脱你，去那乐国有仁爱。乐国啊乐国，才是我的好所在！

大田鼠呀大田鼠，不要吃我种的苗！多年辛勤侍奉你，你却对我不慰劳！发誓定要摆脱你，去那乐郊有欢笑。乐郊啊乐郊，谁还悲叹长呼号！

第三课 《左传》

选 文

【导言】

《左传》，全称《春秋左氏传》，原名《左氏春秋》，相传是春秋末年鲁国史官左丘明为《春秋》做注解的一部史书，与《公羊传》《谷梁传》合称“春秋三传”。它是中国第一部叙事详细的编年体史书，共三十五卷，是儒家经典之一，所记为从鲁隐公元年（公元前722）至鲁哀公二十七年（公元前468）的历史。

郑伯克段于鄢

（《左传》）

初[(1)]，郑武公[(2)]娶于申[(3)]，曰武姜[(4)]，生庄公及共叔段[(5)]。庄公寤生[(6)]，惊[(7)]姜氏，故名曰寤生，遂恶之[(8)]。爱共叔段，欲立之。亟[(9)]请于武公，公弗许。

及庄公即位，为之请制[(10)]。公曰：“制，岩邑[(11)]也，虢叔死焉[(12)]。佗邑唯命[(13)]。”请京[(14)]，使居之，谓之京城大叔[(15)]。

祭仲[(16)]曰：“都城过百雉[(17)]，国之害也。先王之制：大都不过参国之一[(18)]，中五之一[(19)]，小九之一[(20)]。今京不度[(21)]，非制也[(22)]，君将不堪[(23)]。”公曰：“姜氏欲之，焉辟害[(24)]？”对曰：“姜氏何厌之有[(25)]！不如早为之所[(26)]，无使滋蔓[(27)]，蔓难图[(28)]也。蔓草犹不可除，况君之宠弟乎！”公曰：“多行不义，必自毙[(29)]，子姑[(30)]待之。”

既而大叔命西鄙北鄙贰于己[(31)]。公子吕[(32)]曰：“国不堪贰，君将若之何[(33)]？欲与大叔[(34)]，臣请事之[(35)]；若弗与，则请除之。无生民心[(36)]。”公曰：“无庸[(37)]，将自及[(38)]。”

大叔又收贰以为己邑[(39)]，至于廪延[(40)]。子封曰：“可矣，厚将得众[(41)]。”公曰：

“不义，不暱，厚将崩[42]。”

大叔完聚[43]，缮甲兵[44]，具卒乘[45]，将袭郑。夫人将启之[46]。公闻其期，曰：“可矣!”命子封帅车二百乘[47]以伐京。京叛大叔段，段入于鄢，公伐诸鄢[48]。五月辛丑[40]，大叔出奔共[50]。

书曰：“郑伯克段于鄢。”段不弟[51]，故不言弟；如二君，故曰克[52]；称郑伯，讥失教也[53]；谓之郑志[54]。不言出奔，难之也[55]。

遂寘[56]姜氏于城颍，而誓之[57]曰：“不及黄泉，无相见也。”既而悔之。

颍考叔[58]为颍谷封人[59]，闻之，有献[60]于公。公赐之食，食舍肉。公问之，对曰：“小人有母，皆尝小人之食矣，未尝君之羹[61]，请以遗之[62]。”公曰：“尔有母遗，繄我独无[63]!”颍考叔曰：“敢问何谓也?”公语之故[64]，且告之悔。对曰：“君何患焉[65]? 若阙[66]地及泉，隧而相见[67]，其谁曰不然[68]?”公从之。公入而赋[69]：“大隧之中，其乐也融融[70]!”姜出而赋：“大隧之外，其乐也泄泄[71]。”遂为母子如初。

君子曰：“颍考叔，纯孝也，爱其母，施及庄公[72]。《诗》曰：‘孝子不匮，永锡尔类[73]。’其是之谓乎[74]!”

【解题】

春秋时期，周王室逐渐衰落，各诸侯国之间开始了互相兼并的战争，同时各国内部统治者之间争权夺势的斗争也加剧起来。为了争夺王位，骨肉至亲往往成为殊死仇敌。《郑伯克段于鄢》记载了发生在郑国国君庄公和其弟共叔段之间的争夺王位的故事。隐公元年（公元前772），郑庄公之弟共叔段与其母勾结，谋划夺取哥哥郑庄公的君位，庄公发现后，采取欲擒故纵的手段，故意放纵共叔段，令他得寸进尺，愈加骄横，最后在鄢地一举将之消灭，使他不得不“出奔”。

“郑伯克段于鄢”这句话含义深刻，作者称郑伯而不称兄，其目的在于讽刺郑伯对自己的弟弟纵欲养恶而没有尽到兄长应当教育弟弟的责任。作为弟弟，段却与自己的兄长争权，也没有恪守弟弟的本分，所以也不称弟。郑伯与段之间的这场兄弟相争就像两个国君相战，所以称克。文章不是简单地区分善恶，而是对兄弟俩都进行了客观的批判。

［注释］

（1）初：当初。

（2）郑武公：春秋时期郑国第二代君主，郑桓公的儿子。

（3）娶于申：从申国娶妻。申，春秋时国名，姜姓，在今河南省南阳市北。

（4）武姜：郑武公之妻，“姜”是其娘家的姓，“武”是其丈夫武公的谥号。

（5）共（gōng）叔段：郑庄公的弟弟，名段。他在兄弟之中排行在末，因此称“叔段”。

（6）寤（wù）生：胎儿的脚先生出来，是难产的一种。寤，通“牾”，逆，倒着。

（7）惊：使动用法，使姜氏受惊。

（8）遂恶（wù）之：因此厌恶他。遂，因而。恶，厌恶。

（9）亟（qì）：屡次。

（10）制：地名，在今河南省荥（xíng）阳县西北。

（11）岩邑（yì）：险要的城镇。岩，险要。邑，人群聚居的地方。

（12）虢（guó）叔死焉：东虢国的国君死在那里。虢，指东虢，古国名，为郑国所灭。焉，介词兼指示代词，相当于“于是”“于此”。

（13）佗邑唯命：别的地方，听从您的命令。佗，同“他”，指示代词，别的，另外的。唯命，只听从您的命令。

（14）京：地名，在今河南省荥阳县东南。

（15）谓之京城大（tài）叔：京地百姓称共叔段为京城太叔。大，同“太”。

（16）祭（zhài）仲：郑国的大夫。

（17）都城过百雉（zhì）：都邑的城墙超过了300丈。都，《左传·庄公二十八年》“凡邑有宗庙先君之主曰都。”指等级次于国都而高于一般邑的城市。雉，古代城墙长一丈，宽一丈，高一丈为一堵，三堵为一雉，即长三丈。

（18）大都不过参（sān）国之一：大城邑的城墙不超过国都城墙的三分之一，参，同“三”。

（19）中五之一：中等城邑城墙不超过国都城墙的五分之一。“五分国之一”的省略。

（20）小九之一：小城邑的城墙不超过国都城墙的九分之一。“九分国之一”的省略。

（21）不度：不合法度。

（22）非制也：不符合先王定下的制度。

（23）不堪：受不了，这里是控制不住的意思。

（24）焉辟害：哪里能逃避祸害。辟，同“避”。

（25）何厌之有：有何厌。有什么满足。宾语前置。何：疑问代词作宾语定语。之：代词，复指前置宾语。

（26）为之所：给他安排个地方，双宾语，这里意思是重新安排。

（27）无使滋蔓（zī màn）：不要让他滋长蔓延。

（28）图：除掉。

（29）多行不义，必自毙：多做不义的事，必定自己垮台。毙，本义为倒下去、垮台，汉以后才有“死”义。

（30）姑：姑且，暂且。

（31）命西鄙（bǐ）北鄙贰于已：命令原属于庄公的西部和北部的边境城邑同时也臣属于自己。鄙：边境上的城邑。贰：两属，意思是同时分属两方。

（32）公子吕：郑国大夫。

（33）若之何：固定结构，怎么办？意思是怎么处理这件事。之，指“大叔命西鄙北鄙贰于己”这件事。

（34）欲与大（tài）叔：如果想把国家交给共叔段。与，给予。

（35）臣请事之：那么我请求去侍奉他。事，动词，侍奉。

（36）生民心：使动，使民生二心。

（37）无庸：不用。

（38）自及：自及于祸，意思是自取灭亡。

（39）收贰以为已：把贰属的地方收为自己的领邑。贰，指原来两属的西鄙北鄙。以为，“以之为”的省略。

（40）廪（lǐn）延：地名，在今河南省延津县北。

（41）厚将得众：势力雄厚，就能得到更多的百姓。众，指百姓。

（42）不义，不暱（nì），厚将崩：共叔段对君不义，百姓就对他不亲，势力再雄厚，也将要崩溃。暱：同昵（异体），亲近。

（43）完聚：修治（城郭），聚集（百姓）。完，修葺（qì）。

（44）缮甲兵：修整作战用的铠甲和兵器。缮，修理。甲，铠甲。兵，兵器。

（45）具卒乘（shèng）：准备步兵和战车。具，准备。卒，步兵。乘，指四匹马拉的战车。

（46）夫人将启之：武姜将要为共叔段作内应。夫人，指武姜。启之，给段开启城门，即作内应。启，为动用法，为之开启。

（47）帅车二百乘：率领二百辆战车。帅，率领。古代每辆战车配备披甲的士兵三人，步兵七十二人。二百乘，包括共甲士六百人，步兵一万四千四百人。

（48）公伐诸鄢：庄公攻打共叔段在鄢。诸，之于，兼词。

（49）辛丑：干支纪日。辛丑日即二十三日。天干：甲乙丙丁戊己庚辛壬癸。地支：子丑寅卯辰巳（sì）午未申酉戌（xū）亥。二者相配，用来纪日，汉以后也用来纪年。

（50）出奔共：出逃到共国（避难）。奔，逃亡。

（51）不弟：不遵守做弟弟的本分。

（52）如二君，故曰克：兄弟俩就像两个国君一样争斗，所以用“克”字；克，战胜。

（53）称郑伯，讥失教也：称庄公为“郑伯”，是讥讽他对弟弟失教。讥，讽刺。失教，没有尽到教导弟弟之责。

（54）谓之郑志：赶走共叔段是出于郑庄公的本意。志，意愿。

（55）不言出奔，难之也：不写共叔段自动出奔，是史官下笔有为难之处。

（56）寘：同“置”。放置，放逐。

（57）誓之：对她发誓。

（58）颍考叔：郑国大夫，掌管颍谷（今河南登封西）。

（59）封人：管理边界的地方长官。封，聚土培植树木。古代国境以树（沟）为界，故为边界标志。

（60）有献：有进献的东西。献，作宾语，名词。

（61）羹（gēng）：带汁的肉。

（62）遗（wèi）之：赠送给她。遗，赠给。

（63）繄（yī）我独无：我却单单没有啊！繄，句首语气助词，无实际意思。

（64）故：缘故，原因。

（65）何患焉（yān）：您在这件事上忧虑什么呢？焉，于之。

（66）阙（juè）：通“掘”，挖。

（67）隧（suì）而相见：挖个地道，在那里见面。隧，隧道，这里名词用作动词，指挖隧道。

（68）其谁曰不然：那谁能说不是这样（不是跟誓词相合）呢？其，语气助词，加强反问的语气。然，代词，代庄公对姜氏发的誓言。

（69）赋：赋诗。

（70）大隧（suì）之中，其乐也融融：走进隧道里，欢乐真无比。融融，形容安和愉快的样子。

（71）大隧之外，其乐也洩洩（yì）：走出隧道外，心情多欢快。洩洩，同融融。

（72）施及庄公：施，延及。推广到庄公。

（73）孝子不匮（kuì），永锡尔类：孝子不停地推行孝道，永远能感化你的同类。匮，尽。锡，通“赐”，给予。

（74）其是之谓乎：其，大概，表推测语气。之，结构助词，助词宾语前置。

［译文］

从前，郑武公在申国娶了妻子，叫武姜，她生下庄公和共叔段。庄公出生时脚先出来，武姜受到惊吓，因此给他取名叫“寤生”，很厌恶他。武姜偏爱共叔段，想立共叔段为世子，多次向武公请求，武公都不答应。

到庄公即位的时候，武姜就替共叔段请求分封到制邑去。庄公说：“制邑是个险要的地方，从前虢叔就死在那里，如果其他城邑，我都可以听从您的命令。”武姜便请求封给共叔京邑，庄公答应了，让他住在那里，称他为京城太叔。

大夫祭仲说：“分封的都城如果城墙超过三百方丈长，那就会成为国家的祸害。先王的制度规定，国内最大的城邑不得超过国都的三分之一，中等的不得超过它的五分之一，小的不得超过它的九分之一。京邑的城墙不合法度，非法制所许，恐怕对您有所不利。”庄公说：“姜氏想要这样，我怎能躲开这种祸害呢？”祭仲回答说：“姜氏哪有满足的时候！不如及早处置，别让祸根滋长蔓延，一旦滋长蔓延就难办了。蔓延开来的野草还不能铲除干净，何况是您受宠爱的弟弟呢？”庄公说：“不义的事做多了，必定会自己垮台，你姑且等着瞧吧。”

过了不久，太叔段使原来只属于郑国西边和北边的边邑在向郑称臣的同时也臣服于自己。公子吕说：“国家不能有两个国君，现在您打算怎么办？您如果打算把郑国交给太叔，那么我就去服侍他；如果不给，那么就请除掉他，不要使百姓们产生疑虑。”庄公说：“不必除掉他，他自己会遭到灾祸的。”

太叔又把两属的边邑收为自己统辖的地方，一直扩展到廪延。公子吕说：“可以行动了！土地扩大了，他将得到老百姓的拥护。”庄公说：“对君主不义，对兄长不亲，土地虽然扩大了，他也会垮台的。”

太叔修治城郭，聚集百姓，修整盔甲武器，准备好兵马战车，打算偷袭郑国。武姜准备为他开城门作内应。庄公打听到公叔段偷袭的时间，说：“可以出击了！”命令子封率领车二百乘，去讨伐京邑。京邑的人民背叛共叔段，共叔段于是逃到鄢城。庄公又追到鄢城去讨伐他。五月二十三日，太叔段逃到共国。

《春秋》记载道：“郑伯克段于鄢。”意思是说共叔段不遵守做弟弟的本分，所以不说他是庄公的弟弟；兄弟俩如同两个国君一样争斗，所以用“克”字；称庄公为“郑伯”，是讥讽他对弟弟失教；赶走共叔段是出于郑庄公的本意，不写共叔段自动出奔，是史官下笔有为难之处。

庄公就把武姜安置在城颍，并且发誓说：“不到黄泉（不到死后下葬），不再见面！”过了些时候，庄公又后悔了。有个叫颍考叔的，是颍谷管理疆界的官吏，听说了这件事，就献贡品给郑庄公。庄公赐给他饭食。颍考叔在吃饭的时候，把肉留着。庄公问他为什么这样。颍考叔答道：“小人有个老娘，我吃的东西她都尝过，只是从未尝过君王的肉羹，请让我带回去送给她吃。”庄公说：“你有个老娘可以孝敬，唉，唯独我就没有！”颍考叔说：“请问您这是什么意思？”庄公把原因告诉了他，还告诉他自己后悔了。颍考叔答道：“您有什么担心的！只要挖一条地道，挖出了泉水，在地道中相见，谁还能说您违背了誓言呢？”庄公依了他的话。庄公走进地道去见武姜，赋诗道：“大隧之中相见啊，多么和乐相得啊！”武姜走出地道，赋诗道：“大隧之外相见啊，多么舒畅快乐啊！”从此，他们恢复了从前的母子关系。

君子说：“颍考叔是位真正的孝子，他不仅孝顺自己的母亲，而且把这种孝心推广到郑伯身上。《诗经·大雅·既醉》说：‘孝子不断地推行孝道，永远能感化你的同类。’大概就是对颍考叔这类真正的孝子而说的吧？”

练　习

一、不定项选择题

1.《郑伯克段于鄢》选自（　　）。

A.《论语》　　B.《庄子》　　C.《孟子》　　D.《左传》

2.《左传》又叫（　　）。

A.《春秋左氏传》　B.《左氏春秋》　C.《公羊传》　D.《谷梁传》

3.“春秋三传”是指三部解释《春秋》的史书，它们是（　　）。

A.《 谷梁传》　B.《左传》　C.《战国策》　D.《 公羊传》

二、判断题

（　　）1.《郑伯克段于鄢》记叙了春秋时期郑国姜氏、郑庄公和共叔段母子兄弟之间的斗争，反映了郑国统治集团内部尖锐激烈的矛盾冲突。

（　　）2. 姜氏因庄公寤生而恶之，偏爱幼子共叔段，武公在位时，多次请求“立之”；庄公即位后，又帮助、支持共叔段扩大地盘和壮大反叛势力，并打算做共叔段反叛的内应。

（　　）3. 郑庄公对其弟共叔段的骄纵贪婪采取观望放纵态度，不批评，更不制止，共叔段因此而加紧了反叛的步伐，郑庄公最终在鄢一举彻底击败了他。

（　　）4. 颍考叔很孝顺自己的母亲，当他得知郑庄公对自己不及黄泉与母亲“无相见”的誓言后悔的消息后，采取了挖隧道的方式，使郑庄公母子相见，并恢复了母子关系。

三、综合题

1. 郑庄公和共叔段之间的矛盾是怎样形成的?

2. 郑庄公和共叔段之间的斗争结果如何?

3. 你怎样看待郑庄公与姜氏最后的“母子如初”?

4. 分析郑庄公的性格特征。

拓展阅读

冯谖客[(1)]孟尝君

（《战国策・齐策四》）

齐人有冯谖者，贫乏不能自存[(2)]，使人属[(3)]孟尝君，愿寄食门下[(4)]。孟尝君曰：

“客何好?”曰:“客无好也。”曰:“客何能?”曰:“客无能也。”孟尝君笑而受之曰:“诺。”

左右以君贱[5]之也,食[6]以草具[7]。居有顷[8],倚柱弹其剑,歌曰:“长铗[9]归来乎!食无鱼。”左右以告。孟尝君曰:“食之,比[10]门下之客。”居有顷,复弹其铗,歌曰:“长铗归来乎!出无车。”左右皆笑之,以告。孟尝君曰:“为之驾[11],比门下之车客。”于是乘其车,揭[12]其剑,过[13]其友曰:“孟尝君客我[14]。”后有顷,复弹其剑铗,歌曰:“长铗归来乎!无以为家[15]。”左右皆恶[16]之,以为贪而不知足。孟尝君问:“冯公有亲乎?”对曰,“有老母。”孟尝君使人给[17]其食用,无使乏。于是冯谖不复歌。

后孟尝君出记[18],问门下诸客:“谁习[19]计会[20],能为文收责[21]于薛者乎?”冯谖署[22]曰:“能。”孟尝君怪之,曰:“此谁也?”左右曰:“乃歌夫长铗归来者也。”孟尝君笑曰:“客果有能也,吾负之,未尝见也。”请而见之,谢[23]曰:“文倦于事[24],愦于忧[25],而性懧愚[26],沉[27]于国家之事,开罪于先生。先生不羞,乃有意欲为收责于薛乎?”冯谖曰:“愿之。”于是约车治装[28],载券契[29]而行,辞曰:“责毕收,以何市而反?”孟尝君曰:“视吾家所寡有[30]者。”

驱而之[31]薛,使吏召诸民当偿者,悉来合券[32]。券遍合,起,矫命[33],以责赐诸民。因烧其券。民称万岁。

长驱到齐,晨而求见。孟尝君怪其疾也,衣冠而见之,曰:“责毕收乎?来何疾[34]也!”曰:“收毕矣。”“以何市而反?”冯谖曰;“君之‘视吾家所寡有者’。臣窃计,君宫中积珍宝,狗马实外厩,美人充下陈[35]。君家所寡有者,以义耳!窃以为君市义。”孟尝君曰:“市义奈何?”曰:“今君有区区之薛,不拊爱[36]子其民[37],因而贾利之[38]。臣窃矫君命,以责赐诸民,因烧其券,民称万岁。乃臣所以为君市义也。”孟尝君不说[39],曰:“诺,先生休矣!”

后期年[40],齐王[41]谓孟尝君曰:“寡人不敢以先王之臣为臣。”孟尝君就国[42]于薛,未至百里,民扶老携幼,迎君道中。孟尝君顾谓冯谖:“先生所为文市义者,乃今日见之。”

冯谖曰:“狡兔有三窟[43],仅得免其死耳;今君有一窟,未得高枕而卧也。请为君复凿二窟。”孟尝君予车五十乘[44],金五百斤,西游于梁[45],谓惠王曰:“齐放[46]其大臣孟尝君于诸侯,诸侯先迎之者,富而兵强。”于是梁王虚上位[47],以故相为上将军,遣使者黄金千斤,车百乘,往聘孟尝君。冯谖先驱[48],诫孟尝君曰:“千金,重币[49]也;百乘,显使[50]也。齐其闻之矣。”梁使三反[51],孟尝君固辞[52]不往也。

齐王闻之，君臣恐惧，遣太傅[53]赍[54]黄金千斤、文车[55]二驷[56]，服剑[57]一，封书[58]，谢孟尝君曰："寡人不祥[59]，被于宗庙之祟[60]，沉于谄谀之臣[61]，开罪于君。寡人不足为[62]也；愿君顾先王之宗庙，姑反国统万人乎[63]！"冯谖诫孟尝君曰："愿请先王之祭器，立宗庙于薛。"庙成，还报孟尝君曰："三窟已就，君姑高枕为乐矣。"

孟尝君为相数十年，无纤介[64]之祸者，冯谖之计也。

【解题】

本文选自《战国策·齐策》。冯谖（xuān），齐国游说之士。孟尝君，齐国贵族，曾经为相。好养士，据说有门客三千，与魏国信陵君、楚国春申君和赵国平原君一起被称为"战国四公子"。

这篇文章写的是冯谖在孟尝君门下做食客，为其多方出谋划策，帮助巩固其统治地位的事迹。全文情节迂回曲折，人物性格鲜明生动，通过弹铗而歌、焚券市义、复谋相位、请立宗庙等一系列故事塑造了战国时期一个有胆识、有策略、有远见，又能言善辩的士人形象。

【注释】

（1）客：做门客。
（2）存：生存，生活。
（3）属（zhǔ）：通"嘱"，嘱咐。
（4）寄食门下：在孟尝君门下作食客。
（5）贱：轻视，看不起。
（6）食（sì）：通"饲"，给人吃。
（7）草具：粗劣的饭菜。
（8）居有顷：过了不久。
（9）铗（jiá）：剑。
（10）比：和……一样，等同于。
（11）为之驾：为他配车。
（12）揭：举。

（13）过：拜访。

（14）客我：待我以客，厚待我。即把我当上等门客看待。

（15）无以为家：没有能力养家。

（16）恶（wù）：讨厌。

（17）给（jǐ）：供给。

（18）出记：出了一个文告。记，账册，古代的一种公文。

（19）习：熟悉。

（20）计会（kuài）：会计。

（21）责：同“债”。债的本字。

（22）署：署名，签名。（可见“记”不能作帐册，而当作告示）

（23）谢：道歉。

（24）倦于事：因忙于事务而疲劳不堪。

（25）愦（kuì）于忧：因忧虑太多而心烦意乱。愦，同“溃”，乱。

（26）懧（nuò）愚：懦弱无能。懧，同“懦”。

（27）沉：沉浸，埋头于。

（28）约车治装：准备车马，整理行装。约，缠束，约车即套车。

（29）券契（qì）：债契。债务关系人双方各持一半为凭。古时候契约写在竹简或木简上，分两半，验证时，合起来查对，所以后面有合券之说。

（30）寡有：没有。

（31）驱而之：驱车前往。之，往。

（32）合券：验合债券。

（33）矫命：假托（孟尝君）命令。

（34）疾：迅速。

（35）下陈：堂下，后室。

（36）拊爱：爱抚。拊，同“抚”，抚育，抚慰。

（37）子其民：视民如子。

（38）贾（gǔ）：动词，做买卖。贾利之，做买卖获利。

（39）说：通“悦”，愉快。

（40）后期（jī）年：一周年之后。期年，整整一年。

（41）齐王：齐湣王。《史记·孟尝君列传》：“齐（湣）王惑于秦、楚之毁，以为孟尝君名高其主，而擅齐国之权，遂废孟尝君。”文中所谓“不敢以先王之臣为臣”是托词。

（42）就国：回自己的封地。国，指孟尝君的封地薛。

（43）窟：洞。

（44）乘（shèng）：古代四马一车为一乘，也可泛指车。

（45）梁：大梁，魏的国都。惠王，梁惠王，魏武侯之子。

（46）放：放逐。

（47）虚上位：把上位（宰相之位）空出来。

（48）先驱：驱车在前。

（49）重币：贵重的财物礼品。

（50）显使：地位显要的使臣。

（51）三反：先后多次往返。反，同“返”。

（52）固辞：坚决辞谢。

（53）太傅：官名，为辅佐国君之官。掌管礼法的制定与颁行。

（54）赍（jī）：带着，抱着

（55）文车：装饰华美的车辆。

（56）驷（sì）：四匹马驾的车。（乘不一定是四马，驷一定是四马。）

（57）服剑：佩剑。

（58）封书：写信，古代书信用封泥加印，所以叫封书。

（59）不祥：失察。详，通“详”，审慎。

（60）被（pī）于宗庙之祟：遭受祖宗神灵降下的灾祸。被，通“披”，遭受。

（61）沉于谄谀（chǎn yú）之臣：被阿谀奉承的奸臣所迷惑。

（62）不足为：不值得你看重并辅助。

（63）姑反国统万人乎：姑且回国统领万人吧！姑，姑且。万人，指全国百姓。

（64）纤介：细微。

［译文］

齐国有一人叫冯谖，因为太穷而不能养活自己，他便托人告诉孟尝君，表示愿意在他的门下当食客。孟尝君问：“你有什么特长?”他说：“没有什么特长。”又问：“你有什么本事?”他说：“没有什么本事。”孟尝君听后笑了笑，接受了他，说：

“好吧。”

旁边的人认为孟尝君看不起冯谖，就让他吃粗劣的饭菜。过了一段时间，冯谖靠着柱子弹自己的剑，唱道：“长剑我们回去吧！没有鱼吃。”左右的人把这事告诉了孟尝君。孟尝君说：“让他吃鱼，比照中等门客的生活待遇。”又过了一段时间，冯谖弹他的剑，唱道：“长剑我们回去吧！外出没有车。”左右的人都取笑他，并把这件事告诉孟尝君。孟尝君说：“给他车，比照上等门客的生活待遇。”冯谖于是乘坐他的车，高举着他的剑，去拜访他的朋友，说：“孟尝君待我为上等门客。”此后不久，冯谖又弹他的剑，唱道：“长剑我们回去吧！没有能力养家。”左右的人都开始讨厌冯谖，认为他贪得无厌。孟尝君听说此事后问他：“冯公有亲人吗?”冯谖说：“家中有老母亲。”于是孟尝君派人供给他母亲吃用，使她衣食不缺。于是冯谖不再唱歌。

后来，孟尝君出了一个文告，询问他的门客：“谁熟习会计，可以为我到薛地去收债?”冯谖署了自己的名，并签上一个“能”字。孟尝君见了名字感到很惊奇，问：“这是谁呀?”左右的人说：“就是唱那‘长剑我们回去吧’的人。”孟尝君笑道：“这位客人果真有才能，我亏待了他，还没见过面呢!”他立即派人请冯谖来相见，赔礼道：“我被琐事搞得精疲力竭，被忧虑搅得心烦意乱；加上我懦弱无能，整天埋头在国家大事之中，以致怠慢了您，而您却并不见怪，倒愿意前往薛地去为我收债，是吗?”冯谖回答道：“愿意去。”于是他套好车马，整理行装，带上契约票据动身了。辞行的时候冯谖问：“债收完了，买什么回来?”孟尝君说：“您就看我家里缺什么吧。”

冯谖赶着车到薛，派官吏把该还债务的百姓找来核验契据。核验完毕后，他假托孟尝君的命令，把所有的债款赏赐给了欠债人，并当场把债券烧掉。百姓都高呼“万岁”。

冯谖赶车直奔齐都，清晨就求见孟尝君。冯谖回得如此迅速，孟尝君感到很奇怪，立即穿好衣，戴好帽，去见他，问道：“债都收完了吗? 怎么回得这么快?”冯谖说：“都收了。”“买什么回来了?”孟尝君问。冯谖回答道：“您曾说‘看我家缺什么’，我私下考虑您宫中满是珍珠宝贝，外面马房多的是猎狗、骏马，后庭多的是美女，您家里所缺的只不过是‘仁义’罢了，所以我用债款为您买了‘仁义’。”孟尝君道：“买仁义是怎么回事?”冯谖道：“现在您不过有块小小的薛邑，如果不抚爱百姓，视民如子，而用商贾之道向人民图利，这怎么行呢? 因此我擅自假托您的命令，把债款赏赐给了百姓，顺便烧掉了契据，以至百姓欢呼‘万岁’，这就是我为您买的义啊。”孟尝君听后很不高兴地说：“嗯，先生，算了吧。”

一年之后，齐闵王对孟尝君说：“我可不敢把先王的臣子当作我的臣子。”孟尝君只好回到他的领地薛去。还差百里未到，薛地的人民扶老携幼，都在路旁迎接孟尝君的到来。孟尝君见此情景，回头对冯谖道："您为我买的'义'，今天终于见到了。"

冯谖说："狡猾机灵的兔子有三个洞才能免遭死患，现在您只有一个洞，还不能高枕无忧，请让我再去为您挖两个洞吧。"孟尝君就给了他五十辆车，五百斤黄金。冯谖往西到了魏国，他对惠王说："现在齐国把他的大臣孟尝君放逐到国外去，哪位诸侯先迎住他，就可使自己的国家富庶强盛。"于是惠王把相位空出来，把原来的相国调为上将军，并派使者带着千斤黄金、百辆车子去聘请孟尝君。冯谖先赶车回去，告诫孟尝君说："黄金千斤，这是很重的聘礼了；百辆车子，这算显贵的使臣了。齐国君臣大概听说这事了吧。"魏国的使臣往返了三次，孟尝君坚决推辞不去魏国。

齐王听到这个消息，君臣恐惧，连忙派遣太傅带着黄金千斤、文车二驷、一把佩剑以及封书等物，向孟尝君请罪，"由于我的失察，遭致祖宗降下的灾祸，被阿谀奉承的奸臣所迷惑，得罪了您。我不值得您帮助，但愿您能顾念先王的宗庙，姑且回国统领万人吧！"冯谖劝孟尝君："请趁机索取先王的祭器，在薛地建立宗庙。"等齐国的宗庙在薛地落成后，冯谖向孟尝君报告说："三个洞已经备好，您姑且可以高枕享乐了。"

孟尝君在齐国做相国的几十年里，没有丝毫的灾祸，全仗冯谖的精心谋划。

第四课 《论语》

选 文

【导言】

孔子（公元前551—公元前479），名丘，字仲尼，春秋末期鲁国人，伟大的政治家、思想家和教育家，儒家学派的创始人，被后世尊为“圣人”。孔子的言行思想主要载于语录体散文集《论语》中，它是中国古代文献中的一部巨著，是中华民族优秀的文化遗产，对中国几千年的政治、思想、文化产生了巨大影响。即使在今天，其精华部分依然贯通于中华文化的方方面面。

学而时习之

（《论语·学而》）

子(1)曰：“学而时习(2)之，不亦说乎？有朋自远方来，不亦乐乎？人不知而不愠(3)，不亦君子(4)乎？”

【注释】

(1) 子：先生，中国古代对男子的尊称，这里指孔子。
(2) 时习：时常地复习。时，时常，常常。习，复习，温习。
(3) 愠（yùn）：生气，发怒的样子。
(4) 君子：道德上有修养的人。

【译文】

孔子说："学习并且经常复习，不也是很愉快吗？有志同道合的朋友从远方来，不也是很快乐吗？别人不了解我，而我却不怨恨，不也是道德上有修养的人吗？"

吾日三省吾身

（《论语·学而》）

曾子[(1)]曰："吾日三省[(2)]吾身：为人谋而不忠[(3)]乎？与朋友交而不信[(4)]乎？传[(5)]不习乎？"

【注释】

（1）曾子：曾参，是孔子的得意门生，以孝顺闻名，著有《孝经》。

（2）三省（xǐng）：多次反省。省，反省。

（3）忠：指对人应当尽心竭力。

（4）信：真诚、诚实。

（5）传（chuán）不习：传（动词用作名词），这里指老师传授的知识。习，与"学而时习之"的"习"字一样，指温习、实习等。

【译文】

曾子说："我每天多次反省自己：替别人出谋划策尽心尽力了吗？跟朋友交往真诚相待了吗？老师传授的知识复习了吗？"

温故而知新

（《论语・为政》）

子曰：“温[1]故[2]而知新[3]，可以为师矣。”

【注释】

（1）温：温习。
（2）故：形容词用作名词，这里是指旧的知识。
（3）知新：得到新的体会，通悟新的内容。知，领悟。

【译文】

孔子说：“温习学过的知识，从而得到新的理解与体会，可以凭借这点做别人的老师了。”

学而不思则罔，思而学则殆

（《论语・为政》）

子曰：“学而不思则罔[1]，思而不学则殆[2]。”

【注释】

（1）罔（wǎng）：迷惑，意思是感到迷茫而无所适从。
（2）殆（dài）：危害。

【译文】

孔子说：“只学习而不思考，就会感到迷茫而无所适从；只思考而不学习，就会有危险。”

知之为知之

（《论语·为政》）

子曰：“由[1]，诲[2]女知之乎！知之为知之，不知为不知，是知[3]也。”

【注释】

（1）由：仲由，字子路，孔子的得意门生，以政事见称。
（2）诲（huì）：教导。
（3）知（zhì）：通“智”，智慧，这里指聪明。

【译文】

孔子说：“仲由啊，让我教你对待知与不知的态度吧！知道就是知道，不知道就是不知道，这样的人才是聪明的。”

见贤思齐

（《论语·里仁》）

子曰：“见贤[1]思[2]齐[3]焉，见不贤而内[4]自省也。”

【注释】

（1）贤：德才兼备的人。
（2）思：希望，想。
（3）齐：相同。
（4）内：内心，自己。

【译文】

孔子说："看见德才兼备的人就想要像他一样好；看见不贤德的人就要反省自己，看看自己有没有跟他一样的毛病。"

三人行必有我师

（《论语·述而》）

子曰："三人行，必有我师焉。择其善者[(1)]而从[(2)]之，其不善者而改之。"

【注释】

（1）善者：好的方面。
（2）从：跟从，学习。

【译文】

孔子说："几个人走在一起，在其中必定有值得我去学习的人。选择他们的优点来学习，如果看到自己也有跟他们一样的缺点，就要及时改正。"

岁寒然后知松柏之后凋也

（《论语·子罕》）

子曰："岁寒[(1)]，然后知松柏（bǎi）之[(2)]后凋也。"

【注释】

（1）岁寒：一年中最寒冷的季节，深冬。

（2）之：这里的之用在主谓之间，作用是取消句子的独立性，变成偏正结构，不译或勉强译作“是”。

【译文】

孔子说：“只有在寒冷的冬天，才知道松柏是最后凋谢的。”

练　习

一、不定项选择题

1. 在几千年的中国文化发展史上，对中国人影响最大的思想家是（　　）。

A. 老子　　B. 孔子　　C. 庄子　　D. 孟子

2. 孔子创立的思想学派是（　　）。

A. 儒家　　B. 道家　　C. 法家　　D. 墨家

3. 孔子是伟大的（　　）。

A. 思想家　　B. 诗人　　C. 教育家　　D. 政治家

4. 在孔子看来，人生最快乐的事情是（　　）。

A. 有朋自远方来　　B. 四十而不惑　　C. 温故而知新　　D. 学而时习之

5. 在孔子看来，正确的学习态度应该是（　　）。

A. 温故而知新　　B. 学而时习之

C. 知之为知之，不知为不知　　D. 学而不思则罔，思而不学则殆

6. 在孔子看来，下列算得上是君子的是（　　）。

A. 三十而立　　B. 人不知而不愠　　C. 五十而知天命　　D. 四十而不惑

7. 孔子首创的教育模式是（　　）。

A. 贵族教育　　B. 平民教育　　C. 素质教育　　D. 私塾教育

8. 孔子的弟子约有（　　）人。

A. 2 000　　B. 3 000　　C. 4 000　　D. 5 000

9. 孔子的弟子中贤达者有（　　）。

A. 70　　B. 60　　C. 50　　D. 72

10. 孔子思想的核心是（　　）。

A. 仁者爱人　　B. 忠君爱国　　C. 有教无类　　D. 兼爱非攻

二、判断题

（　　）1. 孔子是儒家学派的创始人，他被誉为“圣人”。

（　　）2. 儒家和道家是中国文化史上影响最大的两种思想体系。

（　　）3. 孔子的儒家思想到汉代才被统治阶级重视。

（　　）4.《论语》的核心思想可用“仁、礼”概括。

（　　）5.《论语》是记录孔子和孟子的言行思想的一部语录体散文集，是儒家思想的代表性著作。

三、综合题

1. 孔子为什么被尊为伟大的教育家？请说一说他在教育方面的贡献。

2. 谈一谈孔子对你国家的影响。

拓展阅读

富贵于我如浮云

（《论语·述而》）

子曰：“饭疏食饮水，曲肱而枕之，乐亦在其中矣。不义而富且贵，于我如浮云。”

［译文］

孔子说：“我整天吃粗粮，喝白水，弯着胳膊做枕头，也自得其乐。用不正当的手段得来的富贵，对我来说就像天上的浮云。”

三十而立

（《论语·为政》）

子曰："吾十有五而志于学，三十而立，四十而不惑，五十而知天命，六十而耳顺，七十而从心所欲，不逾矩。"

［译文］

孔子说："我十五岁开始立志于做学问，三十岁能自立，四十岁遇事能不迷惑，五十岁知道哪些是不能为人力所支配的事情，六十岁能听得进不同的意见，到七十岁做事能够随心所欲，而不会犯规。"

箪食瓢饮

（《论语·雍也》）

子曰："贤哉，回也！一箪食，一瓢饮，在陋巷，人不堪其忧，回也不改其乐。贤哉，回也！"

［译文］

孔子说："颜回的品质是多么高尚啊！一竹篮饭，一瓢水，住在简陋的小巷子里，别人都忍受不了这种穷困清苦，颜回却没有改变他好学的乐趣。颜回的品质是多么高尚啊！"

逝者如斯

（《论语·子罕》）

子在川上曰："逝者如斯夫，不舍昼夜。"

［译文］

孔子在河边感叹道："时光像河水一样流去，日夜不停。"

第五课　《庄子》

选　文

【导言】

庄子（约公元前369—公元前286），名周，字子休，战国时期宋国蒙人。著名思想家、哲学家、文学家，是道家学派的代表人物，老子哲学思想的继承者和发展者。后世将他与老子并称为“老庄”，称他们的哲学为“老庄哲学”。

庄子的文章机敏、幽默、诙谐，想象力非常丰富，具有浓厚的浪漫主义色彩，对后世文学有很大影响。《庄子》是庄周及其后学者的著作集。

庄子与惠子游于濠梁[1]

（《庄子·秋水》）

庄子与惠子游于濠梁之上。庄子曰：“鲦鱼[2]出游从容，是[3]鱼之乐也。”惠子曰：“子非鱼，安知鱼之乐？”庄子曰：“子非我，安知我不知鱼之乐？”惠子曰：“我非子，固[4]不知子矣；子固非鱼也，子之不知鱼之乐全[5]矣！”庄子曰：“请循其本[6]。子曰‘汝安知鱼乐’云者，既已知吾知之而问我[7]，我知之濠上也。”

【注释】

（1）濠（háo）梁：濠水的桥上。濠，古代河流的名称，在现在的安徽凤阳。

（2）鲦（tiáo）鱼：一种常见的小型淡水鱼，白色，喜欢在水层下面游动，又名白鲦。

（3）是：这。

（4）固：固然（固不知子矣）；本来（子固非鱼也）。

（5）全：完全，确定是。

（6）请循其本：从最初的话题说起。请，请允许我。循，从……说起。其，话题。本，最初。

（7）既已知吾知之而问我：既然你已经知道了我知道鱼的快乐却又问我。既，已经。之，它，指“鱼之乐”，下文的“之”同此意。

【译文】

庄子和惠子在濠水的桥上游玩。庄子说：“鲦鱼在河水中游得多么自在啊，这就是鱼儿的快乐。”惠子说：“你又不是鱼，怎么知道鱼的快乐？”庄子说：“你又不是我，怎么知道我不知道鱼儿的快乐？”惠子说：“我不是你，固然不知道你的想法；你本来就不是鱼，你不知道鱼的快乐，这是可以完全确定的！”庄子说：“请从我们最初的话题说起。你说‘你是怎么知道鱼的快乐’等等，既然你已经知道了我知道鱼的快乐却又问我，所以我说我是在濠水的桥上知道的。”

【简析】

“濠梁之辩”讲述了发生在两位著名的辩论高手庄子和惠子之间的故事，他们同游于濠水的一座桥梁之上，看见鲦鱼在水中自由自在地游来游去，从而产生联想，展开了一场人能否知晓鱼之乐的辩论。庄子认定自己能知道鱼之乐，惠子则否定了庄周的说法。二人的睿智与机敏让人读后会心一笑而又沉思良久。庄子看似诡辩，却反映了他的“齐物论”思想。

【名句欣赏】

子非我，安知我不知鱼之乐？你又不是我，怎么知道我不知道鱼的快乐呢？这句话体现了庄子的思辨思想，与孔子的“己所不欲，勿施于人”有同工之妙，主张换位思考，方得始终。

庄周梦蝶

（《庄子·齐物论》）

昔者庄周梦为胡蝶，栩栩然胡蝶也，自喻[(1)]适志[(2)]与！不知周也。俄然觉[(3)]，则蘧蘧然[(4)]周也。不知周之梦为胡蝶与，胡蝶之梦为周与？周与胡蝶，则必有分[(5)]矣。此之谓物化[(6)]。

［注释］

（1）喻：通“愉”，愉快。

（2）适志：合乎心意，心情愉快。

（3）俄然觉（jué）：突然醒来。俄然，一会儿，突然。

（4）蘧（qú）蘧然：惊动的样子。

（5）分：区分、区别。

（6）物化：事物自身的变化。庄子认为，外部事物都会与自身交合的，即，万事万物最后都是要合而为一的。这里的意思是指大道时而化为庄周，时而化为蝴蝶。

［译文］

过去庄周梦见自己变成了蝴蝶，一只生动逼真的蝴蝶，他感到多么愉快和惬意啊！不知道自己原本是庄周。突然间醒过来，惊惶不定之间才知道原来自己是庄周。不知是庄周梦中变成蝴蝶呢，还是蝴蝶梦中变成庄周？庄周与蝴蝶那必定是有区别的。这就叫作物与我的交合与变化。

［简析］

这个故事是说有一天庄子做梦，梦见自己变成了蝴蝶，梦醒之后发现自己还是庄子，于是他搞不清楚自己到底是梦到庄子的蝴蝶呢，还是梦到蝴蝶的庄子。

在常人看来，一个人在醒时的所见所感是真实的，梦境是幻觉，不真实的。庄子却以为不然。虽然，醒是一种境界，梦是另一种境界，二者是不相同的；庄周是庄周，蝴蝶是蝴蝶，二者也是不相同的。庄周看来，他们都只是一种现象，它是道运动中的一种形态，一个阶段而已。

庄子在用一个最简单的寓言来说明一个人类最沉重的疑问，即生死问题。

“庄周梦蝶”的故事意蕴深刻，充满了浪漫的情怀和开阔的审美想象空间，深受后世文人们的喜爱，成为后世诗人们常常借以感慨人生变幻无常，表达离愁别绪、人生慨叹、思乡恋国、恬淡闲适等多种人生感悟和体验的一个重要意象。

练　习

一、单项选择题

1.（　　）和庄子是道家学派代表人物，他们的哲学被称为“老庄哲学”。

A. 老子　　B. 孔子　　C. 韩非子　　D. 孟子

2. 庄子是杰出的文学家，他的文章机敏、幽默、诙谐，想象力很强，具有浓厚的（　　）。

A. 现实主义色彩　B. 浪漫主义色彩

二、判断题

（　　）1. 孔子是积极入世的，庄子是消极避世的。

（　　）2. 庄子喜欢通过讲故事的方式来宣扬他的思想。

（　　）3.“濠梁之辨”虽以庄子的失败而告终，却反映了他的“齐物论”思想。

三、综合题

比较儒家思想和道家思想，你更倾向于哪一家？说说理由。

拓展阅读

北冥有鱼

（《庄子·逍遥游》）

北冥[1]有鱼，其名为鲲[2]。鲲之大，不知其几千里也；化而为鸟，其名为鹏[3]。鹏之背，不知其几千里也；怒而飞[4]，其翼若垂天之云[5]。

【解题】

本文选自《庄子·逍遥游》，《逍遥游》是《庄子·内篇》的第一篇，也是庄子的代表作。

【注释】

（1）北冥（míng）：北海。冥，通溟，这里指大海。
（2）鲲（kūn）：传说中的一种大鱼。
（3）鹏：传说中的一种大鸟。
（4）怒而飞：振翅而飞。怒，奋发。
（5）垂天之云：天边垂下的云。

【译文】

北海有一条鱼，它的名字叫作鲲。鲲非常巨大，不知道它有几千里长；变化而成为鸟，鸟的名字叫作鹏。鹏的脊背，不知道它有几千里宽；奋然振翅而飞，它的翅膀就像从天边垂挂下来的云。

第六课　寓言故事

选　文

【导言】

在距离今天 2 200 ~2 800 年前的春秋战国时期，出现了百家争鸣的局面。各家各派的学者们在宣扬自己的主张时，为了更好地阐明自己的观点，增强文章的说服力，常常喜欢采取讲故事的方式来说理。这些故事往往形象生动、幽默风趣、发人深思，很多流传至今，成为众所周知的寓言故事。受其影响，之后各朝各代都有寓言故事流传至今。

滥竽充数(1)

（《韩非子·内储说上》）

齐宣王(2)使人吹竽，必三百人。南郭(3)处士(4)请(5)为王吹竽，宣王说之，廪食(6)以数百人。宣王死，湣王(7)立(8)，好(9)一一听之，处士逃。

【解题】

这则寓言故事出自《韩非子·内储说上》。韩非（公元前 280—公元前 233），战国末期著名思想家，法家的主要代表人物。著有《韩非子》一书。本文通过滥竽充数的南郭先生形象讽刺了没有真才实学混在行家中充数或以次充好的人物或行为。

［注释］

（1）滥竽（làn yú）：指代没有真才实学的人。滥，虚假的。竽，一种古代乐器，很像现在的笙。充数，凑数。

（2）齐宣王：战国时齐国的国君。

（3）南郭：复姓。

（4）处士：没有做过官的读书人。

（5）请：请求，要求。

（6）廪（lǐn）食（sì）以数百人：给几百人口粮供奉。廪，粮食。食，供养。

（7）湣（mǐn）王：齐国国君，宣王的儿子，在宣王死后继位。

（8）立：继承了王位。

（9）好（hào）：喜欢。

［译文］

齐宣王让人吹竽，一定要三百人一起吹奏。南郭处士请求给齐宣王吹竽，齐宣王对此感到很高兴，用几百人的口粮来供养他。齐宣王死后，齐湣王继承了王位，他喜欢听一个一个地演奏，南郭处士只好逃走了。

［简析］

滥竽充数，这则寓言通过不会吹竽的人混在吹竽的队伍里充数的故事，比喻没有真才实学的人混在内行人之中，以次充好。对那些无德无才、招摇撞骗的骗子进行了深刻的讽刺和批评，同时提醒人们只要严格把关，骗子就难以行骗。告诉我们弄虚作假是经不住时间考验的，要有真才实学，才能在社会上立足。

愚公移山

（《列子·汤问》）

太行[(1)]、王屋[(2)]二山，方[(3)]七百里，高万仞[(4)]，本在冀州[(5)]之南，河阳[(6)]之北。

北山愚公者，年且[(7)]九十，面[(8)]山而居。惩[(9)]山北之塞[(10)]，出入之迂[(11)]也。聚室而谋[(12)]曰："吾与汝[(13)]毕力平险[(14)]，指通豫南[(15)]，达于汉阴[(16)]，可乎？"杂然相许[(17)]。其妻献疑[(18)]曰："以[(19)]君之力，曾不能[(20)]损[(21)]魁父[(22)]之丘，如太行、王屋何？且焉置土石？"杂曰："投诸渤海之尾，隐土之北。"遂率子孙荷[(23)]担者三夫，叩石垦壤，箕畚[(24)]运于渤海之尾。邻人京城氏之孀[(25)]妻有遗男[(26)]，始龀[(27)]，跳往助之。寒暑易节[(28)]，始一反焉[(29)]。

河曲[(30)]智叟[(31)]笑而止之曰："甚矣，汝之不惠[(32)]。以残年余力，曾不能毁山之一毛[(33)]，其[(34)]如土石何？"北山愚公长息[(35)]曰："汝心之固，固不可彻[(36)]，曾不若孀妻弱子。虽我之死，有子存焉；子又生孙，孙又生子；子又有子，子又有孙；子子孙孙无穷匮[(37)]也，而山不加增，何苦而不平？"河曲智叟亡[(38)]以应。

操蛇之神[(39)]闻之，惧其不已[(40)]也，告之于帝[(41)]。帝感其诚，命夸娥氏[(42)]二子负[(43)]二山，一厝[(44)]朔东[(45)]，一厝雍[(46)]南。自此，冀之南，汉之阴，无陇断[(47)]焉。

［解题］

这则寓言出自《列子》。列子，名寇（Kòu），又名御寇，郑国人，战国前期的思想家，是老子和庄子之外的又一位道家思想代表人。列子一生安于贫寒，不进官场，隐居郑地40年，潜心著述20篇，约十万多字，流传至今的有《列子》一书。本文赞美了愚公的大智若愚，表达了凡事只要充满信心，持之以恒，终有能克服困难、获得成功的那一天。

［注释］

（1）太行（háng）：山名，在今山西和河北交界处，黄土高原和华北平原之间。

（2）王屋：山名，在今山西阳城、垣曲与河南济源之间。

（3）方：方圆，指面积，这里指周围的意思。

（4）仞（rèn）：古代长度单位，一仞相当于今天的七八尺。

（5）冀（jì）州：古九州之一，包括现在的河北省、山西省、河南省黄河以北、辽宁省辽河以西的地区。

（6）河阳：黄河北岸。山的北面和江河的南面为阴，山的南面和江河的北面为阳。

（7）且：将近。

（8）面：名词作副词，意思是面对着。

（9）惩（chéng）：戒，这里是“苦于、为……所苦”的意思。

（10）塞（sè）：阻塞。

（11）迂（yū）：曲折、绕远。

（12）聚室而谋：集合全家来商量。室，家。

（13）汝：你。这里是“你们”的意思。

（14）毕力平险：意思是尽全力铲除险峻的大山。

（15）指通豫南：一直通向豫州的南部。指，直。豫州，古九州之一，在今河南省黄河以南。

（16）汉阴：汉水之南。汉，汉水，又称汉江，为长江的支流。

（17）杂然相许：纷纷表示赞成。杂然，形容纷纷的样子。许，赞同。

（18）献疑：提出疑问。

（19）以：凭借。

（20）曾（céng）不能：意思是“连……也不能……”。

（21）损：削减。

（22）魁（kuí）父：古代的一座小山，在今河南省开封县陈留镇境内。

（23）荷（hè）：扛。

（24）箕畚（jī běn）：簸箕，一种用竹片或柳条编成的器具。这里是用箕畚装土石的意思。

（25）孀（shuāng）：寡妇。

（26）遗男：遗孤，死去父亲的男孩。

（27）龀（chèn）：本义是指儿童换牙齿，乳齿脱落后重新长恒齿。这里始龀是表示年龄，约七八岁。

（28）寒暑易节：冬夏换季，指一年的时间。易，交换。节，季节。

（29）始一反焉：才往返一次。始，才。反，通“返”，往返。焉，语气助词。

（30）河曲：古地名，在今山西省芮城县西。

（31）叟（sǒu）：老头。

（32）惠：同“慧”，聪明。不惠，意思是愚蠢。

（33）一毛：一草一木，地面所生的草木，这里是指山的一小部分。

（34）其：在“如……何”前面加强反问语气。

（35）长息：长叹。

（36）汝心之固，固不可彻：意思是你思想顽固，顽固到了不可改变的地步。彻，通达，这里指改变。

（37）匮（kuì）：竭尽。

（38）亡（wú）以应：没有话来回答。亡，通“无”。

（39）操蛇之神：神话中的山神，手里拿着蛇，所以叫操蛇之神。操，拿。

（40）惧其不已：怕他不停地挖下去。其，代指愚公。已，停止。

（41）帝：神话中的天帝。

（42）夸娥氏：神话中的大力神。

（43）负：背。

（44）厝（cuò）：通“措”，放置。

（45）朔东：就是朔方以东地区，指山西省的东部。

（46）雍：雍州，古代九州之一，在现今陕西、甘肃省一带。

（47）陇断：即垄断，这里是指山冈高地。

【译文】

太行、王屋两座山，方圆七百里，高七八千丈，本来在冀州南边，黄河北岸以北。

北山脚下有个叫愚公的人，年纪将近九十，面对着山居住。他苦于山区北部的阻塞，出来进去都要绕道，就把全家人召集起来商量说：“我跟你们尽力挖平险峻的大山，使道路一直通到豫州南部，到达汉水南岸，可以吗？”家人纷纷表示赞同。他的妻子提出疑问：“凭你的力气，连魁父这座小山都不能削平，能把太行山和王屋山怎么样呢？况且把土石放到哪里去呢？”众人说：“把它扔到渤海的边上，隐土的北边。”于是愚公率领儿孙中能挑担子的三个人上了山，凿石头，挖土，用簸箕运到渤海边上。邻居京城氏的寡妇有个孤儿，刚七八岁，蹦蹦跳跳地去帮助他。冬夏换季，才能往返一次。

河曲智叟讥笑愚公，阻止他干这件事，说："你太愚蠢了！就凭你残余的岁月、剩下的力气连山上的一棵草都动不了，又能把泥土石头怎么样呢？"北山愚公长叹道："你的思想真顽固，顽固得无法改变，连孤儿寡妇都比不上。即使我死了，还有儿子在呀；儿子又生孙子，孙子又生儿子；儿子又有儿子，儿子又有孙子；子子孙孙无穷无尽，可是山却不会增高，还怕挖不平吗？"河曲智叟无话可答。

手握蛇的山神听说了这件事，怕他不停地挖下去，就向天帝报告了。天帝被愚公的诚心感动，命令大力神夸娥氏的两个儿子背走了那两座山，一座放在朔方的东部，一座放在雍州的南部。从此以后，冀州的南部直到汉水南岸，再也没有高山阻隔了。

【简析】

《愚公移山》是一篇寓意深刻的寓言故事，它通过对愚公形象的塑造，表现出中国古代劳动人民移山填海的坚定信心和顽强毅力，说明"愚公不愚，智叟不智"，只要不怕困难，坚持斗争，就一定能获得事业上的成功，这对后世启发很大。

文章最后以移山取得了胜利作为故事的结局，充满了浪漫主义色彩。由于古代生产力和自然科学不发达，先民们往往幻想着能有超人力量来帮助其征服大自然，所以作者运用了浪漫主义的艺术想象，这在客观现实中显然是不可能存在的，却反映了中华民族"人定胜天"的思想，以及征服大自然的雄伟气魄。

练　习

一、不定项选择题

1.《滥竽充数》的故事发生在（　　）。

A. 鲁国　　B. 齐国　　C. 楚国　　D. 燕国

2.《塞翁失马》的故事发生在（　　）。

A. 长城一带　　B. 黄河一带　　C. 长江一带　　D. 珠江一带

3. 愚公移的山是（　　）。

A. 泰山　B. 太行山　C. 华山　D. 王屋山

二、判断题

(　　) 1. 寓言故事都是春秋战国时期产生的。

(　　) 2. 春秋战国时期的文人们创作寓言故事是为了增强文章的说服力，以便于更好地宣扬自己的思想。

(　　) 3. 愚公移山是为了进出交通方便。

三、综合题

1. 在当今的社会生活中，是否还有“滥竽充数”的故事发生？请举例说明。
2. 你认为塞翁的马跑了是好事还是坏事？为什么？
3. 请说说你在生活中所遇到的好事变坏事，或坏事变好事的例子。
4. 如果你是愚公，你会选择移山么？谈一谈你对愚公移山行为的看法。

拓展阅读

朝三暮四

（《列子·黄帝》）

宋有狙[(1)]公者，爱狙，养之成群，能解狙之意，狙亦得公之心[(2)]。损其家口[(3)]，充[(4)]狙之欲。俄而[(5)]匮[(6)]焉，将限狙之食，恐众狙之不驯[(7)]于己也。先诳之曰：“与若芧[(8)]，朝三而暮四，足乎？”众狙皆起而怒。俄而曰：“与若芧，朝四而暮三，足乎？”众狙皆伏而喜。

【注释】

(1) 狙（jū）：猕猴。
(2) 得公之心：懂得他的心意。
(3) 家口：家中口粮。
(4) 充：满足。
(5) 俄而：一会儿，不久。

（6）匮（kuì）：缺乏。

（7）驯（xùn）：顺服，顺从。

（8）芧（xù）：橡实，一种粮食。

［译文］

宋国有一个养猴的老人，喜欢猴子，成群地养，他能理解猴子的意思，猴子也能理解老人的心意。养猴的老人宁可减少他与家人的食物也要满足猴子的需求。不久，他家里的粮食缺乏了，他想限定猴子的食物数量，但又怕猴子不顺从自己，于是就先骗猴子说："给你们橡实，早上三颗然后晚上四颗，够吗？"猴子们都跳了起来，感到非常恼怒。他又说："给你们橡实，早上四颗，晚上三颗，够了吧？"猴子一个个都趴在地上，非常高兴。

鹬[1]蚌[2]相争

（《战国策·燕策二》）

赵且伐燕，苏代[3]为燕谓惠王曰："今者臣来，过易水。蚌方[4]出曝[5]，而鹬啄其肉，蚌合而箝[6]其喙[7]。鹬曰：'今日不雨[8]，明日不雨，即有死蚌！'蚌亦谓鹬曰：'今日不出，明日不出，即有死鹬！'两者不肯相舍[9]，渔者得而并禽[10]之。今赵伐燕，燕赵久相支[11]，以弊[12]大众，臣恐[13]强秦之为渔夫也。故愿王之熟计之也！"惠王曰："善。"乃止。

［注释］

（1）鹬（yù）：一种水鸟，茶褐色的羽毛，嘴和腿都细长，常在水田中捕食小鱼、昆虫、河蚌等。

（2）蚌（bàng）：贝类。

（3）苏代：战国时期的纵横家。

（4）方：刚刚。

（5）曝（pù）：晒。

(6) 箝(qián):同“钳”,把东西夹住的意思。
(7) 喙(huì):嘴,专指鸟兽的嘴。
(8) 雨:这里名词用作动词,下雨。
(9) 相舍:互相放弃。
(10) 禽:通“擒”,捕捉,抓住。
(11) 支:支持,即相持、对峙。
(12) 弊:弊病、害处,这里指疲敝的意思。
(13) 恐:担心。

【译文】

赵国将要攻打燕国,苏代为燕国说情,对惠王说:“今天我来,路过易水,看见一只河蚌正从水里出来晒太阳,一只鹬飞来啄它的肉,河蚌马上闭拢它的壳,夹住了鹬的嘴。鹬说:‘今天不下雨,明天不下雨,就会干死你。’河蚌也对鹬说:‘今天你的嘴取不出,明天你的嘴取不出,就会饿死你。’两个不肯互相放弃,结果一个渔夫把它们俩一起捉走了。现在赵国将要攻打燕国,燕赵如果长期相持不下,老百姓就会疲惫不堪,我担心强大的秦国就要成为不劳而获的渔翁了。所以我希望大王认真考虑出兵之事。”惠王说:“好吧。”于是停止出兵攻打燕国。

揠苗助长

(《孟子·公孙丑上》)

宋人有闵其苗之不长而揠之者[(1)],芒芒然归[(2)],谓其人曰:“今日病矣[(3)]!予助苗长矣!”其子趋[(4)]而往视之,苗则槁[(5)]矣。天下之不助苗长者寡[(6)]矣。以为无益而舍之者[(7)],不耘[(8)]苗者也;助之长者,揠苗者也。非徒[(9)]无益,而又害之。

【注释】

(1) 宋人有闵(mǐn)其苗之不长(zhǎng)而揠(yà)之者:宋国有个担心他的禾苗不长而去拔高禾苗的人。闵,通“悯”,担心,忧虑。揠,拔。

（2）芒芒然归：很疲劳地回到家里。芒芒然，形容疲劳的样子。

（3）病矣：累极了。

（4）趋：快步走，跑。

（5）槁（gǎo）：枯萎，枯死。

（6）寡：少。

（7）以为无益而舍之者：认为帮助禾苗生长没有好处而抛开禾苗（不管）的人。无益，没有好处。舍，抛开不管。

（8）耘：锄草。

（9）非徒：不但，非但。

［译文］

宋国有个忧虑他的禾苗不长而去拔高禾苗的人，一天十分疲惫地回到家，对他的家人说："今天我累坏了，我帮助禾苗长高了！"他儿子跑去看那些禾苗，发现禾苗已经枯萎了。天下不犯这类错误的人很少。以为没有用处而放弃的人，就像是不给禾苗锄草的懒汉。妄自帮助它生长的，就像拔苗助长的人，非但没有好处，反而害了它。

塞翁失马，焉知非福

（《淮南子·人间》）

近塞上[(1)]之人有善术者[(2)]，马无故亡[(3)]而入胡[(4)]。人皆吊[(5)]之，其父[(6)]曰："此何遽[(7)]不为福乎？"居[(8)]数月，其马将[(9)]胡骏马而归。人皆贺之，其父曰："此何遽不能为祸乎？"家富[(10)]良马，其子好骑，堕[(11)]而折其髀[(12)]。人皆吊之，其父曰："此何遽不为福乎？"居一年，胡人大入塞，丁壮[(13)]者引弦而战[(14)]，近塞之人，死者十九[(15)]，此独以跛[(16)]之故，父子相保[(17)]。

［解题］

这个寓言故事出自刘安的《淮南子·人间》。刘安（公元前179—公元前122），西汉著名思想家、文学家，是汉高祖刘邦之孙，被封为淮南王。著有《淮南子》。

“塞翁失马，焉知非福”，也作“塞翁失马，安知非福”。这则寓言通过塞翁失马的故事，比喻我们有时虽然遭受损失，反而可能因此得到好处。同时也说明了坏事在一定条件下可能会变为好事，反之亦然。寓言故事意在提醒我们保持良好的心态，要乐观向上，不要过于计较眼前一时的成败得失，因为任何事情都有两面性，不好的一面，也有可能向好的一面转化。

【注释】

(1) 塞上：边塞，这里是指长城一带。

(2) 善术者：精通术数的人。术，术数，是指推测人事吉凶祸福的术法，如看相、占卜等迷信活动。

(3) 亡：逃跑、跑。

(4) 胡：古代对北方和西方各族人民的称呼。

(5) 吊：慰问遭遇不幸的人。

(6) 父（fǔ）：古代对老年男子的尊称或对男子的美称。

(7) 何遽（jù）：怎么就，表示反问。遽，就。

(8) 居：经过。

(9) 将（jiāng）：带领。

(10) 富：形容词用作动词，有许多。

(11) 堕（duò）：掉下来，摔下来。

(12) 髀（bì）：大腿骨。

(13) 丁壮：壮年男子。

(14) 引弦而战：拿起弓箭去打仗。引弦，拉开弓弦。

(15) 十九：十分之九，意思是绝大部分。

(16) 跛（bǒ）：瘸腿。

(17) 保：保全（性命）。

【译文】

在靠近边塞一带居住的人中，有一位精通术数的人。他家的马无缘无故跑到胡人那里去了，大家都来安慰他。这个老人却说："怎么就知道这不是一件好事呢?"过了几个月，他家的马领着胡人的一匹骏马回来了，大家都来祝贺他。这个老人又说："怎么就知道这不是一个祸患呢?"家里多了匹良马，他的儿子又喜欢骑马，结果从马上摔下来折断了大腿。大家都安慰他，这个老人又说："怎么就知道这不是一件好事呢?"过了一年，胡人大举侵入边塞，青壮年男子都拿起弓箭去参战，边塞附近的人绝大部分都在战争中死去了，唯独他的儿子因为腿摔断了而免于征战，父子俩得以保全了性命。

第七课　屈原与楚辞

选　文

【导言】

屈原（约公元前340—公元前278），是中国历史上第一个伟大的爱国诗人，战国后期楚国人，名平，字原。贵族出身，曾深受楚怀王重用，任三闾（lǘ）大夫、左徒，兼管内政外交大事，主张对内举贤能，修明法度，对外力主联齐抗秦。但后来却遭到排挤，甚至被流放，最终在公元前278年，楚国首都郢都被秦军攻破时投汨（mì）罗江而死。

“楚辞”是战国时期以屈原为代表的楚国人创造的一种新诗体，具有浓厚的楚国地方色彩。汉代刘向整理古籍时将屈原、宋玉等人的诗歌编辑成书，名为《楚辞》。因此，《楚辞》成为一本诗集的名字，它是中国文学史上第一部浪漫主义诗歌总集，与《诗经》并举，分别开启了中国浪漫主义与现实主义的先河。

离骚（节选）

帝高阳(1)之苗裔(2)兮，朕(3)皇考(4)曰伯庸。
摄提(5)贞(6)于孟(7)陬(8)兮，惟庚寅(9)吾以降。
皇览揆(10)余初度兮，肇(11)锡(12)余以嘉名：
名余曰正则兮，字(13)余曰灵均。
纷吾既有此内美兮，又重(14)之以修能。
扈(15)江离与辟芷(16)兮，纫(17)秋兰(18)以为佩。
汩(19)余若将不及兮，恐年岁之不吾与(20)。
朝搴(21)阰之木兰兮，夕揽(22)洲之宿莽(23)。

日月忽[24]其不淹兮，春与秋其代序[25]。
惟[26]草木之零落兮，恐美人之迟暮[27]。
不抚[28]壮而弃秽兮，何不改乎此度[29]？
乘骐骥[30]以驰骋兮，来吾道[31]夫先路！

【解题】

《离骚》是屈原的代表作，为中国古代最长的政治抒情诗。“离骚”二字的含义：“离，别也；骚，愁也。”这里是指诗人不得不离开国都时所发的牢骚。《离骚》主要表达了屈原对祖国的热爱之情、对理想的积极追求，以及对黑暗势力毫不妥协的斗争精神。

【注释】

（1）高阳：中国上古时代部落联盟首领颛顼（zhuān xū）之号。
（2）苗裔（yì）：喻指子孙后代。裔，衣服的末边。
（3）朕：我。
（4）皇考：古人对亡父的尊称。
（5）摄提：上古时代岁星纪年中的年岁名，指寅年。
（6）贞：正。
（7）孟：开始。
（8）陬（zōu）：正月。
（9）庚（gēng）寅（yín）：指庚寅之日。古人以干支相配来纪日。
（10）揆（kuí）：推理揣测。
（11）肇（zhào）：开始。
（12）锡（cì）：通“赐”。
（13）字：名词用作动词，意思是起个表字。
（14）重（chóng）：再。
（15）扈（hù）：楚国方言，披挂的意思。
（16）江离：香草名。芷，也是香草名。

（17）纫（rèn）：搓成绳索。
（18）秋兰：香草名，一种秋季开花的兰花。
（19）汩（gǔ）：水疾流的样子，这里用来形容时光飞逝。
（20）不吾与：宾语前置，即“不与吾”，意思是不等待我。
（21）搴（qiān）：拔取。
（22）揽（lǎn）：采摘。
（23）宿莽：一种经冬不死的草。
（24）忽：形容迅速的样子。
（25）代序：指不断更迭。
（26）惟：思虑。
（27）迟暮：衰老。
（28）抚：趁。
（29）此度：这里是指现行的政治法度。
（30）骐骥（qí jì）：骏马。
（31）道：通“导”，引导。

［译文］

我是古代帝王高阳氏的子孙，我已逝去的父亲字伯庸。
岁星在寅那年的孟春月，正当庚寅之日我降生了。
父亲揣测我的生辰，然后赐给了我相应的美名：
给我取名为正则，给我取字为灵均。
上天赋予了我很多优良素质，我又不断提高自己的修养。
我把江离芷草披在肩上，把秋兰结成索佩挂在身边。
光阴似箭我似乎跟不上，岁月不等待人令我心慌。
早晨我在大坡采集木兰，傍晚在小洲中摘取宿莽。
时光迅速逝去无法久留，四季不断更迭变化。
想到草木不断地在飘零凋谢，不禁担忧美人也会日渐衰老。
何不趁盛时扬弃秽政，为何还不改革现行政治法度？
乘上千里马纵横驰骋吧，来呀，我在前面引导开路！

练　习

一、不定项选择题

1.（　　）是中国文学史上第一位伟大的爱国诗人。

A. 屈原　　B. 李白　　C. 杜甫　　D. 岳飞

2.（　　）是中国文学史上第一部由文人创作的诗集。

A.《诗经》　　B.《楚辞》　　C.《离骚》　　D.《乐府诗集》

3.《离骚》的感情基调是（　　）。

A. 欢快愉悦　　B. 悲伤痛苦　　C. 平静淡然　　D. 感伤惆怅

4.《离骚》的主题是表达（　　）。

A. 诗人对祖国的热爱之情

B. 诗人对理想的积极追求

C. 诗人对黑暗势力毫不妥协的斗争精神

D. 诗人对韶光易逝，功业未成的慨叹

二、判断题

（　　）1.《离骚》是现实主义的伟大诗篇，其文学成就对中国文学的发展产生了深远的影响。

（　　）2.《楚辞》产生在中国的南方地区，具有浓厚的地方色彩。

（　　）3.“香草美人”之喻是屈原在《楚辞》创作中惯用的表现手法。

（　　）4. 屈原之所以不愿离开家乡，是因为他舍不得自己的亲人。

三、综合题

1. 屈原为什么要投江？屈原投江对你的国家有无影响？

2. 中国有在端午节赛龙舟、吃粽子纪念屈原的习俗。1953 年世界和平理事会决定把屈原列为世界四大文化名人之一。你认为出现上述历史现象的主要原因是什么？

第八课 《史记》

选 文

［导言］

《史记》是中国第一部纪传体通史，记载了上起传说中的黄帝，下至西汉武帝太初年间共3 000多年的历史，内容涉及哲学、政治、经济、文化、天文、历法、军事、外交、伦理，甚至医学等方面，是一部百科全书式的鸿篇巨制。《史记》不仅是一部伟大的历史著作，同时也是一部伟大的文学著作，具有极高的文学价值，对后世中国文学的发展产生了深远的影响，被鲁迅称誉为“史家之绝唱，无韵之离骚”。

彼可取而代也

（《史记·项羽本纪》）

项籍者，下相人也，字羽。初起时，年二十四。其季父(1)项梁，梁父即楚将项燕，为秦将王翦所戮(2)者也。项氏世世为楚将，封于项，故姓项氏。

项籍少时，学书不成，去学剑，又不成。项梁怒之。籍曰：“书足以记名姓而已。剑，一人敌，不足学，学万人敌。”于是项梁乃教籍兵法，籍大喜，略知其意，又不肯竟学(3)……

秦始皇帝游会稽，渡浙江，梁与籍俱观。籍曰：“彼可取而代也。”梁掩其口，曰：“毋妄言(4)，族(5)矣！”梁以此奇(6)籍。籍长八尺余，力能扛鼎，才气过人，虽吴中子弟皆已惮(7)籍矣。

［解题］

在楚汉相争中，尽管项羽是失败的一方，然而乌江自刎成就了永远的西楚霸王。正所谓性格决定命运，在司马迁的笔下，项羽的失败固然有其必然性，但他纵有种种缺点，仍不失其英雄本色。司马迁将他置于具有帝王之尊的“本纪”之中，打破了中国“胜者为王，败者为寇”的固有观念，绘声绘色地将项羽的传奇人生娓娓道来，令千载之下的读者无不为之赞叹。

［注释］

（1）季父：父亲最小的弟弟，即小叔父。季，表示兄弟中排行最小的。
（2）戮（lù）：杀。
（3）竟学：学到底。竟，终于，完毕。
（4）妄（wàng）言：胡说，乱说。
（5）族：灭族，即满门抄斩（整个家族的人全部杀掉）。
（6）奇：以……为奇。
（7）惮（dàn）：害怕。

［译文］

项籍是下相人，字羽。开始起事的时候，他二十四岁。项籍的叔父是项梁，项梁的父亲是项燕，就是被秦将王翦所杀害的那位楚国大将。项氏世世代代做楚国的大将，被封在项地，所以姓项。

项籍小的时候曾学习识字写字，没有学成就不学了；又学习剑术，也没有学成。项梁对他很生气。项籍却说：“写字，能够用来记姓名就行了；剑术，也只能对付单个的人，不值得学。我要学习能敌对万人的本事。”于是项梁就教项籍兵法，项籍非常高兴，可是刚刚懂得了一点儿兵法的大意，又不肯学完……

秦始皇游览会稽渡浙江时，项梁和项籍一起去观看。项籍说：“那个人，我可以取代他！”项梁急忙捂住他的嘴，说：“不要胡说，要满门抄斩的！”但项梁因此而感到项籍很不一般。项籍身高八尺有余，力大能举鼎，才气超过常人，即使是吴中一带的年轻人也都很惧怕他了。

破釜沉舟

（《史记·项羽本纪》）

项羽乃悉引兵渡河，皆沉船，破釜甑[(1)]，烧庐舍，持三日粮，以示士卒必死，无一还心……

【注释】

（1）釜甑（fǔ zèng）：釜，锅。甑，做饭用的一种瓦器。二者都是古代炊煮器名。

【译文】

项羽就率领全部军队渡过漳河，弄沉全部船只，砸破全部锅碗炊具，烧毁全部军营，只带上三天的干粮，以此向士兵表示一定要决死战斗，毫无退还之心。

衣锦还乡

（《史记·项羽本纪》）

居数日，项羽引兵西屠咸阳[(1)]，杀秦降王子婴，烧秦宫室，火三月不灭；收其货宝妇女而东[(2)]。人或说[(3)]项王曰："关中阻[(4)]山河四塞[(5)]，地肥饶，可都以霸[(6)]。"项王见秦宫皆以烧残破，又心怀思欲东归，曰："富贵不归故乡，如衣绣[(7)]夜行，谁知之者！"说者曰："人言楚人沐猴而冠[(8)]耳，果然。"项王闻之，烹[(9)]说者。……

【注释】

（1）屠（tú）咸阳：攻破咸阳时，杀光咸阳城里的人民。屠，杀。

（2）东：向东边去。

（3）说：劝说。

（4）阻：倚仗。

（5）四塞：四面要塞。

（6）可都以霸：可以建都而称霸。都，动词，建都。以，而。

（7）衣绣：穿锦绣衣服。

（8）沐（mù）猴而冠：猕猴却戴上人的帽子。这里是讥讽项羽空有人形，却不悟人事。

（9）烹（pēng）：这里是指古代的一种酷刑，意思是把罪人放在锅里煮死。

【译文】

过了几天，项羽率兵西进，屠戮咸阳城，杀了已投降的秦王子婴，烧了秦朝的宫殿，大火烧了三个月都不灭；劫掠了秦朝的财宝、妇女，往东而去。有人劝项王说："关中这地方，有山河为屏障，四周都有要塞，土地肥沃，可以在此建都成就霸业。"但项王看到秦朝宫室都已被火烧得残破不堪，又思念家乡想回去，就说："取得富贵之后不回故乡，就像穿了锦绣衣裳在黑夜中行走，别人谁知道呢?"那个劝项王的人说："别人说楚国人像是猕猴戴了人的帽子，果真是这样。"项王听见这话，把那个人扔进锅里煮杀了。

四面楚歌

（《史记·项羽本纪》）

项王军壁垓下，兵少食尽，汉军及诸侯兵围之数重。夜闻汉军四面皆楚歌，项王乃大惊曰："汉皆已得楚乎？是何楚人之多[(1)]也！"项王则夜起，饮帐中。有美人名虞，常幸从[(2)]；骏马名骓[(3)]，常骑之。于是项王乃悲歌慷慨，自为诗曰："力拔山兮气盖世，时不利兮骓不逝[(4)]。骓不逝兮可奈何，虞兮虞兮奈若何[(5)]！"歌数阕[(6)]，美人和之。项王泣数行下，左右皆泣，莫能仰视。

【注释】

（1）何楚人之多：怎么楚人这么多。
（2）幸从：因为得宠而随从。
（3）骓（zhuī）：毛色苍白相杂的马。
（4）逝：跑。
（5）奈若何：把你怎么办。若，你。
（6）阕（què）：乐曲每终了一次叫一阕。数阕即几遍。

【译文】

项王的部队驻守在垓下，兵少粮尽，汉军及诸侯兵把他重重包围住。深夜，听到汉军四面都在唱楚地的歌，项王大为吃惊，说："难道汉已经征服了整个楚地？四周的楚国人怎么这么多呢?"项王于是连夜起来，在帐中饮酒。有美人名虞，一直受宠跟在项王身边；有骏马名骓，项王一直骑着。这时候，项王不禁慷慨悲歌，自己作诗吟唱道："力量能拔山啊，英雄气概举世无双，时运不济呀骓马不再往前跑！骓马不往前跑啊可怎么办，虞姬呀虞姬，怎么安排你才好呀?"项王唱了几遍，美人虞姬在一旁应和。项王眼泪一道道流下来，左右侍者也都跟着落泪，没有一个人忍心抬起头来看他。

无颜见江东父老

（《史记·项羽本纪》）

于是项王乃欲东渡乌江。乌江亭长舣[(1)]船待，谓项王曰："江东虽小，地方千里，众数十万人，亦足王[(2)]也。愿大王急渡。今独臣有船，汉军至，无以渡。"项王笑曰："天之亡我，我何渡为[(3)]！且籍与江东子弟八千人渡江而西，今无一人还，纵[(4)]江东父兄怜而王我[(5)]，我何面目见之？纵彼不言，籍独不愧于心乎?"

乃谓亭长曰："吾知公长者。吾骑此马五岁，所当无敌，尝一日行千里，不忍杀之，以赐公。"乃令骑皆下马步行，持短兵接战。独籍所杀汉军数百人。项王身亦被[(6)]十余创。顾[(7)]见汉骑司马吕马童，曰："若非吾故人[(8)]乎?"马童面之[(9)]，指王翳曰：

“此项王也。”项王乃曰：“吾闻汉购[10]我头千金，邑万户，吾为若德[11]。”乃自刎[12]而死。……

【注释】

（1）舣（yǐ）：停船靠岸。
（2）王：称王。
（3）何渡为：还渡江干什么。
（4）纵：即使。
（5）王我：以我为王。
（6）被：遭受。
（7）顾：回头看。
（8）故人：旧友。
（9）面之：跟项王面对面。吕马童原在后面追赶项王，项王回过头来看见他，二人才正面相对。
（10）购：悬赏征求。
（11）为若德：送给你一点儿好处。德，恩德。
（12）自刎（wěn）：割断自己的脖子自杀。

【译文】

这时候，项王想要东渡过乌江。乌江亭长正停船靠岸等在那里，对项王说：“江东虽然小，但土地方圆也有一千里，民众有几十万，也足够称王啦。希望大王赶快渡江。现在只有我这儿有船，汉军到了，就没法渡江了。”项王笑了笑说：“上天要灭我，我还渡江干什么！再说我当初带领江东子弟八千人渡江西征，如今没有一个人回来，即使江东父老兄弟怜爱我而让我做王，我又有什么脸面去见他们？纵使他们不说什么，我项籍难道心中没有愧吗？”

于是对亭长说：“我知道您是位忠厚长者，我骑这匹马征战了五年，所向无敌，曾经日行千里，我不忍心杀掉它，把它赏给您吧。”项王于是命令骑兵都下马步行，手持短兵器与追兵交战。仅项王一个人就杀掉了汉军几百人。项王身上也有十几处负伤。

回头看见汉军骑兵司马吕马童，说："你不是我的老朋友吗?"马童这时才跟项王打了个对脸儿，于是指给王翳说："这就是项王。"项王说："我听说汉王用黄金千斤，封邑万户悬赏征求我的脑袋，我就送你这份好处吧!"说完，自刎而死。

练 习

一、单项选择题

1.《项羽本纪》出自（　　）。

A.《左传》　B.《战国策》　C.《史记》　D.《国语》

2. 下列不属于2项羽的称呼的是（　　）。

A. 项籍　B. 西楚霸王　C. 楚霸王　D. 项父

3. 下列事件不是《项羽本纪》中所记载的是（　　）。

A. 无颜见江东父老　B. 破釜沉舟　C. 四面楚歌　D. 三顾茅庐

4. 下列不是项羽的缺点的是（　　）。

A. 狡猾奸诈　B. 有勇无谋　C. 残暴　D. 自满

二、判断题

（　　）1.《史记》是中国第一部史书，它记载了上起传说中的黄帝，下至西汉武帝太初年间共3 000多年的历史

（　　）2.《史记》不仅是一部史学巨著，同时也是一部文学巨著，被鲁迅称誉为"史家之绝唱，无韵之离骚"。

（　　）3. 项羽虽然在楚汉相争中失败了，但他仍然是千载之下中国人民心目中的英雄。

（　　）4. 项羽的失败完全是偶然的。

三、综合题

1. 想一想司马迁为什么要把项羽放在"本纪"之中。

2. 对项羽放弃生还的机会而自刎乌江的选择你怎么看?

拓展阅读

夏日绝句

李清照

生当作人杰[(1)]，死亦为鬼雄[(2)]。
至今思项羽，不肯过江东。

［解题］

李清照是宋代（南北宋之交）女词人，婉约词派代表，有“千古第一才女”之称。她所生活的南宋时代，统治者不顾百姓死活，只顾自己逃命，抛弃中原大好河山，苟且偷生。因此，诗人想起了项羽无颜见江东父老，在乌江自刎的故事，借以讽刺南宋统治者的无耻行径。慷慨雄健、掷地有声，一扫她在词作中的柔婉风格。爱国激情，溢于言表，令人赞叹。

［注释］

（1）人杰：人中的豪杰。
（2）鬼雄：鬼中的英雄。

［译文］

活着要当人中的俊杰，死了要做鬼中的英雄。
人们至今还思念项羽，只因他不肯偷生回江东。

第九课　汉乐府民歌

选　文

【导言】

汉乐府是继《诗经》《楚辞》而起的一种新诗体。“乐府”原是指汉武帝时设立的一个专门管理音乐的机构，其职责是采集民间歌谣或文人的诗，然后为其配上乐曲，用于朝廷祭祀或宴会时演奏。后世将乐府所搜集整理的诗歌称为“乐府诗”，或“乐府”。

孔雀东南飞

（《玉台新咏》）

汉末建安中[1]，庐江[2]府小吏焦仲卿妻刘氏，为仲卿母所遣[3]，自誓不嫁。其家逼之，乃投水而死。仲卿闻之，亦自缢于庭树。时人伤之，为诗云尔[4]。

孔雀东南飞，五里一徘徊[5]。

“十三能织素[6]，十四学裁衣，十五弹箜篌[7]，十六诵诗书[8]。十七为君妇，心中常苦悲。君既为府吏，守节[9]情不移。贱妾留空房，相见常日稀。鸡鸣入机织，夜夜不得息。三日断[10]五匹，大人故嫌迟[11]。非为织作迟，君家妇难为！妾不堪[12]驱使，徒[13]留无所施[14]。便可白公姥[15]，及时相遣归。”

府吏得闻之，堂上启阿母：“儿已薄禄相[16]，幸复得此妇，结发[17]同枕席，黄泉共为友。共事二三年，始尔[18]未为久。女行无偏斜，何意致不厚[19]？”

阿母谓府吏：“何乃太区区[20]！此妇无礼节，举动自专由[21]。吾意久怀忿，汝岂得自由！东家有贤[22]女，自名秦罗敷，可怜[23]体无比，阿母为汝求。便可速遣之，遣去慎莫留！”

府吏长跪告：“伏惟[24]启阿母，今若遣此妇，终老不复取[25]！”

阿母得闻之，槌床[26]便大怒：“小子无所畏，何敢助妇语！吾已失恩义，会不相从许[27]！”

府吏默无声，再拜还入户。举言[28]谓新妇[29]，哽咽不能语：“我自不驱卿，逼迫有阿母。卿但暂还家，吾今且报府[30]。不久当归还，还必相迎取。以此下心意[31]，慎勿违吾语。”

新妇谓府吏：“勿复重纷纭[32]。往昔初阳岁[33]，谢[34]家来贵门。奉事循公姥，进止敢自专？昼夜勤作息[35]，伶俜萦苦辛[36]。谓言[37]无罪过，供养卒[38]大恩；仍更被驱遣，何言复来还！妾有绣腰襦[39]，葳蕤[40]自生光；红罗复斗帐，四角垂香囊；箱帘[41]六七十，绿碧青丝绳，物物各自异，种种在其中。人贱物亦鄙，不足迎后人[42]，留待作遗施[43]，于今无会因[44]。时时为安慰，久久莫相忘！”

鸡鸣外欲曙，新妇起严妆[45]。著我绣夹裙，事事四五通[46]。足下蹑[47]丝履，头上玳瑁[48]光。腰若流纨素，耳著明月珰[49]。指如削葱根，口如含朱丹。纤纤作细步，精妙世无双。

上堂拜阿母，阿母怒不止。“昔作女儿时[50]，生小出野里[51]。本自无教训，兼愧[52]贵家子。受母钱帛多，不堪母驱使。今日还家去，念母劳家里。”却[53]与小姑别，泪落连珠子。“新妇初来时，小姑始扶床；今日被驱遣，小姑如我长。勤心养公姥，好自相扶将[54]。初七及下九[55]，嬉戏莫相忘。”出门登车去，涕落百余行。

府吏马在前，新妇车在后。隐隐[56]何甸甸，俱会大道口。下马入车中，低头共耳语：“誓不相隔卿，且暂还家去；吾今且赴府，不久当还归。誓天不相负[57]！”

新妇谓府吏：“感君区区[58]怀！君既若见录[59]，不久望君来。君当作磐石，妾当作蒲苇，蒲苇纫[60]如丝，磐石无转移。我有亲父兄[61]，性行暴如雷，恐不任我意，逆[62]以煎我怀。”举手长劳劳[63]，二情同依依。

入门上家堂，进退无颜仪[64]。阿母大拊掌[65]，不图子自归[66]：“十三教汝织，十四能裁衣，十五弹箜篌，十六知礼仪，十七遣汝嫁，谓言无誓违[67]。汝今何罪过，不迎而自归？”兰芝惭阿母：“儿实无罪过。”阿母大悲摧[68]。

还家十余日，县令遣媒来。云有第三郎，窈窕[69]世无双。年始十八九，便言多令才[70]。

阿母谓阿女：“汝可去应之。”

阿女含泪答：“兰芝初还时，府吏见丁宁[71]，结誓不别离。今日违情义，恐此事非奇[72]。自可断来信[73]，徐徐更谓之[74]。”

阿母白媒人：“贫贱有此女，始适[75]还家门。不堪[76]吏人妇，岂合令郎君？幸可广问讯，不得便相许。”

媒人去数日，寻遣丞请还，说有兰家女，丞籍有宦官[77]。云有第五郎，娇逸[78]未有婚。遣丞为媒人，主簿[79]通语言。直说太守家，有此令郎君，既欲结大义，故遣来贵门。

阿母谢媒人：“女子先有誓，老姥岂敢言！”

阿兄得闻之，怅然心中烦。举言谓阿妹：“作计[80]何不量[81]！先嫁得府吏，后嫁得郎君，否泰[82]如天地，足以荣汝身。不嫁义郎[83]体，其往欲何云[84]？”

兰芝仰头答：“理实如兄言。谢家事夫婿，中道还兄门。处分[85]适[86]兄意，那得自任专！虽与府吏要[87]，渠会[88]永无缘。登即[89]相许和，便可作婚姻。”

媒人下床去，诺诺复尔尔[90]。还部白府君[91]：“下官[92]奉使命，言谈大有缘[93]。”府君得闻之，心中大欢喜。视历[94]复开书，便利此月内，六合[95]正相应。良吉三十日，今已二十七，卿[96]可去成婚。交语[97]速装束，络绎如浮云。青雀白鹄舫[98]，四角龙子幡[99]。婀娜[100]随风转，金车玉作轮。踯躅[101]青骢马[102]，流苏[103]金镂鞍。赍[104]钱三百万，皆用青丝穿。杂彩[105]三百匹，交广[106]市鲑[107]珍。从人四五百，郁郁[108]登郡门。

阿母谓阿女：“适[109]得府君书，明日来迎汝。何不作衣裳？莫令事不举[110]！”

阿女默无声，手巾掩口啼，泪落便如泻。移我琉璃榻[111]，出置前窗下。左手持刀尺，右手执绫罗。朝成绣夹裙，晚成单罗衫。晻晻[112]日欲暝，愁思出门啼。

府吏闻此变，因求假暂归。未至二三里，摧藏[113]马悲哀。新妇识马声，蹑履相逢迎。怅然遥相望，知是故人来。举手拍马鞍，嗟叹使心伤：“自君别我后，人事不可量[114]。果不如先愿，又非君所详。我有亲父母[115]，逼迫兼弟兄[116]。以我应他人，君还何所望！”

府吏谓新妇：“贺卿得高迁！磐石方且厚，可以卒千年；蒲苇一时纫，便作旦夕间。卿当日胜贵[117]，吾独向黄泉！”

新妇谓府吏：“何意出此言！同是被逼迫，君尔妾亦然。黄泉下相见，勿违今日言！”执手分道去，各各还家门。生人作死别，恨恨[118]那可论？念与世间辞，千万不复全！

府吏还家去，上堂拜阿母：“今日大风寒，寒风摧树木，严霜结庭兰。儿今日冥冥[119]，令母在后单[120]。故[121]作不良计[122]，勿复怨鬼神！命如南山石，四体[123]康且直[124]！”

阿母得闻之，零泪应声落：“汝是大家子，仕宦于台阁[125]。慎勿为妇死，贵贱情何薄[126]！东家有贤女，窈窕艳城郭，阿母为汝求，便复在旦夕。”

府吏再拜还，长叹空房中，作计乃尔立[127]。转头向户里，渐见愁煎迫。

其日牛马嘶，新妇入青庐[128]。奄奄[129]黄昏[130]后，寂寂人定初。“我命绝今日，魂去尸长留！”揽裙脱丝履，举身赴清池。

府吏闻此事，心知长别离。徘徊庭树下，自挂东南枝。

两家求合葬，合葬华山[131]傍。东西植松柏，左右种梧桐。枝枝相覆盖，叶叶相交通[132]。中有双飞鸟，自名为鸳鸯。仰头相向鸣，夜夜达五更。行人驻足[133]听，寡妇起彷徨。多谢[134]后世人，戒之慎勿忘！

［解题］

《孔雀东南飞》是中国文学史上最长的一篇叙事诗，也是乐府诗中的典范之作，它与北朝的《木兰诗》一起被称为“乐府双璧”。诗歌原题为“古诗为焦仲卿妻作”，讲述了发生在东汉时期的一桩婚姻悲剧，通过焦仲卿、刘兰芝夫妇因焦母反对和刘兄蛮横而被迫分离，最终双双自杀的故事，控诉了封建礼教的残酷无情，歌颂了这对夫妇的深挚感情和强烈的反抗精神。

［注释］

（1）建安中：建安年间（196—219）。建安，东汉献帝刘协的年号。
（2）庐江：汉代郡名，郡城在今安徽潜山一带。
（3）遣：女子出嫁后被夫家休回娘家。
（4）云尔：句末语气词，如此而已。
（5）徘徊（pái huái）：来回走动。
（6）素：白绢。
（7）箜篌（kōng hóu）：古代的一种弦乐器，形如筝、瑟。
（8）诗书：原指《诗经》和《尚书》，这里泛指儒家经典。
（9）守节：遵守官府里的规则，忠于职守。

（10）断：截下来，这里是织成一匹的意思。

（11）大人故嫌迟：婆婆故意嫌我织得慢。大人，对父母叔伯等长辈的尊称，这里指婆婆。

（12）不堪：不能胜任。

（13）徒：白白地。

（14）施：用。

（15）白公姥（mǔ）：禀告婆婆。白，告诉，禀告。公姥，公公和婆婆，这里是偏义复词，专指婆婆。

（16）薄禄相：官禄微薄的相貌。

（17）结发：束发。古时候一种象征夫妻结合的仪式。男女双方成婚时，各取头上一根头发，合而作一结，意味着从此结为夫妻。

（18）始尔：刚开始。

（19）致不厚：招致不喜欢。厚，厚待，这里是“喜欢”的意思。

（20）区区：小，这里指见识短浅。

（21）自专由：与下句“汝岂得自由”中的“自由”都是自作主张的意思。专，独断专行。由，随意，任意。

（22）贤：这里指聪明贤惠。

（23）可怜：可爱。

（24）伏惟：趴在地上想。这是古代下级对上级或小辈对长辈说话表示恭敬的习惯用语。

（25）取：通“娶”，娶妻。

（26）床：古代的一种坐具。

（27）会不相从许：当然不能答应你的要求。会，当然，必定。

（28）举言：发言，开口。

（29）新妇：媳妇（不是新嫁娘）。这是汉代末年对已嫁妇女的通称。

（30）报府：赴府，指回到庐江太守府。

（31）下心意：低心下意，受些委屈。

（32）勿复重（chóng）纷纭：不必再添麻烦吧。意思是说，不必再提接她回来的话了。

（33）初阳岁：农历冬末春初。

（34）谢：辞别。

（35）作息：原意是工作和休息，这里是偏义复词，专指工作。

（36）伶俜（pīng）萦（yíng）苦辛：孤孤单单，受尽辛苦折磨。伶俜，形容孤单的样子。萦，缠绕。

（37）谓言：总以为。

（38）卒：完成，引申为报答。

（39）绣腰襦（rú）：绣花的齐腰短袄。

（40）葳蕤（wēi ruí）：形容草木繁盛的样子，这里是形容短袄上刺绣的花茂盛美丽。

（41）箱帘：箱，衣箱。帘，通“奁”，古代妇女梳妆用的镜匣。

（42）后人：指府吏将来再娶的妻子。

（43）遗（wèi）施：赠送。

（44）会因：会面的机会。因，机会。

（45）严妆：整妆，郑重地梳妆打扮。

（46）通：次，遍。

（47）蹑（niè）：踩，踏，这里是指穿鞋。

（48）玳瑁（dài mào）：一种同龟相似的海洋爬行动物，甲壳可制装饰品。

（49）珰（dāng）：耳坠。

（50）昔作女儿时：以下八句是刘兰芝向婆婆告别时说的话。

（51）野里：乡间。

（52）兼愧：更有愧于。

（53）却：（从堂上）退下来。

（54）扶将：扶持，搀扶。这里是服侍的意思。

（55）初七及下九：七月七日和每月的十九日。初七，指古时的“乞巧节”，每年的农历七月七日，妇女在这天晚上在院子里陈设瓜果，向织女星祈祷，祈求提高刺绣缝纫技巧，称为“乞巧”。下九，古人以每月的二十九为上九，初九为中九，十九为下九。汉朝时，每月十九日是妇女欢聚的日子。

（56）隐隐：象声词，指车声。下面的“甸甸”同此。

（57）誓天：对天发誓。这几句是焦仲卿对刘兰芝说的话。

（58）区区：这里是诚挚的意思。

（59）若见录：如此记住我。见录，记着我。见，被。录，记。

（60）纫：通“韧”，柔韧牢固。

（61）亲父兄：即同胞兄。

（62）逆：预料，想到将来。

（63）劳劳：形象怅惘若失的样子。

（64）颜仪：即脸面，面子。

（65）拊（fǔ）掌：拍手，这里表示惊异。

（66）子自归：你自己回来。意思是，没料到女儿竟被驱遣回家。古代女子出嫁以后，娘家一定要得到婆家的同意，派人迎接，才能回娘家。下文“不迎而自归”，也是按这种规矩说的责备的话。

（67）无誓违：不会有什么过失。

（68）悲摧：悲痛，伤心。

（69）窈窕（yǎo tiǎo）：形容容貌体态美好的样子。

（70）便（pián）言多令才：口才很好，又多才能。便言，很会说话。令，美好。

（71）丁宁：嘱咐。后写作“叮咛”。

（72）非奇：不宜，不妥。

（73）断来信：回绝来做媒的人。断，回绝。信，使者，这里指媒人。

（74）更谓之：再谈它。之，这里指再嫁之事。

（75）适：出嫁。

（76）不堪：这里是“不能做”的意思。

（77）媒人去数日……丞籍有宦官：这几句可能有文字脱漏或错误，因此无法解释清楚。这里列出部分字的意义解释：寻，随即，不久。丞，县丞，官名。丞籍，承继先人的仕籍。宦官，即“官宦”，指做官的人。

（78）娇逸：娇美文雅。

（79）主簿：太守的属官。

（80）作计：拿主意，打算。

（81）量（liáng）：考虑。

（82）否（pǐ）泰：都是《易经》中的卦名。这里是指运气的好坏。否，坏运气。泰，好运气。

（83）义郎：男子的美称，这里指太守的儿子。

（84）其往欲何云：往后打算怎么办。其往，其后，将来。何云，这里指怎么办。

（85）处分：处置。

（86）适：依照。

（87）要（yāo）：相约。

（88）渠（qú）会：同他相会。渠，他。一说是那种相会。渠，那。

（89）登即：立即。

（90）尔尔：如此如此。相当于“就这样，就这样”。

（91）府君：对太守的尊称。

（92）下官：县丞自称。

（93）缘：缘分。

（94）视历：翻看历书。

（95）六合：古时候的习俗，结婚要选好日子，要年、月、日的干支（干，天干，甲、乙、丙、丁……支，地支，子、丑、寅、卯……）合起来都相适合，叫作“六合”。

（96）卿：你，这里指县丞。

（97）交语：交相传话。

（98）舫（fǎng）：船。

（99）龙子幡（fān）：绣龙的旗帜。

（100）婀娜（ē nuó）：形容轻轻飘动的样子。

（101）踯躅（zhí zhú）：形容缓慢不进的样子。

（102）青骢（cōng）马：青白杂毛的马。

（103）流苏：用五彩羽毛做的下垂的缨子。

（104）赍（jī）：赠送。

（105）杂彩：指各种颜色的绸缎。

（106）交广：古代郡名，交州、广州，这里是泛指今广东、广西一带。

（107）鲑（xié）：这里是鱼类菜肴的总称。

（108）郁郁：形容繁盛的样子。

（109）适：刚才。

（110）不举：办不成。

（111）榻（tà）：坐具。

（112）晻晻（yǎn yǎn）：形容日色昏暗无光的样子。

（113）摧藏（zàng）：摧折心肝。藏，脏腑。

（114）人事不可量：人间的事不可预料。

（115）父母：这里偏指母。

（116）弟兄：这里偏指兄。

（117）日胜贵：一天比一天高贵。

（118）恨恨：抱恨不已，这里指极度无奈。

（119）日冥冥：原意是日暮，这里用太阳下山来比喻生命的终结。

（120）单：孤单。

（121）故：有意，故意。

（122）不良计：不好的打算，这里是指自杀。

（123）四体：四肢，这里指身体。

（124）直：意思是腰板硬朗。

（125）台阁：原指尚书台，这里泛指大的重府。

（126）情何薄：怎能算是薄情。

（127）乃尔立：就这样决定。

（128）青庐：用青布搭成的篷帐，这是古人举行婚礼的地方。

（129）奄奄：通“晻晻”，形容日色昏暗无光的样子。

（130）黄昏：古代计算时间按十二地支将一日分为十二个“时辰”。“黄昏”是“戌时”（相当于现代的晚上7时至9时）。下句的“人定”是“亥时”（相当于现代的晚上9时至11时）。

（131）华山：庐江郡内的一座小山。

（132）交通：交错，这里指挨在一起。

（133）驻足：停步。

（134）谢：告诉。

［译文］

东汉末年建安年间，庐江府小吏焦仲卿的妻子刘氏，被仲卿的母亲驱赶回娘家，她发誓不再改嫁。但她娘家人却逼着她再嫁，她只好投水自尽。焦仲卿听到妻子的死讯后，也吊死在自家庭院的树上。当时的人哀悼他们，于是写了这样一首诗。

孔雀朝着东南方向飞去，飞到五里开外便徘徊不前。

“我十三岁就能织出白色的丝绢，十四岁就学会了裁衣。十五岁学会弹箜篌，十六岁就能诵读诗书。十七岁做了你的妻子，但心中常常感到痛苦伤悲。你既然已经做了府吏，当然会忠于职守专心不移。只留下我孤身一人独守空房，我们见面的日子常常是日渐稀少。每天早上当鸡叫的时候我就进入机房纺织，天天晚上都不能休息。三天就能在机上截下五匹布，但婆婆还故意嫌我织得慢。不是我纺织缓慢，而是你家的媳妇难做。我已经受不了你家这样的驱使，徒然留下来也没有什么用处。你这就去禀告公公婆婆，及时休掉我送我回娘家去。"

府吏听到这些话，便到堂上禀告阿母："儿已经没有做高官享厚禄的福相，幸而娶到这样一个好媳妇。我们便结成同床共枕的恩爱夫妻，希望同生共死直到黄泉也相伴。我们共同生活才两三年，日子才开头还不算长久。她的行为没有什么不正当，怎么就招致你的不满，得不到您的厚待？"

阿母对府吏说："你怎么这样见识短浅！这个媳妇不懂得礼节，行动举止又是那样自专自由。我心中早已怀着愤怒，你哪能自作主张对她迁就。东边邻家有个贤惠的女子，名字叫秦罗敷。她可爱的体态没有谁能比得上，我当为你去求亲。你就应尽快把兰芝赶走，赶走她千万不要让她再停留！"

府吏直身长跪恭恭敬敬地再向母亲哀求："现在如果赶走这个媳妇，儿到老也不会再娶别的女子！"

阿母听了府吏的话，便敲着坐床大发脾气："你这小子胆子太大毫无畏惧，怎么敢帮着媳妇胡言乱语。我对她已经断绝了情谊，对你的要求决不会依从！"

府吏默然不语，再拜之后辞别阿母回到自己的房里。开口向媳妇说话，悲痛气结已是哽咽难语："我本来不愿赶你走，但阿母逼我这样做。你先暂时回到娘家去，现在我也暂且回官府。不久我就要从府中回家来，回来之后一定会去迎接你。你就为这事委屈一下吧，千万不要违背我这番话语。"

兰芝对府吏说："不要再这样麻烦了！记得那年冬末初阳，我辞别娘家来到你家。侍奉公婆都顺着他们的心意，一举一动哪敢自作主张不守本分？日日夜夜辛勤劳作，孤身一人受尽辛苦折磨。总以为没有什么罪过，能够终身侍奉公婆报答他们的大恩。但仍然还是要被驱赶，哪里还谈得上再回来！我有一件绣花的短袄，绣着光鲜美丽的花纹。还有一床红罗做的双层斗形的小帐，四角都垂挂着香囊。大大小小的箱子有六七十个，都是用碧绿的丝线捆扎紧。里面的东西都各不相同，各种各样的东西都收藏其中。人既然低贱东西自然也卑陋，不值得用它们来迎娶后来的新人。你留着等待以后有机会施舍给别人吧，走到今天这一步今后不可能再有相会的机会。希望你时时安慰自己，长久记住不要忘记我。"

当公鸡鸣叫窗外天快要放亮时，兰芝起身精心地梳妆打扮。穿上昔日绣花的夹裙，梳妆打扮时每件事都重复四五遍才算妥当。她脚下穿着丝鞋，头上的玳瑁簪闪闪发光。腰间束着流光的白绸带，耳边挂着明月珠装饰的耳坠。手指像尖尖的葱根又细又白嫩，嘴唇涂红像含着朱丹一般。她轻轻地小步行走，艳丽美妙可谓举世无双。

她走上堂去拜别阿母，阿母任随她离去而不挽留阻止。“从前我做女儿的时候，从小就生长在村野乡里。本来就没有受到教管训导，更加惭愧的是又嫁到你家愧对你家的公子。收了阿母许多金钱和财礼，却不能胜任阿母的驱使。今天我就要回到娘家去，还记挂着阿母在家里孤身操劳。”她退下堂来又去与小姑告别，眼泪像一连串的珠子滚滚落下。“我这个新媳妇初嫁过来时，小姑刚学走路才会扶床。今天我被驱赶回娘家，小姑已和我差不多高。希望你尽心地侍奉我的公婆，好好地扶助他们精心奉养。每当七夕之夜和每月的十九日，玩耍时千万不要把我忘。”她走出家门上车离去，眼泪落下百多行。

府吏骑马走在前面，兰芝乘车跟在后面。车声时而小如隐隐，时而大如甸甸，车和马一同到达了大道口。府吏下马走进车中，低头与兰芝低声细语：“我发誓不与你断绝，你暂且回到娘家去，我今日也暂且赶回官府。不久我一定会回来，我向天发誓绝对不会辜负你。”

兰芝对府吏说：“感谢你对我的诚挚与关怀。既然你这样地记着我，不久之后我会殷切地盼望着你来。你应当像一块大石，我定会像一株蒲苇。蒲苇像丝一样柔软但坚韧结实，大石则不会转移。只是我有一个亲哥哥，性情脾气不好常常暴跳如雷。恐怕不能任凭我的心意，他一定会违背我的心意使我内心饱受熬煎。”两人忧伤不止地举手告别，双方都依依不舍。

兰芝回到娘家进门走上厅堂，进退为难觉得没脸见人。母亲十分惊异地拍手说道：“想不到没有去接你你竟自己回到家里。十三岁我就教你纺织，十四岁你就会裁衣，十五岁会弹箜篌，十六岁懂得礼仪，十七岁时把你嫁出去，总以为你在夫家不会有什么过失。你现在有什么过失？为什么没有去接你你竟自己回到家里？”兰芝惭愧地对亲娘说：“女儿实在没有什么过失。”亲娘听了十分悲伤。

回家才过了十多日，县令便派了一个媒人来提亲。说县太爷有个三公子，容貌体态举世无双。年龄只有十八九岁，口才很好文才也强。

亲娘便对女儿说：“你可以出去答应这门婚事。”

兰芝含泪回答说：“兰芝当初返家时，府吏一再嘱咐我，发誓永远不分离。今天如果违背了他的情义，恐怕这门婚事就不吉利。你可以去回绝媒人，以后再慢慢商议。”

亲娘出去告诉媒人："我们贫贱人家养育了这个女儿，出嫁不久便被赶回家里，不配做小吏的妻子，哪里适合再嫁你们公子为妻？希望你多方面打听打听，我不能就这样答应你。"

媒人离开几天后，那派去郡里请示太守的县丞刚好回来。他说："在郡里曾向太守说起一位名叫兰芝的女子，出生于官宦人家。"又说："太守有个排行第五的儿子，貌美才高还没有娶妻。太守要我做媒人，这番话是由主簿来转达。"县丞来到刘家直接说："在太守家里，有这样一个美好的郎君，想要同你家结亲，所以才派遣我来到贵府做媒人。"

兰芝的母亲谢绝了媒人："女儿早先已发誓不再嫁．我这个做母亲的怎敢再多说?"

兰芝的哥哥听到后，心中十分不痛快，向其妹兰芝开口说道："作出决定为什么不多想一想！先嫁是嫁给一个小府吏，后嫁却能嫁给太守的贵公子。命运好坏差别就像天和地，改嫁之后足够让你享尽荣华富贵。你不嫁这样的好郎君，往后你打算怎么办?"

兰芝抬起头来回答说："道理确实像哥哥所说的一样，离家出嫁侍奉丈夫，中途又回到哥哥家里，怎么安排都要顺着哥哥的心意，我哪里能够自作主张？虽然同府吏有过誓约，但同他相会永远没有机缘。立即去答应吧，这就可以结婚。"

媒人从坐床走下去，连声说好！好！就这样！就这样！他回到太守府禀告太守："下官承奉大人的使命，商议这桩婚事谈得很投机。"太守听了这话，心中非常欢喜。他翻开历书反复查看，吉日就在这个月之内，月建和日辰的地支都相合。"成婚吉日就定在三十日，今天已是二十七日，你可立即去办理迎娶的事。"彼此相互传语快快去筹办，来往的人连续不断就像天上的浮云。迎亲的船只上画着青雀和白鹄，船的四角还挂着绣着龙的旗子。旗子随风轻轻地飘动，金色的车配着玉饰的轮。驾上那毛色青白相杂的马缓步前进，马鞍两旁结着金线织成的缨子。送了聘金三百万，全部用青丝串联起。各种花色的绸缎三百匹，还派人到交州、广州一带购来海味和山珍。随从人员共有四五百，热热闹闹地齐集太守府前准备去迎亲。

亲娘对兰芝说："刚才得到太守的信，明天就要来迎娶你。你为什么还不做好衣裳？不要让事情办不成!"

兰芝默默不说话，用手巾掩口悲声哭泣，眼泪就像流水往下泻。移动她那镶着琉璃的坐榻，搬出来放到前窗下。左手拿着剪刀和界尺，右手拿着绫罗和绸缎。早上做成绣夹裙，晚上又做成单罗衫。一片昏暗天时已将晚，她满怀忧愁地想到明天要出嫁便伤心哭泣。

府吏听到这个意外的变故，便告假请求暂且回家。还没走到刘家，还有二三里，人很伤心马儿也悲鸣。兰芝熟悉那匹马的叫声，踏着鞋急忙走出家门去相迎。心中惆怅远远地望过去，知道是从前的夫婿来了。她举起手来拍拍马鞍，不断叹气让彼此更伤心。“自从你离开我之后，人事变迁真是无法预测。果然不能满足我们从前的心愿，内中的情由不是你能了解。我有亲生的父母，逼迫我的还有我的兄长。把我许配了别的人，你还能有什么希望！”

府吏对兰芝说：“祝贺你能够高升！大石方正又坚厚，可以千年都不变。蒲苇虽然一时坚韧，但只能坚持很短的时间。你将一天比一天高贵，只有我独自一人下到黄泉。”

兰芝对府吏说：“想不到你会说出这样的话！同样是被逼迫，你我一样受熬煎。我们在黄泉之下再相见，不要违背今天的誓言！”两人握手告别分道离去，各自回到自己家里面。活着的人却要做死的离别，心中抱恨哪里能够说得完。他们都想很快地离开人世，无论如何也不愿苟且偷生得保全。

府吏回到自己家，上堂拜见阿母说：“今天风大天又寒，寒风摧折了树木，浓霜冻坏了庭院中的兰花。我今天已是日落西山生命将终结，让母亲独留世间以后的日子孤单。我是有意作出这种不好的打算，请不要再怨恨鬼神施责罚！但愿你的生命像南山石一样的久长，身体强健又安康。”

阿母听到了这番话，泪水随着语声往下落：“你是大户人家的子弟，一直在官府做官。千万不要为了一个妇人去寻死，贵贱不同，你将她遗弃怎能算情薄？东邻有个好女子，苗条美丽惊艳全城。做母亲的为你去求婚，答复就在这早晚之间。”

府吏再拜之后转身走回去，在空房中长叹不已。他的决心就这样定下了，把头转向屋子里，心中忧愁煎迫一阵更比一阵紧。

迎亲的那一天牛马嘶叫，新媳妇兰芝被迎娶进入青色帐篷里。天色昏暗已是黄昏后，静悄悄的四周无声息。“我的生命就在今天终结，只有尸体长久留下，我的魂魄将要离去。”她挽起裙子脱下丝鞋，纵身一跳投进了清水池。

府吏听到了这件事，心里知道这就是永远的别离，于是来到庭院大树下徘徊了一阵，自己吊死在东南边的树枝上。

两家要求将他们夫妻二人合葬，最终合葬在华山旁。坟墓东西两边种植松柏，左右两侧栽种梧桐。树枝枝枝相覆盖，树叶叶叶相连通。中间又有一对双飞鸟，鸟名本是叫鸳鸯，它们抬起头来相对鸣叫，每晚都要鸣叫到五更。过路的人都停下脚步仔细听，寡妇惊起更是不安和彷徨。我要郑重地告诉后来的人，以此为鉴戒，千万不要把它忘。

［简析］

《孔雀东南飞》是中国文学史上第一部长篇叙事诗，它与北朝的《木兰诗》并称为“乐府双璧”，代表了乐府诗的最高成就。

诗歌取材于东汉献帝年间发生在庐江郡的一桩婚姻悲剧，原题为“古诗为焦仲卿妻作”，因诗的首句为“孔雀东南飞，五里一徘徊”，故又有此名。全诗 350 余句，1 700 余字。主要讲述了焦仲卿、刘兰芝夫妇被迫分离并双双自杀殉情的故事，控诉了封建礼教的残酷无情，歌颂了焦刘夫妇的真挚爱情和反抗精神。

作为中国古代史上最长的一部叙事诗，《孔雀东南飞》故事叙述详略得当，人物刻画生动鲜明，焦刘夫妇的心心相印、坚贞不屈，以及焦母的顽固和刘兄的蛮横都刻画得入木三分。篇尾还构思了刘兰芝和焦仲卿死后双双化为鸳鸯的神话，在现实主义的基调上为诗歌抹上了一笔浪漫主义色彩，寄托了人民群众追求恋爱自由和幸福生活的强烈愿望。

［名句欣赏］

孔雀东南飞，五里一徘徊。孔雀向东南方向飞去，飞到五里便徘徊一阵，不忍离去。蕴含着夫妻双方感情深厚，相互顾恋、依依不舍的思想感情。

上　邪(1)

（《乐府诗集》）

上邪！
我欲与君相知(2)，
长命无绝衰(3)。
山无陵(4)，江水为竭，
冬雷震震(5)，夏雨雪(6)，
天地合，
乃敢与君绝！

［解题］

《上邪》是汉乐府民歌中的一首情诗，是一位痴情女子对爱情的热烈表白，她指天为誓，连用五件不可能发生的事情来表明自己生死不渝的爱，情感真挚，气势豪放，是一首用热血乃至生命铸就的爱情篇章。

［注释］

（1）上邪（yé）：天啊！上，指天。邪，语气助词，表示感叹。

（2）相知：相爱。

（3）长命无绝衰（cuī）：让（我们的爱情）永不衰绝。命，通“令”，使。衰，衰减、断绝。

（4）陵（líng）：山峰、山头。

（5）震震：形容雷声。

（6）雨（yù）雪：降雪。雨，名词作动词，下，降。

［译文］

上天呀！我要与你相知相爱，让我们的爱情永不衰绝。除非群山消逝不见，除非江水干涸枯竭。除非寒冬雷声翻滚，除非酷暑白雪纷飞，除非天地相合连接，我才敢将对你的情意抛弃决绝！

［简析］

《上邪》是汉乐府中的一首情歌，全诗可看作是女主人公的爱情誓言。作者充满激情地连用五件根本不可能出现的事情来表明自己对爱情的坚定信念，塑造了一位热恋中的泼辣、痴情的女性形象，感人肺腑，被誉为“短章中神品”。

练　习

一、单项选择题

1．《孔雀东南飞》是中国文学史上第一部长篇叙事诗，也是乐府诗发展史上的高峰之作，与它合称为“乐府双璧”的诗歌是（　　）。

A．《短歌行》　　B．《木兰诗》　　C．《七步诗》　　D．《上邪》

2．刘兰芝不讨婆婆喜爱的原因在于（　　）。

A．织布速度慢　　B．懒惰　　C．貌丑　　D．自作主张，不听话

3．导致刘兰芝、焦仲卿夫妻双方婚姻悲剧的根本原因在于（　　）。

A．焦仲卿母亲的横行霸道　　B．焦仲卿的软弱

C．刘兰芝的自作主张　　D．中国古代封建家长制和封建礼教

二、判断题

（　　）1．刘兰芝是一个多才多艺、聪明能干、有教养的女人。

（　　）2．刘兰芝和焦仲卿的殉情，既表现了他们对爱情的忠贞不渝，也表现出对封建家长制和封建礼教的控诉和反抗。

（　　）3．“中有双飞鸟，自名为鸳鸯，仰头相向鸣，夜夜达五更。”这里运用了浪漫主义手法，表明刘兰芝和焦仲卿双双殉情的爱情故事终于感动上苍，让他们两人化作鸳鸯鸟而结为夫妇。

（　　）4．《上邪》是一位热恋中的北方姑娘对爱情的宣言，表现了她对爱情的执着、坚定、永不变心的坚强性格。

三、综合题

1．《孔雀东南飞》叙述了一个哀婉动人的爱情婚姻悲剧故事，这个故事与诗歌开头两句“孔雀东南飞，五里一徘徊”有什么关系？

2．你怎么看待《孔雀东南飞》叙述的爱情婚姻悲剧？

3．试分析《孔雀东南飞》中男女主人公的性格特点。

拓展阅读

江 南

（《乐府诗集》）

江南可[1]采莲，莲叶何田田[2]，鱼戏莲叶间。
鱼戏莲叶东，鱼戏莲叶西，鱼戏莲叶南，鱼戏莲叶北。

【注释】

（1）可：在这里是“适宜”“正好”的意思。
（2）田田：形容荷叶茂盛的样子。

【译文】

江南到了适宜采莲的季节，莲叶长得非常茂盛。在茂密如盖的莲叶下面，鱼儿在欢快地嬉戏玩耍。

鱼儿一会儿游到这儿，一会儿又游到了那儿，说不清究竟是在东边，还是在西边，在南边，还是在北边。

【简析】

这首歌在汉乐府民歌中具有独特的风味。表面上是一首写采莲的歌，但实际上是在歌颂爱情。诗中对采莲时的光景和采莲人欢乐心情的描写，隐含着青年男女相互嬉戏，追逐爱情的意思。

第十课　曹操《短歌行》

选 文

【导言】

曹操（155—220），字孟德，小名阿瞒，沛国谯（今安徽省亳州市）人，东汉末年杰出的政治家、军事家、文学家。在政治军事方面，曹操消灭了众多割据势力，统一了中国北方大部分区域，并实行一系列政策恢复经济生产和社会秩序，奠定了曹魏立国的基础。文学方面，在曹操父子的推动下形成了以三曹（曹操、曹丕、曹植）为代表的建安文学，史称“建安风骨”，在文学史上留下了光辉的一笔。

短歌行

曹　操

对酒当歌[1]，人生几何[2]！譬如朝露，去日苦多[3]。
慨当以慷[4]，忧思难忘。何以解忧？唯有杜康[5]。
青青子衿，悠悠我心[6]。但为君故，沉吟[7]至今。
呦呦鹿鸣，食野之苹。我有嘉宾，鼓瑟吹笙[8]。
明明如月，何时可掇[9]？忧从中来，不可断绝。
越陌度阡[10]，枉用相存[11]。契阔谈讌[12]，心念旧恩。
月明星稀，乌鹊南飞。绕树三匝[13]，何枝可依？
山不厌高，海不厌深[14]。周公吐哺，天下归心。

【解题】

《短歌行》是曹操以乐府古题创作的诗歌。这首诗通过宴会的歌唱，以沉稳顿挫的笔调抒写了诗人求贤如渴的思想和统一天下的雄心壮志，具有鲜明的政治色彩，妙在将政治内容和意义完全熔铸在浓郁的抒情意境中。全诗内容深厚，庄重典雅，感情充沛，被视为曹操的代表作。

【注释】

（1）对酒当歌：一边喝酒，一边唱歌。当，对着。

（2）几何：多少。

（3）去日苦多：已经过去的日子太多。这里是慨叹人生短暂。

（4）慨当以慷：这里是指宴会上的歌声激昂慷慨。当以，应当用。这句意思是，应当用激昂慷慨的方式来唱歌。

（5）杜康：传说中最早造酒的人，这里用来代指酒。

（6）青青子衿（jīn），悠悠我心：出自《诗经·郑风·子衿》。原写姑娘思念情人，这里用来比喻渴望得到有才学的人。子，对对方的尊称。衿，古式的衣领。青衿，是周代读书人的服装，这里指代有学识的人。悠悠，长久的样子，这里是形容思虑连绵不断。

（7）沉吟：原指小声叨念和思索，这里指对贤人的思念和倾慕。

（8）呦（yōu）呦鹿鸣，食野之苹。我有嘉宾，鼓瑟吹笙（shēng）：出自《诗经·小雅·鹿鸣》。呦呦，鹿叫的声音。苹，艾蒿。鼓，弹。

（9）掇（duō）：拾取，摘取。

（10）越陌度阡：穿过纵横交错的小路。陌，东西向的田间小路。阡，南北向的田间小路。

（11）枉用相存：屈驾来访。枉，这里是“屈驾”的意思；用，以。存，问候，思念。

（12）讌（yàn）：通“宴”，相聚叙谈。

（13）三匝（zā）：三周。匝，周，圈。

（14）海不厌深：出自《管子·形解》，原文是：“海不辞水，故能成其大；山不辞土，故能成其高；明主不厌人，故能成其众……”意思是表示希望尽可能多地接纳人才。

【译文】

面对着美酒高声放歌，人生的岁月能有几何？好比那清晨的露水日出就干，可悲可叹失去的岁月已经太多。

慷慨激昂地唱着歌，内心忧虑却难以遗忘，用什么来消除忧愁？只有那美酒杜康。

那些穿青色衣领的学子，牵挂着我悠长思慕之心。就是因为渴慕贤才，焦虑吟沉直到如今。

鹿儿呦呦鸣叫呼唤朋友，共享原野上找到的艾蒿。我若有了尊贵的嘉宾，定将设宴鼓乐盛情款待。

贤才就像那清明的月儿，我什么时候才有把你采摘？我的忧虑发自内心，日日夜夜都无法断绝。

有劳您走过阡陌小路远道跋涉，屈驾而来致意问候。我们就像久别重逢的老友般欢宴畅谈，感念您还记着旧日的恩情。

月明星稀的夜晚，乌鹊向南方飞去。绕着大树飞了一圈又一圈，却不知可以依歇在哪根树枝？

大山永远不会嫌高，大海也永远不会嫌深。我将像周公那样虚心对待贤才，一定会得到天下人的拥戴。

【简析】

这是一首求贤歌，主题非常明确，就是曹操希望有大量人才来为自己所用。曹操曾多次发布“求贤令”，大力提倡“唯才是举”。而《短歌行》实际上就是一曲“求贤歌”，因为运用了诗歌的形式，含有丰富的抒情成分，所以感染力很强，既有力地宣传了他所坚持的主张，又配合了他所颁发的政令。

尽管政治性很强，然而其中的政治内容和意义却完全熔铸在浓郁的抒情意境之中，充分发挥了诗歌创作的特长，准确而巧妙地运用了比兴手法，达到寓理于情，以情感人的目的。

练 习

一、单项选择题

1．曹操的《短歌行》是一首（　　）。

A．旧题乐府　　B．新题乐府　　C．律诗　　D．绝句

2．曹操的《短歌行》有两个主题，分别是（　　）。

A．感慨时光易逝，及时行乐　　B．感慨时光易逝，对女子的追求

C．感慨时光易逝，渴慕贤才　　D．对功业的追求，对女子的追求

3．“青青子衿，悠悠我心”表达了作者（　　）。

A．对女子的思念　B．对贤才的思慕　C．对时光的感慨　D．对理想的追求

4．“山不厌高，水不厌深”表达了作者（　　）。

A．渴望多招纳贤才 B．对知识的渴求　C．不怕艰难险阻　D．对未来的信心

二、判断题

（　　）1．在“月明星稀，乌鹊南飞。绕树三匝，何枝可依”中，“乌鹊”比喻贤才；“绕树三匝”比喻贤才寻找归宿，却无所依托的情景。

（　　）2．“对酒当歌，人生几何”和“何以解忧，唯有杜康”几句诗表达了功业未成的曹操悲观厌世的一面。

（　　）3．根据当时的时代背景，诗人“忧从中来”的“忧”来自壮志未酬却已年过半百的忧虑，来自社会动荡，国家统一前途未卜的担忧等等。

（　　）4．周公吐哺：周公说他在吃饭时曾三次把饭从嘴里吐出来，唯恐因接待贤士迟慢而失掉人才。这里借用这个典故，是表示自己像周公一样热切殷勤地接待贤才，使天下的人才都心悦诚服地归顺。

三、综合题

1．为什么说曹操是中国古代杰出的政治家、军事家和文学家？谈一谈你对曹操的认识。

2．曹植的《七步诗》反映了中国封建社会的什么问题？

拓展阅读

七步诗

曹　植

版本一

（出自《世说新语》）

煮豆持[(1)]作羹[(2)]，漉[(3)]菽[(4)]以为汁。
萁[(5)]在釜[(6)]下燃，豆在釜中泣。
本自同根生，相煎[(7)]何太急？

【解题】

《七步诗》出自《世说新语》，传说是曹植的作品。曹植（192—232），字子建，沛国谯（今安徽省亳州市）人。三国时期曹魏诗人、文学家，建安文学的代表人物。他是曹操之子，魏文帝曹丕之弟，又称陈思王。与曹操、曹丕合称为“三曹”，南朝宋文学家谢灵运赞之：“天下才有一石（dàn），曹子建独占八斗。”曹植自幼聪慧，饱读诗书，出言为论，落笔成文，深得曹操的宠爱。

传说曹丕做了皇帝以后，对才华横溢的弟弟曹植一直心怀忌恨，有一次，他命曹植在七步之内作诗一首，如做不到就将之处死，而曹植不得已，只好应声而作此诗。因为限制在七步之中作成，故后人称之为《七步诗》。这首诗用同根而生的萁和豆来比喻同父共母的亲兄弟，用萁煎其豆来比喻同胞骨肉的哥哥对自己的残害，生动形象地反映了封建统治集团内部的残酷斗争和自身当下处境艰难，表达了沉郁愤激的思想感情。

【注释】

（1）持：用来。

（2）羹（gēng）：用肉或菜做成的带汁的食物。

（3）漉（lù）：过滤。

（4）菽（shū）：豆。这句的意思是说把豆子的残渣过滤出去，留下豆汁作羹。

（5）萁（qí）：豆茎。晒干后可用来当柴烧。

（6）釜（fǔ）：锅。

（7）煎：煎熬，这里用来比喻迫害。

【译文】

煮豆来做豆羹，过滤豆子做成汁。豆茎在锅下燃烧，豆子在锅里哭泣。豆茎和豆子本是从同一条根上生长出来的，为什么要相互煎熬，逼迫得那么狠呢？

七步诗

曹　植

版本二

（出自《三国演义》）

煮豆燃豆萁，豆在釜中泣。
本是同根生，相煎何太急？

【译文】

燃烧豆茎煮豆子，豆子在锅里面哭泣。

豆子和豆茎本来是同一条根上生长出来的，为什么要急迫地互相煎熬呢？

第十一课　陶渊明

选　文

［导言］

陶渊明（约365—427），又名潜，字元亮，浔阳柴桑（今江西省九江市）人，东晋著名文学家，是中国文学史上的第一位田园诗人。他志趣高洁，曾做过几年小官，后因厌恶官场污浊，中年弃官归隐田园，世称“靖节先生”。陶渊明是田园诗的开创者，诗歌多描写自然景色及其在农村生活的情景，风格平淡爽朗，语言质朴自然，又极为精练。

饮酒（其五）

陶渊明

结庐[(1)]在人境[(2)]，而无车马喧。
问君何能尔[(3)]？心远地自偏。
采菊东篱下，悠然见南山。
山气日夕[(4)]佳，飞鸟相与还[(5)]。
此中[(6)]有真意[(7)]，欲辨已忘言。

［解题］

《饮酒》是陶渊明的一组五言古诗。陶渊明喜爱喝酒，他辞官隐退后，时常醉酒后诗兴大发，书写感慨，第二天清醒后再修改润色，一共得到20首诗，陶渊明将这一组诗题为《饮酒》。这是其中的第五首，这首诗表现了陶渊明高洁傲岸的道德情操和安贫乐道的生活情趣。

【注释】

（1）结庐：建造房屋。结，建造。庐，简陋的房屋。
（2）人境：人聚居的地方。这里是指喧嚣的尘世。
（3）尔：这样。
（4）日夕：傍晚。
（5）相与还：结伴而归。
（6）此中：此时此地的情景，指山中景象，也指隐逸生活。
（7）真意：真趣。这里是指从大自然中领悟到的人生真谛。

【译文】

把房屋建在人口密集的地方，却没有人群车马往来的喧哗。你问我为何能达到这样的境界？心远离闹市，自然就觉得住所僻静了。在东边的篱笆下采摘菊花，无意中看见了南山。山中傍晚时分空气很好，有飞鸟结伴而归。这其中蕴含着隐居生活的真趣，想要说出来，却忘记了该如何用语言表达。

【简析】

这首诗表现了诗人悠然自得的心态和对田园生活的热爱，以及不同流俗的人生境界。不同于一般隐士所标榜的超尘出世，陶渊明是“结庐在人境”，虽置身“人境”，却能做到“无车马喧”。原因何在？“心远地自偏”。心无杂念，即使身居闹市，也宛如在山中。这深刻的道理被诗人用平淡的语言说出，亲切感人，而又意味深远。

【名句欣赏】

采菊东篱下，悠然见南山。诗人悠闲地在篱下采菊，抬头见山，是那样的怡然自得，那样的超凡脱俗。以景物的描写衬托出诗人的闲适心情。“悠然”二字很妙，说明诗人所见所感并非有意寻求，而是不期而遇。这两句妙在自己无心见山，而是悠然远望，心与物游，达到了物我两忘的境界。

桃花源记

陶渊明

晋太元[1]中，武陵人[2]捕鱼为业。缘[3]溪行，忘路之远近。忽逢桃花林，夹岸[4]数百步，中无杂树，芳草鲜美，落英[5]缤纷。渔人甚异之[6]。复前行，欲穷[7]其林。

林尽水源[8]，便得一山，山有小口，仿佛若有光。便舍船，从口入。初极狭，才通人。复行数十步，豁然开朗[9]。土地平旷，屋舍俨然[10]，有良田美池桑竹之属[11]。阡陌交通[12]，鸡犬相闻[13]。其中往来种作，男女衣着，悉[14]如外人。黄发垂髫[15]，并怡然[16]自乐。

见渔人，乃大惊，问所从来[17]，具[18]答之。便要[19]还家，设酒杀鸡作食。村中闻有此人，咸[20]来问讯。自云先世避秦时乱，率妻子[21]邑人[22]来此绝境，不复出焉，遂与外人间隔。问今是何世，乃不知有汉，无论[23]魏晋。此人一一为具言所闻，皆叹惋。余人各复延至[24]其家，皆出酒食。停数日，辞去。此中人语云："不足为外人道也。"

既出，得其船，便扶向路[25]，处处志之[26]。及郡下[27]，诣[28]太守，说如此。太守即遣人随其往，寻向所志[29]，遂迷，不复得路。

南阳刘子骥，高尚士也，闻之，欣然规往。未果[30]，寻[31]病终，后遂无问津[32]者。

［解题］

《桃花源记》是陶渊明的代表作之一，是其《桃花源诗》的序言。文章借武陵渔人的一次奇遇，创造了一个与污浊黑暗的现实社会相对立的美好境界，通过对桃花源的安宁和乐、自由平等生活的描绘，寄托了作者的政治理想和对当时现实生活的不满。

［注释］

(1) 太元：东晋孝武帝（376—396）的年号。

（2）武陵：地名，在今湖南常德一带。

（3）缘：顺着、沿着。

（4）夹岸：两岸。

（5）落英：落花。

（6）异之：以之为异，即对此感到诧异。异，形容词的意动用法，以……为异，对……感到诧异，认为……是奇异的。之，代词，指见到的景象。

（7）穷：尽，形容词用作动词，这里是“走到……的尽头”的意思。

（8）林尽水源：桃花林在溪水发源的地方就没有了。尽，完，没有了。

（9）豁（huò）然开朗：形容由狭窄幽暗突然变得宽阔明亮的样子。然，……的样子。豁然，形容开阔敞亮的样子；开朗，开阔明亮。

（10）俨（yǎn）然：整齐的样子。

（11）属：类。

（12）阡陌交通：田间小路交错相通。阡，南北走向的田间小路。陌，东西走向的田间小路。交通，交错相通。

（13）鸡犬相闻：鸡鸣狗叫的声音可以互相听到。

（14）悉：全，都。

（15）黄发垂髫（tiáo）：老人和小孩。黄发，旧说是长寿的象征，这里指老人。垂髫，垂下来的头发，这里指小孩子。

（16）怡然：愉快、高兴的样子。

（17）从来：从……地方来。

（18）具：通“俱”，全，详细。

（19）要：通“邀”，邀请。

（20）咸：副词，都，全。

（21）妻子：指妻子和儿女。

（22）邑（yì）人：同乡（县）的人。邑，古代的区域单位。

（23）无论：不要说，（更）不必说。“无”“论”是两个词，不同于现代汉语里的“无论”。

（24）延至：邀请到。延，邀请。至，到。

（25）便扶向路：就顺着旧的路（回去）。扶，沿着、顺着。向，从前的、旧的。

（26）志之：做了标记。志，动词，做标记。

（27）及郡下：到了郡城。及，到达。郡，太守所在地，这里指武陵郡。

（28）诣（yì）：到。特指到尊长那里去。

（29）寻向所志：寻找以前所做的标记。寻，寻找。向，先前。志，这里是名词，标记。

（30）未果：没有实现。果，实现。

（31）寻：随即，不久。

（32）问津：问路，这里是访求、探求的意思。津，渡口。

［译文］

东晋太元年间，武陵郡有个人以打鱼为生。（一天，）他顺着溪水划船前行，忘记了路程的远近。忽然见到一片桃花林，生长在溪水的两岸，长达几百步，中间没有别的树，花草鲜嫩美丽，落花纷纷散在地上。渔人对此感到十分惊异，继续往前行船，想走到树林的尽头。

来到桃林的尽头，也就是溪水的发源地，眼前便出现一座山，山上有个小洞口，洞里仿佛有点光亮。于是他下了船，从洞口进去。起初洞口很狭窄，只能容一人通过。又走了几十步，突然变得开阔明亮起来。呈现在他眼前的是一片平坦宽广的土地，一排排整齐的房屋。还有肥沃的田地、美丽的池沼和桑树竹林之类。田间小路交错相通，鸡鸣狗叫到处可以听到。在田野里来来往往耕种劳作的人，男男女女的穿戴打扮都跟桃花源以外的人一样。老人和小孩们个个都很愉快，自得其乐。

看到渔人，村里的人感到非常惊讶，问他是从哪儿来的。渔人详细地做了回答。村里有人就邀请他到自己家里去做客，设酒杀鸡来款待他。村里的人听说来了这么一个人，就都来打听消息。他们说自己的祖先为了躲避秦时的战乱，领着妻子儿女和乡邻来到了这个与人世隔绝的地方，不再出去，因而跟外面的人断绝了来往。他们问渔人现在是什么朝代，竟然不知道有过汉朝，更不必说魏晋两朝了。渔人把自己知道的事一一详尽地告诉了他们，他们都感叹惋惜。其余的人又各自把渔人请到自己家中，都拿出酒饭来款待他。渔人逗留了几天，向村里人告辞离去。村里的人对他说："我们这个地方不值得对外面的人说啊！"

渔人出来以后，找到了他的船，就顺着原路回去，沿途处处都做了标记。到了郡城，到太守那里去，报告了这番经历。太守立即派人跟着他去，寻找之前所做的标记，但最终迷失了方向，再也找不到通往桃花源的路了。

南阳人刘子骥是个志向高洁的隐士，听闻这件事后，高兴地计划前往。但没有实现，不久因病去世。此后就再也没有过问桃花源路的人了。

［简析］

陶渊明生活在政权极端腐败，战争不断，人民惨遭剥削和压榨的东晋时期，他没有机会实现自己“大济苍生”之志，不愿卑躬屈膝攀附权贵，做了仅 81 天的彭泽县令，便毅然辞官归隐，长期过着躬耕田园的生活。他虽远在江湖，却仍然关心国家政事。无法改变、也不愿干预现实，于是在作品中塑造了一个与黑暗社会相对立的美好境界，以寄托自己的政治理想与美好情趣，这就是桃花源。

《桃花源记》是陶渊明的代表作之一，是《桃花源诗》的序言。借武陵渔人行踪这一线索，把现实和理想境界联系起来，通过对桃花源的安宁和乐、自由平等生活的描绘，勾勒出一幅理想的田园生活图景，表达了作者追求美好生活的理想和对现实生活的不满。

练　习

一、单项选择题

1. 下列不是陶渊明的字号的是（　　）。

A. 五柳先生　　B. 靖节先生　　C. 陶潜　　D. 陶源

2. 陶渊明是东晋末期伟大的诗人，他在诗歌方面的成就体现在创作了很多优秀的（　　）。

A. 爱国诗　　B. 田园诗　　C. 律诗　　D. 绝句

3. 陶渊明不仅诗歌成就大，其散文也取得了很高成就，其散文代表作是（　　）。

A.《饮酒》　　B.《桃花源诗》　　C.《归园田居》　　D.《桃花源记》

4. 陶渊明对后世的影响主要在于（　　）。

A. 不为五斗米折腰的高尚气节　　B. 爱喝酒

C. 爱菊　　D. 爱劳动

5. 世外桃源的人们是在（　　）来到这里的。

A. 战国时期　　B. 秦朝　　C. 汉朝　　D. 魏晋

6. 世外桃源的人们来到这里是因为（　　）。

A. 逃避租税　　B. 寻求财富　　C. 寻找美景　　D. 躲避战争

7. 下面说法不正确的一项是（　　）。

A. 村人发现渔人后非常吃惊，是因为在此以前从来没有“外人”来过

B. 村人纷纷前来问讯，是因为他们与世隔绝多年，对外界的情况一无所知

C. 村人“皆叹惋”，是因为他们听渔人叙述了来此的经过

D. 村人要求渔人不要对“外人”说起这里的情况，是因为他们不愿意让“外人”来打破桃花源中宁静安乐的生活

二、判断题

（　　）1. “心远地自偏”的意思是说，只要居住的地方偏僻安静，心就会远离喧闹的尘世。

（　　）2. “采菊东篱下，悠然见南山”表现了诗人心灵与自然的会意与亲近，达到了物我合一的境界。

（　　）3. 从诗中可以看出，诗人的生活中尽管没有车马的喧闹嘈杂，但仍有“采菊东篱下”的劳作烦忧。

（　　）4. 这首诗主要表达了诗人如何从大自然中悟出人生的真正意义，从而获得了恬静的心境。

（　　）5. 渔人是无意中发现世外桃源的，之后再也没有人找到那里。

（　　）6. 桃源中的人“设酒杀鸡作食”款待渔人，既表明他们生活富足，又表明他们热情好客。

（　　）7. 世外桃源的人们对外界非常了解。

（　　）8. 作者通过写渔人与桃花源中人的交往，描绘出作者心目中的“乐土”，寄托他的社会理想，反映广大人民的美好愿望。

三、综合题

1. 你怎么看待陶渊明“不为五斗米折腰”而弃官归隐的行为？

2. 陶渊明虚构了一个美好的桃花源，反映了他怎样的理想？

3. 你认为陶渊明的关于世外桃源的设想能否实现？

拓展阅读

归园田居（其三）

陶渊明

种豆南山[1]下，草盛豆苗稀[2]。
晨兴[3]理荒秽[4]，带[5]月荷锄[6]归。
道狭草木长，夕露沾我衣。
衣沾不足惜，但使愿无违[7]。

【注释】

(1) 南山：指庐山。
(2) 稀：稀少。
(3) 兴：起身，起床。
(4) 荒秽，指野草。秽，肮脏，这里指田地里的杂草。
(5) 带：披。
(6) 荷（hè）锄：扛着锄头。荷，动词，扛着。
(7) 但使愿无违：只要不违背自己的意愿就行了。但，只。违，违背。

【译文】

在南山下的田野里种豆子，结果是草茂盛而豆苗稀疏。
清晨便起身下田去锄杂草，暮色降临才披星带月扛锄回去。
狭窄的小路上草木丛生，傍晚时有露水沾湿我衣。
衣服沾湿了并不可惜，只愿不违背我归隐的心。

第十二课　南北朝民歌

选　文

【导言】

420—589年的中国南北朝，是中国历史上的一段大分裂时期，同时也是民族大融合时期。继周代民歌和汉乐府民歌之后，这段时期比较集中地出现了一批人民的口头创作，我们称之为南北朝民歌。

南北朝民歌虽是同一时代的产物，但由于南北朝长期处于对峙的局面，在政治、经济、文化以及民族风尚、自然环境等方面又存在着明显的差异，因而南北朝民歌也呈现出不同的情调与风格。南朝民歌清丽缠绵，更多地反映了人民真挚纯洁的爱情生活；北朝民歌粗犷豪放，反映了北方动乱不安的社会现实和人民的生活风习。南朝民歌中的抒情长诗《西洲曲》和北朝民歌中的叙事长诗《木兰诗》，分别代表着南北朝民歌的最高成就。

南朝民歌

西洲曲

（《乐府诗集》）

忆梅下西洲，折梅寄江北[(1)]。
单衫杏子红，双鬓鸦雏色[(2)]。
西洲在何处？两桨桥头渡[(3)]。
日暮伯劳飞，风吹乌臼树[(4)]。
树下即门前，门中露翠钿[(5)]。

开门郎不至，出门采红莲。
采莲南塘秋，莲花过人头。
低头弄莲子[6]，莲子青如水[7]。
置莲怀袖中，莲心[8]彻底红。
忆郎郎不至，仰首望飞鸿[9]。
鸿飞满西洲，望郎上青楼[10]。
楼高望不见，尽日栏杆头。
栏杆十二曲，垂手明如玉。
卷帘天自高，海水摇空绿[11]。
海水梦悠悠[12]，君愁我亦愁。
南风知我意，吹梦到西洲。

［解题］

《西洲曲》选自《乐府诗集·杂曲歌辞》。西洲曲，乐府曲调名。这是一首南朝民歌，且是南朝民歌中最成熟、最精致的作品，也是南朝民歌中最长的抒情诗。《西洲曲》艺术技巧非常纯熟，却极为难解，有南朝文学研究的“哥德巴赫猜想”之称。

［注释］

（1）忆梅下西洲，折梅寄江北：这里意思是说，见到梅花又开了，女子回忆起以前曾与恋人在梅下相会的情景，因此想去西洲折一枝梅花寄给在江北的恋人。下，往。西洲，应该是在女子住处附近。江北，指男子所在的地方。

（2）鸦雏（chú）色：像小乌鸦一样的颜色，这里是形容女子的头发乌黑发亮。

（3）两桨桥头渡：从桥头划船过去，划两桨就到了。

（4）伯劳：一种鸟，夏季开始鸣叫，喜欢单独栖居。这里一方面用来表示季节，另一方面又暗喻女子处境孤单。乌臼（jiù）：树名，夏季开花。

（5）翠钿（diàn）：用翠玉制作的首饰。

（6）莲子：与“怜子”谐音双关。

（7）青如水：与“清如水”谐音，比喻爱情纯洁无瑕。

（8）莲心：与“怜心”谐音，即爱怜之心。

（9）望飞鸿：双关语，这里既指到了秋天，又含有盼望书信的意思。中国古代有鸿雁传书的传说。

（10）青楼：青色的楼，在唐朝以前的诗中泛指女子的住处。

（11）卷帘天自高，海水摇空绿：这里意思是说，卷帘眺望，只见高高的天空和不断荡漾着的碧波江水。海水，这里指江水。

（12）海水梦悠悠：意思是梦境像海水一样悠长。

［译文］

在梅花盛开的季节，很想去西洲折一枝寄到长江北岸。
她那单薄的衣衫就像杏子那样红，头发犹如小乌鸦般乌黑发亮。
西洲到底在哪里？摇着两支桨就可来到西洲桥头的渡口。
天色已晚，伯劳鸟飞走了，晚风吹拂着乌桕树。
树下就是她的家，门里露出她翠绿的钗钿。
她打开家门，没有看到心上人，于是出门去采红莲。
在秋天的南塘里她采摘莲子，莲花高过人头。
低下头拨弄着水中的莲子，莲子就像湖水一般清纯。
把莲子藏到衣袖里，那莲心红得通透底里。
思念郎君，郎君却还没来，她抬头望向天上的鸿雁。
西洲的天上飞满了鸿雁，她登上高高的楼台遥望郎君。
楼台虽高却看不到郎君，她整天倚在栏杆上。
栏杆弯弯曲曲折向远处，她垂下的双手明润如玉。
卷起帘子，只见高高的天空，无际的江水如海水般荡漾着一片深绿。
梦境像江水一般悠长，郎君忧愁我也忧愁啊。
南风如果知道我的情意，请把我的梦吹到西洲与她相聚。

［简析］

《西洲曲》是南朝乐府民歌中最长的抒情诗，也是南朝乐府民歌中的代表作。这是一首饱含江南水乡特色的情歌，诗歌表达了一位女子的相思之情，描写她由初春到深秋，由现实到梦境，对恋人的苦苦思念，写得缠绵悱恻，优美动人。

诗歌开头借“梅”唤起女子对往日与恋人在西洲游乐的美好回忆，从而引发她对恋人的思念。然后通过对几个不同场景的描绘极尽所能地刻画她那无时不在的思念：西洲游乐，女子杏红色的衣衫与乌黑的头发相映生辉、光彩照人；开门迎郎，满怀希望继而失望；出门采莲，借以表达对恋人的爱恋；登楼望郎，凭栏苦等，寄情南风与幽梦，期盼与他相聚。无论时空如何变换，思念都无处不在。女主人公因思念而引起的焦虑、温情、甜蜜与惆怅，缠绵悱恻，优美动人。

全诗五言三十二句，四句一节，巧妙地运用顶真手法相互勾连。音调和美，声情并茂，表现技巧非常纯熟。诗歌语言清新质朴，就像民歌一样很少用典，但由于诗歌所涉时间、地点、人物和情节等，都有幽暗不明之处，因此造成整首诗的诗意难以得到一个一致的解释，故有南朝文学研究的“哥德巴赫猜想”之称。

【名句欣赏】

采莲南塘秋，莲花过人头。低头弄莲子，莲子青如水。女子在初秋时节来到南塘采摘莲子，莲花高过了人头，她低下头拨弄着水中的莲子，青青的莲子就像眼前清清的水。这里采用了民歌中常用的谐音双关修辞手法，“莲子”即“怜子”，“青”即“清”，表达女子对心上人的深切思念及其爱情的纯洁无瑕。写得含蓄深婉，动人心弦。

北朝民歌

敕勒歌(1)

（《乐府诗集》）

敕勒川(2)，阴山(3)下。
天似穹庐(4)，笼盖四野(5)。
天苍苍(6)，野茫茫(7)，
风吹草低见牛羊(8)。

【解题】

4—6 世纪，中国北方大部分地区处在鲜卑、匈奴等少数民族的统治之下，先后出现了北魏、北齐、北周等五个政权，历史上称为“北朝”。

北朝民歌风格豪放刚健，抒情坦率爽直，语言质朴无华，充分表现了北方民族英勇豪迈的气概。《敕勒歌》是敕勒人创作的民歌，产生于 5 世纪中后期。据史书记载，546 年，北齐开国皇帝高欢为周军所败，他命敕勒族部将斛律金唱《敕勒歌》，遂使将士怀旧，军心大振。

【注释】

（1）敕勒：敕勒（chì lè）：种族名，北齐时居住在朔州（今山西省北部）一带。
（2）敕勒川：川：平川、平原。敕勒族居住的地方，在现在的山西、内蒙古一带。
（3）阴山：在今内蒙古自治区中部。
（4）穹庐（qióng lú）：用毡布搭成的帐篷，即蒙古包。
（5）四野（yě）：指草原的四面八方。
（6）天苍苍：天蓝蓝的。苍苍，青色。
（7）茫茫：辽阔无边的样子。
（8）见（xiàn）：同“现”，显露。

【译文】

辽阔的敕勒大平原，就在阴山的脚下。
天空像顶巨大的帐篷，笼盖着整个原野。
蔚蓝的天空一望无际，碧绿的原野茫茫不尽。
一阵风吹过，牧草低垂，露出一群群正在吃草的牛羊。

［简析］

这是一首北朝时期（386—581）黄河以北（今内蒙古）敕勒族流传的民歌，是由鲜卑语译成汉语的。它歌咏了北国草原壮丽富饶的风光和敕勒族人民的生活。开头先交代敕勒川的地理位置，位于高高的阴山脚下，将草原的背景衬托得非常雄伟。接着以“穹庐”作比喻，说天空就像蒙古包，盖住了草原的四面八方，以此来形容极目远望，天野相接，无比壮阔的景象。最后三句尤其壮阔，展现了一幅水草丰盛、牛羊肥壮的草原全景图。

整首诗只有二十多字，浅近明快、酣畅淋漓地抒写了游牧民族无比壮丽的生活环境和豪迈的情怀，艺术概括力极强，1 500 年来一直深受人们喜爱。

［名句欣赏］

天苍苍，野茫茫，风吹草低见牛羊。天空蓝蓝的，原野辽阔无边，一阵风儿吹过，牧草低伏，显露出隐没于草丛中的牛和羊。这里描绘了一幅水草丰盛、牛羊肥壮的草原全景图，雄伟壮阔，令人神往。

木兰辞

（《乐府诗集》）

唧唧复唧唧(1)，木兰当户织(2)。
不闻机杼声(3)，惟闻女叹息。
问女何所思，问女何所忆。
女亦无所思，女亦无所忆。
昨夜见军帖(4)，可汗大点兵(5)。
军书十二卷，卷卷有爷(6)名。
阿爷无大儿，木兰无长兄。
愿为市鞍马(7)，从此替爷征。
东市买骏马，西市买鞍鞯(8)，

南市买辔头[9]，北市买长鞭。
旦辞爷娘去，暮宿黄河边。
不闻爷娘唤女声，但闻黄河流水鸣溅溅[10]。
旦辞黄河去，暮至黑山头。
不闻爷娘唤女声，但闻燕山胡骑[11]鸣啾啾[12]。
万里赴戎机[13]，关山度若飞[14]。
朔气传金柝[15]，寒光照铁衣。
将军百战死，壮士十年归。
归来见天子，天子坐明堂[16]。
策勋十二转[17]，赏赐百千强[18]。
可汗问所欲，木兰不用尚书郎[19]，
愿驰千里足[20]，送儿还故乡。
爷娘闻女来，出郭[21]相扶将；
阿姊[22]闻妹来，当户理红妆[23]；
小弟闻姊来，磨刀霍霍[24]向猪羊。
开我东阁门，坐我西阁床。
脱我战时袍，著[25]我旧时裳。
当窗理云鬓[26]，对镜帖花黄[27]。
出门看火伴[28]，火伴皆惊忙：
同行十二年，不知木兰是女郎。
雄兔脚扑朔，雌兔眼迷离[29]；
双兔傍地走，安能辨我是雄雌[30]？

［解题］

《木兰辞》是北朝民歌中的代表作，这是一首长篇叙事诗，讲述了一个叫木兰的姑娘女扮男装，替父从军十二年，在战场上建立功勋，回朝后不愿作官，只求回家团聚的故事。诗歌热情赞扬了这位女子勇敢善良的品质、保家卫国的热情和英勇无畏的精神。

【注释】

（1）唧唧（jī）：拟声词，纺织机的声音。

（2）当户：对着门或在门旁。

（3）机杼（zhù）声：织布机发出的声音。机，指织布机。杼，织布的梭子。

（4）军帖（tiě）：征兵的文书。

（5）可汗（kè hán）：古代西北地区少数民族对君主的称呼。大点兵，大规模征兵。

（6）爷：指父亲，与下文的“阿爷”一样。当时北方呼父为“阿爷”。

（7）愿为市鞍（ān）马：为，为此（指代父从军）。市，买。鞍马，马匹和乘马用具。

（8）鞯（jiān）：马鞍下的垫子。

（9）辔（pèi）头：带缰绳的马笼头。

（10）溅（jiān）溅：流水的声音。

（11）胡骑（jì）：胡人的战马。胡，古代对北方少数民族的称呼。

（12）啾（jiū）啾，马叫声。

（13）万里赴戎机：不远万里，奔赴战场。戎机，军机，指战争。

（14）关山度若飞：像飞一样地跨过一道道的关，越过一座座的山。度，越过。

（15）朔（shuò）气传金柝：北方的寒气传送着打更的声音。朔，北方。金柝（tuò），即刁斗。古代军中用的一种铁锅，白天用来做饭，晚上用来报更。

（16）明堂：明亮的厅堂，这里指宫殿。

（17）策勋（xūn）十二转（zhuǎn）：记很大的功。策勋，记功。转，勋级每升一级叫一转，十二转为最高的勋级。十二转，不是确数，形容功劳极高。

（18）赏赐百千强（qiáng）：赏赐很多的财物。百千，形容数量多。强，有余。

（19）不用：不为，不做。尚书郎，古代官名。

（20）千里足：可驰千里的脚力，指好马。

（21）郭：外城。

（22）姊（zǐ）：姐姐。

（23）理：梳理。红妆（zhuāng）：指女子的艳丽装束。

（24）霍（huò）霍：磨刀声。

（25）著（zhuó）：通假字，通“着”，穿。

（26）云鬓（bìn）：像云那样的鬓发，形容好看的头发。

（27）帖（tiē）花黄：当时流行的一种化妆款饰，把金黄色的纸剪成星、月、花、鸟等形状贴在额上，或在额上涂一点黄的颜色。帖，同“贴”。花黄，古代妇女的一种面部装饰物。

（28）火伴：古时兵制，十人为一火，火伴即同火的人。

（29）雄兔脚扑朔，雌兔眼迷离：据说，提着兔子的耳朵将它悬在半空时，雄兔两只前脚会时时动弹，雌兔两只眼睛则时常眯着，所以很容易分辨。扑朔，形容雄兔脚上的毛蓬松的样子。迷离，形容雌兔的眼睛被蓬松的毛遮蔽的样子。

（30）双兔傍地走，安能辨我是雄雌：当两只兔子一起在地上跑时便区别不出它们的雌雄。傍地走，指在地上跑。以上四句通过雄兔雌兔在跑动时不能区别的比喻，赞扬和肯定了木兰的才能和智慧，传达了一种“谁说女子不如男”的观念。

［译文］

叹息声一声接一声地传出，木兰对着房门织布。听不见织布机的织布声，只听见木兰在叹息。问木兰在想什么？问木兰在惦记什么？木兰回答：我也没想什么，也没惦记什么。昨天晚上看见了征兵文书，知道君主在大规模征兵，那么多卷征兵文书，每一卷上都有父亲的名字。父亲没有大儿子，木兰我没有兄长，木兰愿意去买马鞍和马匹，代替父亲去征战。

木兰去东边的集市买了骏马，到西边的集市买了马鞍和垫子，又去南边的集市买了嚼子和缰绳，到北边的集市买了马鞭。早晨离开父母，晚上宿营在黄河边，听不见父母呼唤女儿的声音，只能听到黄河汹涌奔腾的流水声。早晨离开黄河上路，晚上到达黑山头，听不见父母呼唤女儿的声音，只能听到燕山胡兵战马啾啾的鸣叫声。

行军万里奔赴战场，翻越重重山峰就像飞起来那样迅速。北方的寒风中传来打更声，清冷的月光映照着战士们的铠甲。将士们身经百战，有的牺牲了，有的十年之后胜利归来。

归来朝见天子，天子坐在殿堂上。给木兰记很大的功勋，得到的赏赐不下千百金。天子问木兰有什么要求，木兰不愿做尚书郎，希望骑上千里马，回到故乡去。

父母听说女儿回来了，互相搀扶着出城去迎接；姐姐听说妹妹回来了，对着门忙梳妆；弟弟听说姐姐回来了，霍霍地磨刀杀猪宰羊。打开我闺房东面的门，坐在我闺房西面的床上，脱去我打仗时穿的战袍，穿上我以前女孩子的衣裳，当着窗子整理像云一样的头发，对着镜子在脸上贴上花黄。走出去见一起打仗的伙伴，伙伴们都很吃惊，同行这么些年，竟然不知木兰是女孩。

被提着耳朵悬在半空中的兔子，雄兔两只前脚时常动弹，雌兔两只眼睛时常眯着，所以容易分辨。雄雌两兔一起并排跑时，怎能分辨哪个是雄兔哪个是雌兔呢？

练　习

一、不定项选择题

1. 下列诗句中，没有采用双关修辞手法的是（　　）

A. 低头弄莲子，莲子青如水。　　B. 置莲怀袖中，莲心彻底红。

C. 南风知我意，吹梦到西洲。　　D. 忆郎郎不至，仰首望飞鸿。

2. 下列关于北朝民歌的说法错误的是（　　）。

A. 北朝民歌是在中国北方少数民族地区产生的歌

B. 北朝民歌的主题以战争为主，没有爱情

C. 北朝民歌的风格就像北方人的性格一样豪放刚健

D. 北朝民歌产生在公元 3 到 6 世纪

3.《敕勒歌》属于（　　）。

A. 汉乐府民歌　　B. 南朝民歌　　C. 北朝民歌　　D. 楚辞

4. 下列诗的风格婉约柔美的是（　　）。

A.《西洲曲》　　B.《敕勒歌》　　C.《木兰辞》　　D.《子夜歌》

5. 木兰替父从军表现了（　　）。

A. 古代北方劳动妇女的爱国精神和英雄气概

B. 古代战争的残酷和对统治阶级战争政策的否定

C. 古代人民要求男女平等的愿望

D. 爱国主义精神以及古代人民对男尊女卑的封建礼教的反抗

6. 下列关于木兰替父从军的原因说法错误的是（　　）。

A. 父亲身体不好　　B. 她没有哥哥

C. 她想要在男权社会中出人头地　　　D. 她爱父亲，想尽孝道

7. 下列对《木兰辞》的分析中，错误的一项是（　　）。

A. 塑造了一位英勇爱国的女英雄形象

B. 反映了中华文化中“孝”的传统观念

C. 诗歌没有直接描写战争

D. 诗歌描写细腻柔美

8. “东市买骏马，西市买鞍鞯，南市买辔头，北市买长鞭。”这几句想要表达的意思是（　　）。

A. 按东西南北的顺序逐一去买

B. 操办急切而井然有序

C. 家人和木兰分头去买

D. 木兰出征前的急切心情和紧张操办

二、判断题

（　　）1.《敕勒歌》是5世纪中后期敕勒人创作的民歌。

（　　）2.《敕勒歌》描写了北国草原壮丽富饶的风光，但是没有写敕勒族人民的生活。

（　　）3.《敕勒歌》风格豪放刚健，抒情爽直坦率，语言质朴无华。

（　　）4. 木兰替父从军，最终凯旋回朝，欣然接受了皇帝的封赏。

（　　）5. 木兰的故事说明：男子可为之事女子未必不可为。

（　　）6. 木兰出征十二年中，她的战友们一直没有发现她的女人身份。

（　　）7. “雄兔脚扑朔，雌兔眼迷离；双兔傍地走，安能辨我是雄雌？”这里用生动而通俗的比喻，道出了全诗的主旨。

三、综合题

1. 请根据《西洲曲》所描写的内容画一幅西洲采莲图，要求在图中将诗歌的内涵表现出来。

2.《敕勒歌》描写的风光在哪里？你见过吗？说说它与你们国家的风光有什么不同。

3. 背诵《西洲曲》中的黑体字部分和《敕勒歌》全诗。

4. 木兰凯旋朝见天子，天子怎样对待她？她的要求是什么？

5. 对木兰这一形象的意义，怎样贴切评价？

6. 观看迪士尼经典动画片《花木兰》，说说电影与诗歌在内容上有哪些不同之处。

7. 通过三首诗歌的学习，你能否感受到南朝民歌与北朝民歌风格的差异？举例说明它们的不同。

拓展阅读

子夜歌（选段）

（《乐府诗集》）

始欲识郎时，两心望如一。
理丝(1)入残机(2)，何悟不成匹(3)。

［解题］

《子夜歌》是南朝民歌中的吴声歌曲，相传它的曲调是由晋代一个叫子夜的女子所创，故名“子夜歌”。《乐府诗集》收有《子夜歌》共四十二首，其内容多是女子吟唱其爱情生活的悲欢。

［注释］

（1）丝：谐“情思”的“思”。
（2）残机：残破的织布机。
（3）匹：布匹。这里用作双关语，暗喻二人不能成为匹配。

［译文］

初识郎君时，我们两颗心都希望永远如一。

可是任凭我怎么整理丝线，这残破的织机又怎能织成布匹？

【简析】

这首《子夜歌》写的是一位痴情女子对负心男子的痛心谴责。歌中以丝织成布匹来比喻有情人结为配偶。主人公本指望两情相悦能有个美满的结局，没料到男子负心，她空怀一片痴情，最终却难成配偶，就像一个残缺不全的梦。

第二编
唐　诗

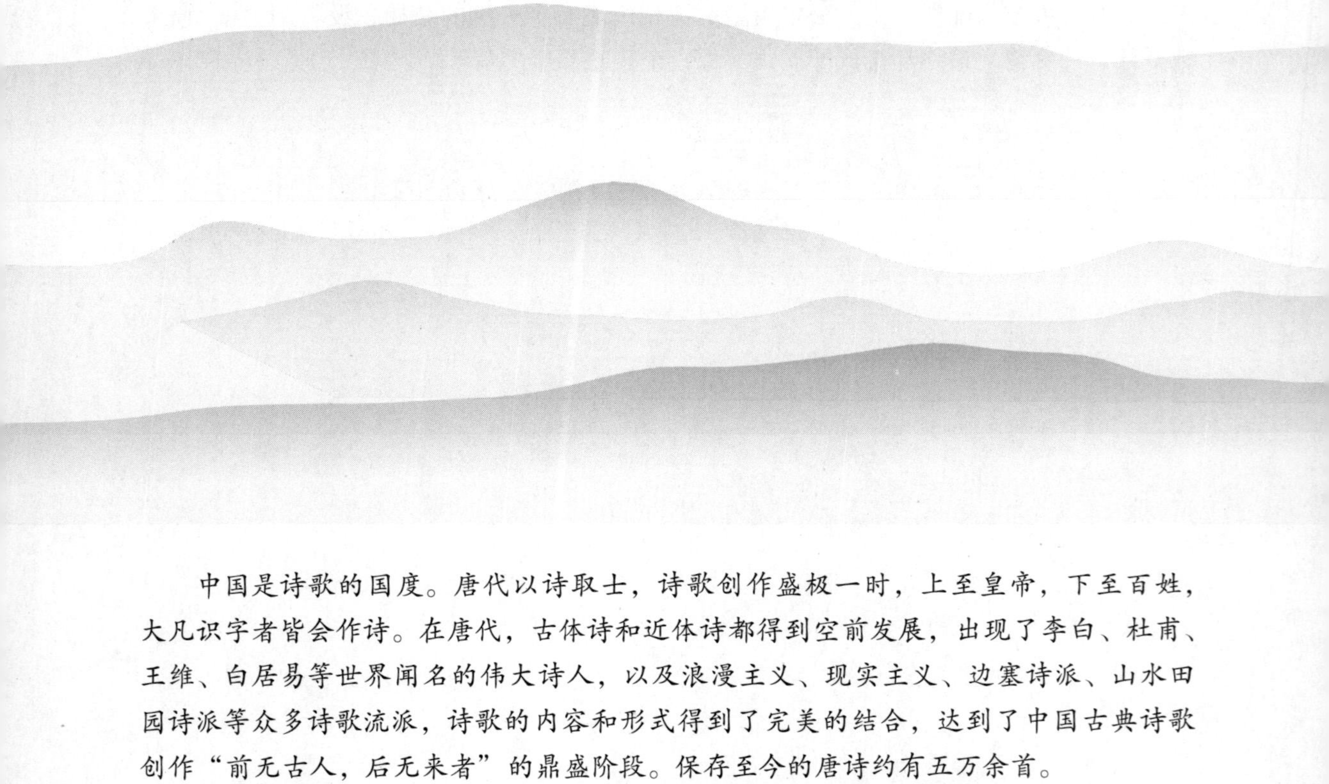

中国是诗歌的国度。唐代以诗取士，诗歌创作盛极一时，上至皇帝，下至百姓，大凡识字者皆会作诗。在唐代，古体诗和近体诗都得到空前发展，出现了李白、杜甫、王维、白居易等世界闻名的伟大诗人，以及浪漫主义、现实主义、边塞诗派、山水田园诗派等众多诗歌流派，诗歌的内容和形式得到了完美的结合，达到了中国古典诗歌创作“前无古人，后无来者”的鼎盛阶段。保存至今的唐诗约有五万余首。

唐诗主要分为古体诗和近体诗两大类。古体诗是古代流传下来的，所以又称古风。古体诗的创作相对自由，诗歌的句数可多可少，篇章长短不限，韵脚可以转换。近体诗又称为格律诗，分为绝句和律诗两种，绝句和律诗又各有五言和七言两种体式。其创作有严整的格律要求：句数有限定，绝句四句，律诗八句；每句诗中用字的声调平仄有规定；韵脚不能转换；此外，律诗的中间四句还要求对仗。

唐诗流派主要有：

（1）山水田园诗派，代表人物：王维、孟浩然。

（2）边塞诗派，代表人物：高适、岑参、王昌龄。

（3）浪漫主义诗派，代表人物：李白。

（4）现实主义诗派，代表人物：杜甫。

唐诗的发展分为四个阶段：

（1）初唐时期，代表作家是“初唐四杰”（王勃、杨炯、卢照邻、骆宾王）和陈子昂。

（2）盛唐时期，这是唐诗的巅峰时期，题材广泛，流派众多，边塞诗派、田园诗派都是这一时期出现的，伟大的浪漫主义诗人李白和伟大的现实主义诗人杜甫就是这一时期最杰出的代表。

（3）中唐时期，随着社会的急转，这一时期的诗歌主要以批判现实为主调，代表诗人为白居易。

（4）晚唐时期，这是唐诗的夕阳晚照时期，代表诗人为有“小李杜”之称的李商隐和杜牧。

第一课　王　勃

选　文

［诗人简介］

王勃（649—676），唐代诗人，字子安，绛州龙门（今山西河津）人。年少时就才华横溢，与杨炯、卢照邻、骆宾王并称“初唐四杰”，致力于革新诗风，对初唐诗坛贡献极大。擅长五律和五绝，诗歌以描写个人生活为主，也有少数作品抒发政治感慨，风格较清新。代表作品有《送杜少府之任蜀州》《滕王阁序》等。

送杜少府[1]之[2]任蜀州[3]

王　勃

城阙[4]辅[5]三秦[6]，风烟望五津[7]。
与君离别意，同是宦游[8]人。
海内[9]存知己，天涯[10]若比邻[11]。
无为[12]在歧路[13]，儿女共沾巾[14]。

［解题］

这是一首送别诗，唐代文人有朋友远行，写诗相赠的习俗。“少府”，是唐朝对县尉的通称。王勃的一位朋友杜少府即将去四川做官，王勃在长安为他送行，写下了这首诗赠送给他。

【注释】

（1）少府：古代官名。

（2）之：到、往。

（3）蜀州：今四川崇州。

（4）城阙（què）：城楼，这里指唐代的首都长安城（今西安）。

（5）辅：护卫、保护。

（6）三秦：指长安城附近的关中之地，即今天陕西省潼关以西一带。秦朝末年时，项羽破秦，把关中分为三个地区，分别封给了三个秦国的降将，所以称为三秦。

（7）五津：指四川岷江的五个渡口：白华津、万里津、江首津、涉头津、江南津。这里泛指杜少府将要前往的蜀州。

（8）宦游：外出做官。

（9）海内：四海之内，即全国各地。古人认为中国疆土四周环海，所以把天下称为四海之内。

（10）天涯：天边，比喻极远的地方。

（11）比邻：近邻。

（12）无为：无须，不必。

（13）歧（qí）路：岔路。古人送行通常在大路的分岔之处告别。

（14）沾巾：泪水沾湿衣服和腰带。这里是挥泪告别的意思。

【译文】

在被古代三秦之地护卫着的长安城，透过那层层风烟遥望千里之外的蜀州。

与你离别心中怀着无限情意，你我同样背井离乡在宦海中浮沉。

四海之内只要有你这位知己，即使远在天边也像是近在比邻。

绝不要在岔路口分手之时，像少年男女那样泪落沾衣。

［简析］

在唐代，朋友远行，写诗送别是当时文人的一种习俗。这是王勃为他的朋友杜少府所写的一首送别诗，他当时在长安，杜少府即将前往四川去做官，于是他写下了这首有名的送别诗。送别诗的情调通常是悲哀的，以抒发离情别绪为主，而这首诗却立意高远，慰勉朋友不要在离别之时悲哀，一扫以往送别诗中常见的悲苦缠绵情调，体现出诗人高远的志向、豁达的情趣和旷达的胸怀。

［名句欣赏］

海内存知己，天涯若比邻。尽管知己即将远离，但只要同在四海之内，哪怕是去到天涯海角也如同近邻一样。表现友谊不受时间的限制和空间的阻隔，是永恒的，无所不在的。积极乐观的情调使这两句诗成为远隔千山万水的朋友之间表达深厚情谊的不朽名句。

练　习

一、单项选择题

1.《送杜少府之任蜀州》是一首（　　）。

A. 古体诗　　B. 律诗　　C. 绝句　　D. 词

2.《送杜少府之任蜀州》的感情基调是（　　）。

A. 伤感低沉　　B. 乐观豪迈　　C. 悲凉凄惨　　D. 开朗喜悦

二、判断题

（　　）1.《送杜少府之任蜀州》既表达了诗人的豁达情怀，同时也包含着诗人的感伤情调。

（　　）2.《送杜少府之任蜀州》首联“城阙辅三秦，风烟望五津”中的“望”是诗人的想象，意思是从长安可以于风烟弥漫中望到蜀州的五津。

（　　）3. 颈联“海内存知己，天涯若比邻”运用夸张手法，表现友谊不受时空限制，反映了诗人乐观豁达的人生态度。

（　　）4. 从尾联“无为在歧路，儿女共沾巾”可看出杜少府的不舍和王勃的无所谓。

三、综合题

尝试用你擅长的方式演绎《送杜少府之任蜀州》，朗诵、歌唱、绘画等皆可。

拓展阅读

送元二使安西

王　维

渭城(1)朝雨(2)浥(3)轻尘，客舍(4)青青柳色(5)新。
劝君更尽一杯酒，西出阳关(6)无故人。

【解题】

元二，是诗人王维的一位朋友。安西，指唐代安西都护府，治所在龟兹城（今新疆库车）。诗人送友人元二远赴安西都护府，从长安一带送到渭城客舍，到了最后分手之地，作了这首七绝送别。后来有乐人为之谱曲，名为“阳关三叠”，又名“渭城曲”。

【注释】

（1）渭城：咸阳，即今陕西省西安市。
（2）朝（zhāo）雨：早晨下的雨。
（3）浥（yì）：动词，湿润。
（4）客舍：旅馆。
（5）柳色：柳，象征离别。

（6）阳关：古关名，在今甘肃省敦煌西南，是古代通往西域的要道。

【译文】

渭城清晨的一场雨沾湿了尘土，客舍周围青青的柳树显得格外清新。
老朋友请你再干一杯饯别酒吧，出了这阳关就再也没有老友了。

【简析】

这是一首家喻户晓的送别诗，后来被编入乐府，广为传诵，成为饯别的名曲。又称《阳关曲》，或《阳关三叠》。前两句点明送别的时令、地点、景物，为送别营造一个愁郁的环境气氛；后两句写惜别，通过劝酒，表达依依惜别之情。情景交融，韵味深长。

【名句欣赏】

劝君更尽一杯酒，西出阳关无故人。临别之际，请再喝上一杯酒吧，这一走出阳关，哪里还会有朋友啊！临别这一杯酒，不仅饱含着诗人对朋友的依依惜别之情，同时包含着对友人前路珍重的殷切祝愿。

第二课　李　白

选　文

［诗人简介］

李白（701—762），字太白，号青莲居士，又号谪仙人．祖籍陇西成纪（今甘肃省秦安县），出生于蜀郡绵州昌隆县（今四川省江油市青莲乡），一说生于西域碎叶（今吉尔吉斯斯坦托克马克）。唐代伟大的浪漫主义诗人，有“诗仙”之称，与杜甫并称为“李杜”。

李白深受道家思想的影响，性格爽朗大方，爱饮酒作诗，喜欢交友，其诗以描写山水和抒发内心的情感为主，诗风雄奇豪放。存世诗文千余篇，代表作有《蜀道难》《行路难》《梦游天姥吟留别》《将进酒》等，有《李太白集》传世。

将进酒

李　白

君不见，黄河之水天上来[(1)]，奔流到海不复回。
君不见，高堂[(2)]明镜悲白发，朝如青丝[(3)]暮成雪。
人生得意须尽欢，莫使金樽[(4)]空对月。
天生我材必有用，千金散尽还复来。
烹羊宰牛且为乐，会须[(5)]一饮三百杯。
岑夫子，丹丘生[(6)]，将进酒，杯莫停[(7)]。
与君[(8)]歌一曲，请君为我倾耳听[(9)]。
钟鼓[(10)]馔玉[(11)]不足贵，但愿长醉不复醒[(12)]。
古来圣贤皆寂寞，惟有饮者留其名。

陈王[13]昔时宴平乐[14]，斗酒十千恣[15]欢谑[16]。

主人[17]何为言少钱[18]，径须[19]沽[20]取对君酌。

五花马[21]，千金裘[22]，呼儿将出换美酒，与尔[23]同销[24]万古愁。

【解题】

“将进酒”是乐府古题。将，请。将（qiāng）进酒，就是请喝酒的意思。顾名思义，这是一首劝酒歌。这首诗大约作于天宝十一年（752），诗人被唐玄宗“赐金放还”长达八年之时。当时，他与好友岑（cén）勋应邀到嵩（sōng）山（在今河南登封市境内）元丹丘家里做客。

【注释】

（1）天上来：黄河发源于地势极高的青海，故称。

（2）高堂：房屋的正室厅堂。一说指父母，意思是说年迈的父母自明镜中看到了自己的白发而悲伤。

（3）青丝：黑发。

（4）金樽（zūn）：樽，精美华贵的酒杯。

（5）会须：应当。

（6）岑夫子，丹丘生：岑勋和元丹丘，两人都是李白的好友。

（7）杯莫停：莫停杯。一作“君莫停”。

（8）与君：给你们，为你们。君，这里是指岑勋、丹丘生二人。

（9）倾耳听：仔细听。一作“侧耳听”。

（10）钟鼓：中国古代富贵人家在宴会中奏乐使用的乐器。

（11）馔（zhuàn）玉：形容像玉一样精美的食物。

（12）不复醒：一作“不用醒”或“不愿醒”。

（13）陈王：指陈思王曹植。

（14）平乐：汉代宫观名，在洛阳西门外，是汉代富豪显贵的娱乐场所。

（15）恣（zì）：纵情任意。

（16）谑（xuè）：戏。

（17）主人：指元丹丘，即宴请李白的人。

（18）言少钱：一作“言钱少”。

（19）径须：干脆，只管。

（20）沽（gū）：买。

（21）五花马：毛色呈现五花色纹的马，或颈上长毛被修剪成五朵花瓣的马。这里是指名贵的马。

（22）裘（qiú）：皮衣。

（23）尔：你。

（24）销：通“消”，消除。

【译文】

你难道没看见吗？黄河之水从天上而来。波涛滚滚奔向东海，一去不回头。

你难道没看见吗？可悲的是高堂明镜中那苍苍白发，早晨还像青丝般乌黑，傍晚就一片雪白。

人生得意之时就要尽情地享受欢乐，别让金杯美酒空对天上明月。

上天造就了我就必然会有我的用武之处，即使千两黄金花完了也不必担忧，还有机会再次获得。

烹羊宰牛，暂且尽享眼前的欢乐，应该痛痛快快一口气喝它三百杯。

岑勋，元丹丘，快快喝酒吧，不要停杯！

让我为你们唱一曲，请你们侧耳仔细听：

山珍海味的富贵生活算不上珍贵，我只愿能醉生梦死而不愿清醒。

自古以来圣贤都是孤独寂寞的，世上唯有饮酒之人能够名垂千古。

陈思王曹植当年在平乐观设宴，斗酒十千不嫌贵，纵情地享乐寻欢。

主人呵，你为何说我钱不多？只管用这些钱去买酒来一起喝。

这名贵的五花良马，昂贵的千金皮衣，快叫侍儿拿去统统换成美酒吧，让我与你一起喝个大醉，来消除这无尽的愁！

【简析】

李白一生怀才不遇，中年时好不容易得到吴筠推荐入朝做官，然而不到三年便被唐玄宗“赐金放还”，此后便再无做官机会。《将进酒》作于李白人生失意的中晚年时期，他落魄之时与友人相聚，难免借酒浇愁。诗歌表面上是在感叹人生易老，实则在感叹怀才不遇。然而李白式的悲哀没有期期艾艾，而是悲而能壮，哀而不伤；既饱含愤慨，又极其豪放。诗歌笔墨酣畅，抒情有力，结构上大开大阖，不仅充分体现了李白“前无古人，后无来者”的诗歌成就，也充分体现了其豪迈洒脱的情怀。

【名句欣赏】

天生我材必有用，千金散尽还复来。这两句诗充分反映了诗人的乐观与自信，也流露出怀才不遇和渴望用世的积极思想。年近晚年的李白尽管一生坎坷，却仍然保持积极把握现实人生，努力创造自我价值的人生观，难能可贵。

练　习

一、单项选择题

1.《将进酒》的情调是（　　）。

A. 悲壮　　B. 狂放　　C. 激愤　　D. 以上都有

2.《将进酒》中的主旨句是（　　）。

A. 人生得意须尽欢，莫使金樽空对月

B. 天生我材必有用，千金散尽还复来

C. 钟鼓馔玉不足贵，但愿长醉不复醒

D. 呼儿将出换美酒，与尔同销万古愁

3.《将进酒》中用了典故的诗句是（　　）。

A. 人生得意须尽欢，莫使金樽空对月

B. 天生我材必有用，千金散尽还复来

C. 钟鼓馔玉不足贵，但愿长醉不复醒

D. 陈王昔时宴平乐，斗酒十千恣欢谑

二、判断题

（　　）1. “君不见黄河之水天上来，奔流到海不复回。”这两句是以黄河水一去不返比喻人生易老，以黄河的伟大永恒衬托生命的渺小脆弱。

（　　）2. “君不见高堂明镜悲白发，朝如青丝暮成雪。”这里用了夸张手法，将人生由青春至衰老的全过程说成“朝”“暮”间事，把本来短暂的人生说得更短暂。

（　　）3. “天生我材必有用，千金散尽还复来。”是诗人乐观自信的肯定，自我价值的宣言，流露出怀才不遇和渴望用世的积极思想。

（　　）4. 《将进酒》是一首劝酒歌，诗人劝朋友尽情喝酒，“人生得意须尽欢，莫使金樽空对月”这是在倡导大家及时寻乐，表现出作者消极悲观的思想。

三、综合题

1. 有感情地朗诵《将进酒》，注意把握诗中诗人情绪的几次变化。

2. 根据诗歌走近李白，尝试用你擅长的方式（绘画、唱歌或写作等）演绎《将进酒》。

拓展阅读

行路难（其一）

李　白

金樽清酒[1]斗十千[2]，玉盘[3]珍羞[4]直[5]万钱。
停杯投箸[6]不能食，拔剑四顾心茫然。
欲渡黄河冰塞川，将登太行[7]雪满山。
闲来垂钓碧溪上[8]，忽复乘舟梦日边[9]。
行路难！行路难！多歧路[10]，今安在？
长风破浪[11]会[12]有时，直挂云帆[13]济[14]沧海。

［解题］

“行路难”是乐府古题，多咏叹世路艰难和贫困孤苦的处境。李白的组诗《行路难》主要抒发了诗人怀才不遇的情怀。这是其中的第一首，情调悲愤却不乏豪迈气概，在失意中仍怀有希望。天宝元年（742），已是中年的李白奉诏入京，担任翰林供奉，但理想与现实相距太远，不仅没被唐玄宗重用，还受到权臣的谗毁排挤，两年后被“赐金放还”，被逼出京，临行时朋友们都来为他饯行，诗人深感仕路的艰难，于是满怀愤慨地写下了这首《行路难》。

［注释］

（1）清酒：清醇的美酒。

（2）斗十千：一斗酒价值十千钱（即万钱），形容酒美价高。

（3）玉盘：精美的食具。

（4）珍羞：名贵的菜肴。羞，通“馐”，指美味的食物。

（5）直：通“值”，价值。

（6）投箸（zhù）：丢下筷子。箸，筷子。

（7）太行：太行山。

（8）垂钓碧溪上：这里用了姜太公钩鱼的典故，西周时姜太公吕尚曾在渭水的磻溪上钩鱼，遇到周文王，被文王启用助周灭商。表示诗人对从政仍有期待。

（9）乘舟梦日边：引用了商朝开国重臣伊尹在受到商王重用之前曾梦见自己乘船绕日月而过的典故。

（10）岐路：岔道。岐，一作“歧”，指岔路。安，哪里。

（11）长风破浪：这里用来比喻实现政治理想。

（12）会：当。

（13）云帆：高高的船帆。船在海里航行，因天水相连，船帆就好像出没在云雾之中。

（14）济：渡。

［译文］

精美的酒杯里装的美酒，每斗价值十千；玉盘中盛的美味佳肴，价值万钱。

胸中郁闷啊，停杯投箸吃不下；拔剑环顾四周，心中茫然无措。

想渡黄河，冰雪却堵塞了大川；要登太行，却遇大雪封山。

像吕尚垂钓碧溪，等待东山再起；又像伊尹做梦，乘船经过日边。

世上行路呵多么艰难，多么艰难；眼前歧路这么多，我该走向何方？

相信总有一天，我定能乘长风破万里浪；挂起那直插云霄的船帆，在茫茫沧海中勇往直前！

［简析］

李白一生空有一番理想与抱负，却无处施展，时至中年才得以入仕，不料不到三年即被“赐金放还”。因此，面对友人为之设下的饯行盛宴，他放下杯筷，无心进餐。拔出宝剑，举目四顾，心绪茫然。停、投、拔、顾四个连续的动作，形象地显示了诗人内心的苦闷抑郁与感情的激荡变化。人生的道路是多么艰难呀，“欲渡黄河”却“冰塞川”，“将登太行”，然而“雪满山”。当然，李白并不是那种软弱之辈，面对此境，不甘消沉，而是要继续追求。“闲来垂钓碧溪上，忽复乘舟梦日边。”吕尚年届九十在磻溪钓鱼，尚能得遇文王；受商汤聘前的伊尹曾在梦中看到希望，那么自己又有什么理由失去信心呢？因此，诗歌结尾，诗人终于唱出了历史最强音：“长风破浪会有时，直挂云帆济沧海！”这充满了信心与展望的诗句激励了千年来的无数读者，它让我们相信，尽管前行的道路障碍重重，但只要坚持下去，我们总有一天能够乘长风破万里浪，挂上云帆，横渡沧海，到达理想的彼岸。

《行路难》是一首短篇七言歌行，诗虽不长，却纵横跳荡，具有长篇的气势格局。通过层层叠叠的感情起伏变化，逼真地传达出诗人那进退失据而又要继续探索追求的复杂心理。既表现了残酷的政治现实对诗人的宏大理想抱负的阻碍，反映了诗人内心由此而引起的强烈苦闷、愤郁与不平，同时又充分表现了诗人的倔强、自信及其对理想的执着追求，彰显了李白强大的精神力量。

［名句欣赏］

长风破浪会有时，直挂云帆济沧海。尽管前路困难重重，但相信有一天仍然能够乘风破浪，挂上云帆，横渡沧海，从而到达理想的彼岸。充分体现了诗人的自信与乐观，以及强烈的入仕愿望。

［作者简介］

陈子昂（661—702），字伯玉，梓州射洪（今四川省射洪市）人，唐代文学家、诗人，对初唐诗文革新贡献极大。曾任右拾遗，故后世称“陈拾遗”。有《陈伯玉集》传世，存诗共100多首，他的诗风骨峥嵘，寓意深远，苍劲有力，其代表作为组诗《感遇》38首、《蓟丘览古》7首和《登幽州台歌》《登泽州城北楼宴》等。

登幽州台(1)歌

陈子昂

前(2)不见古人(3)，后(4)不见来者(5)。
念(6)天地之悠悠(7)，独怆然(8)而涕(9)下。

［解题］

幽州，是中国古代的十二州之一。幽州台，又称黄金台、蓟北楼，故址在今天的北京市大兴，是战国时期燕昭王为招纳天下贤士而建的。这首诗写于武则天万岁通天元年（696），当时北方少数民族契丹反叛，武则天派其侄子武攸宜率军征讨，陈子昂担任参谋随同出征。武攸宜轻率而少谋略，兵败之际，陈子昂反复进言请求派遣万人作前驱以击敌，武非但不听，反把他降为军曹。陈子昂备受打击，眼看报国宏愿化为泡影，因此登上幽州台，慷慨悲吟，写下了这首诗。

［注释］

（1）幽州台：幽州，中国古代十二州之一，今北京市。幽州台即黄金台，又称蓟北楼，故址在今北京市大兴，是战国时期燕昭王为招纳天下贤士而建。

（2）前：过去。

（3）古人：这里是指古代那些能够礼贤下士的君主。

（4）后：未来。

（5）来者：这里是指后世那些重视人才的贤明君主。

（6）念：想到。

（7）悠悠：这里是形容时间的久远和空间的广大。

（8）怆（chuàng）然：形容悲伤凄恻的样子。

（9）涕：这里是指眼泪。

［译文］

往前不见古代礼贤下士的圣君，往后不见重视人才的明主。

想到那苍茫天地无穷无尽，独自凭吊，我禁不住满怀悲伤泪流满面。

［简析］

这是初唐诗人陈子昂的一首吊古伤今的生命悲歌，陈子昂具有卓越的政治见识和政治才能，且直言敢谏，但空怀抱国之志而不得施展，仕途上屡遭打击，心情悲愤。此诗描写诗人登上幽州蓟北楼远眺，吊古伤今所引起的无限感慨，抒发了其内心“生不逢时”的悲愤之情，揭示了封建社会中那些怀才不遇的知识分子所遭受的不幸境遇，表达了他们在理想破灭时孤寂郁闷的心情，具有深刻的社会意义。诗歌看似简单，但语言苍劲奔放，极富感染力。

第三课　杜　甫

选　文

［诗人简介］

杜甫（712—770），字子美，唐代最伟大的现实主义诗人，被后世尊为“诗圣”，与李白并称“李杜”。写了很多反映现实的诗歌，大胆揭露安史之乱前后的种种社会矛盾，对穷苦人民寄予深切同情。其诗真实地显示了唐代社会由盛转衰的历史过程，因此被称为“诗史”。杜甫诗歌不仅思想深刻，艺术上也取得了极高成就，他对各种诗歌形式都擅长，尤其律诗成就最高；他的诗风格多样，以沉郁顿挫为主；语言精练，表达能力惊人，达到了“语不惊人死不休”的地步。有《杜工部集》传世，存诗 1 400 多首。

春　望

杜　甫

国(1)破(2)山河在(3)，城(4)春草木深(5)。
感时(6)花溅(7)泪，恨别(8)鸟惊心。
烽火(9)连三月(10)，家书抵(11)万金。
白头搔(12)更短，浑(13)欲不胜(14)簪(15)。

［解题］

天宝十四年（755）十一月，安禄山起兵反唐。第二年六月，叛军攻陷都城附近的潼关，唐玄宗逃往四川。七月，太子李亨在灵武（今属宁夏）即位，世称肃宗，改元至德。杜甫听到消息后，将家属安顿在鄜州，只身一人去投奔肃宗，然而不幸在途中被叛军俘获，解押到长安，后因官职低才未被囚禁。至德二年（757）春，身处沦陷区的杜甫目睹了往昔繁华无比的长安城历乱后变得一片萧条，百感交集，于是写下了这首传诵千古的诗歌。

【注释】

（1）国：国都，这里指长安（今陕西西安）。
（2）破：陷落。
（3）山河在：旧日的山河仍然存在。
（4）城：长安城。
（5）草木深：草木丛生，形容人烟稀少。
（6）感时：意思是为国家的时局而感伤。
（7）溅（jiàn）泪：流泪。
（8）恨别：怅恨离别。
（9）烽火：古时候边防报警的烟火，这里是指安史之乱的战火。
（10）三月：正月、二月、三月。
（11）抵：值，相当。
（12）搔（sāo）：用手指轻轻地抓。
（13）浑（hún）：简直。
（14）胜：经受，承受。
（15）簪（zān）：古代的一种束发用的首饰。古代习俗，男子蓄长发，成年后把头发束在头顶上，为防散开，通常用簪子横插固定。

【译文】

国家沦陷，山河依旧；春天来了，长安城里荒草丛生。
感伤国事，面对繁花，潸然泪下；亲人离散，鸟鸣惊心。
战火连绵，三月不停；家书难得，一封价值万金。
愁闷心烦，搔头思考；白发越搔越稀疏，简直插不上簪。

［简析］

春天本来应是一年四季中最美好的季节，但身处动乱被困长安的大诗人杜甫面对被安史叛军占据之后一派荒凉的都城，想到分隔两地的家人，忧国思家一起袭上心头。花开溅泪，鸟鸣惊心，诗歌以乐景写哀情，原本美好的事物更加触动了诗人的家国之痛。诗歌借景抒情，情景交融，感情深沉，含蓄蕴藉，充分体现了杜甫诗歌“沉郁顿挫”的艺术风格。

［名句欣赏］

感时花溅泪，恨别鸟惊心。感伤时局动乱，看到花开而潸然泪下；别离家人，内心惆怅怨恨，听到鸟鸣而心惊胆战。花本无情而有泪，鸟本无恨而惊心，这是以乐景反衬哀情的名句，堪称千古经典。

练　习

一、单项选择题

1.《春望》是一首（　　）。

A. 五言绝句　　B. 五言律诗　　C. 七言绝句　　D. 七言律诗

2.《春望》的感情基调是（　　）。

A. 伤感低沉　　B. 乐观豪迈　　C. 悲凉凄惨　　D. 开朗喜悦

二、判断题

（　　）1.《春望》反映了安史之乱后的状况，“城春草木深”中的城是指长安城。

（　　）2.“国破山河在，城春草木深。”表面描写都城破败、人烟稀少、草木茂密幽深的荒凉景象，实则深藏着诗人的无限感慨。

（　　）3.“感时花溅泪，恨别鸟惊心。”是以乐景衬写哀情。

（　　）4. “烽火连三月，家书抵万金。”这是说诗人收不到家信的原因在于长安城里发生了一场持续三个月的大火灾。

三、综合题

1. 有感情地朗诵诗歌，注意把握诗歌的感情基调。

2. 根据诗歌，走近杜甫，尝试用你擅长的方式（绘画、唱歌或写作等）演绎这首诗。

拓展阅读

春夜喜雨

杜　甫

好雨知(1)时节，当春乃发生(2)。
随风潜(3)入夜，润物(4)细无声。
野径(5)云俱黑，江船火独明。
晓(6)看红湿处(7)，花重(8)锦官城(9)。

【解题】

这首诗写于唐肃宗上元二年（761）的春天，当时杜甫已到成都定居两年了。在经过一段时间的颠沛流离的生活后，杜甫终于得以在朋友的帮助下来到成都草堂定居，在这里，他亲自耕作，种菜养花，与农民交往，度过他后半生中最为安稳的时期。杜甫对春雨感情很深，因此写下了这首描写春夜降雨、润泽万物的诗作，以喜悦之情细致地描绘了春雨的特点及成都夜雨的景象，对来得及时、滋润万物的春雨加以热情讴歌。

【注释】

（1）知：知道。好雨知时节，这是一种拟人化的写法。

（2）发生：萌发生长。

（3）潜（qián）：暗暗地，悄悄地。

（4）润物：让植物得到雨水的滋养。

（5）野径：田间小路。

（6）晓：天亮时。

（7）红湿处：指被雨水打湿的花丛。

（8）花重（zhòng）：花因为沾上了雨水而变得沉重。

（9）锦官城：指今天的成都市南，又叫锦城。因为三国蜀汉时管理织锦的官吏驻在这里而得名。后人又把它当作成都的别称。

【译文】

好雨似乎知道下雨的时机，降临在万物萌生的春天。

伴随着春风在夜里悄悄落下，无声地滋润着大地万物。

雨夜中田间小路黑茫茫一片，只见江船上的灯火独自闪烁。

天亮时看那雨水润湿的花丛，红艳娇美，整个成都变成了繁花盛开的世界。

【简析】

杜甫曾经在成都居住过三年多，这几年是他晚年生活比较安稳的时期，他的朋友为他建了一座草堂，他在那里种菜养花，过着农民式的生活，因此对春雨感情很深。这首诗就是歌颂春雨的，字里行间无不透露出诗人对春雨的热爱之情。“好雨知时节，当春乃发生。随风潜入夜，润物细无声。”在杜甫的笔下，春雨就像一位品格高尚的人一样，在恰当的时机及时到来，滋润万物。正是在春雨的滋润下，锦官城才显得如此美丽。诗歌全在写景，诗人的喜悦之情却无处不在。

【名句欣赏】

随风潜入夜，润物细无声。这两句诗用拟人化的手法写春雨选择恰如其分的时机悄悄到来，在人们酣睡的夜晚无声地、细细地降落人间，丝毫不影响人们的劳动和生活。今天常用来比喻长辈对晚辈或教师对学生无微不至的关爱与和风细雨似的教诲。

第四课　王　维

选　文

［诗人简介］

王维（701—761），字摩诘（mó jié），号摩诘居士。河东蒲州（今山西永济）人。盛唐著名诗人、画家。王维精通佛学，受禅宗影响很大，佛经中的《维摩诘经》便是其名和字的由来。王维多才多艺，诗、书、画、乐都很精通，诗名尤盛，尤长五言，其诗多咏山水田园，与孟浩然合称“王孟”，是盛唐山水田园诗派的代表诗人。在绘画方面也成就斐然，被后人推为南宗山水画之祖。苏轼评之：“味摩诘之诗，诗中有画；观摩诘之画，画中有诗。”王维存诗400余首，代表诗作有《相思》《山居秋暝》等。有“诗佛”之称。

山居秋暝(1)

王　维

空山(2)新(3)雨后，天气晚来秋。
明月松间照，清泉石上流。
竹喧(4)归浣女(5)，莲动下渔舟。
随意(6)春芳(7)歇(8)，王孙(9)自可留。

［解题］

这里的山，指终南山。王维曾隐居终南山，在山下的辋（wǎng）川别业（别墅）里过着半官半隐的生活，这首诗当是其时所作，写的是初秋时节山居所见雨后黄昏的景色。

【注释】

(1) 暝(míng):日落,黄昏时分。
(2) 空山:指空旷寂静的山野。
(3) 新:刚刚。
(4) 竹喧:竹林中笑语喧哗。喧,喧哗,这里是指竹叶发出沙沙声响。
(5) 浣(huàn)女:洗衣服的姑娘。浣,洗衣服。
(6) 随意:任随。
(7) 春芳:春天的花草。
(8) 歇:消散,消失。
(9) 王孙:原指贵族子弟,后来泛指隐居者。

【译文】

秋天的傍晚,一场新雨过后,空气凉爽,空旷的山中显得特别清朗。
皎洁的明月从松林间洒下清光,清澈的泉水在山石上叮咚流淌。
竹林喧响,原来是洗衣姑娘归来了,莲叶轻摇,想是渔舟刚刚下水。
任随春天的花草消逝吧,秋天的山中足以令王孙流连徜徉。

【简析】

这是王维山水田园诗的代表作,诗歌描绘了终南山下诗人居所辋川别业附近秋雨初晴后傍晚时分那一派清幽安详的美好景象,抒发了诗人对隐居生活怡然自得的满足之情。全诗以绘画的笔法将山中雨后的秋凉、松间明月的光照、石上清泉的流淌以及浣女归来竹林中的喧笑、渔船穿过莲塘的动静完美和谐地展现出来,就像一幅清新秀丽的山水画,充分体现了王维"诗中有画"的创作特点。

［名句欣赏］

明月松间照，清泉石上流。松间有明月的光照，石上有清泉的流淌。诗人以清新自然的笔调勾画出一幅有声（泉声）有色（青松）、动（泉流）静（月照）结合的幽静雅致的山间月夜图。这幽清明净的意境，正是心志高洁的王维所追求的理想境界。如此动人的自然景物描写，看似平淡无奇，却非一般人所能写出，艺术上已达到了炉火纯青的地步。

练　习

一、单项选择题

1.《山居秋暝》是一首（　　）。

A. 五言绝句　　B. 五言律诗　　C. 七言绝句　　D. 七言律诗

2.《山居秋暝》中以动写静的句子是（　　）

A. 空山新雨后，天气晚来秋。　　B. 明月松间照，清泉石上流。

C. 竹喧归浣女，莲动下渔舟。　　D. 随意春芳歇，王孙自可留。

3.《山居秋暝》中引用典故的句子是（　　）

A. 空山新雨后，天气晚来秋。　　B. 明月松间照，清泉石上流。

C. 竹喧归浣女，莲动下渔舟。　　D. 随意春芳歇，王孙自可留。

二、判断题

（　　）1. 这首诗以“空山”为背景，写出了清幽静美的意境，宛如一幅色彩冲淡的山水画，具有鲜明的画面感。

（　　）2. “明月松间照，清泉石上流”两句之所以成为名句，只是因为用了“照”“流”两个动词。

（　　）3. 这首诗在描绘山中秋景的基础上，抒发了诗人崇尚恬静、淡泊生活的人生态度。

三、综合题

根据诗歌意境，尝试把《山居秋暝》画出来。

拓展阅读

辛夷坞(1)

王 维

木末(2)芙蓉花(3)，山中发红萼(4)。
涧户(5)寂无人，纷纷开且(6)落。

【解题】

在安史之乱以前，因受张九龄罢相的影响，王维开始产生归隐田园的思想，于是在长安东南的蓝田县辋川购得辋川别业，过上了半官半隐的生活，并创作了大量辋川诗，从多方面描绘了辋川一带的风物。《辛夷坞》即王维《辋川集》诗二十首中的第十八首。

【注释】

（1）辛夷坞（wù）：辋川地名，在今天的陕西省蓝田县内，因盛产辛夷花而得名。坞，指周围高而中央低的谷地。辛夷，落叶乔木，花有紫白二色，大如莲花。白色的叫玉兰。紫色的有六瓣，颜色和形状都像莲花，莲花又称芙蓉。

（2）木末：指树梢，枝头。

（3）芙蓉花：这里是指辛夷花，因为芙蓉花与辛夷花花形相似，花色相近，而辛夷花开在枝头，故称“木末芙蓉花”。

（4）萼（è）：花萼，花的最外一轮叶状构造，由若干片状物组成，包在花蕾外面，花开时托着花瓣，起保护花蕾的作用。

（5）涧（jiàn）户：涧，指山间流水的沟。涧户，指涧边人家。

（6）且：又。

［译文］

枝条最顶端的辛夷花，在山中绽放着红艳的花朵。
寂静的山沟里没有人迹，花儿纷纷独自开了又凋落。

［简析］

全诗只有短短四句，不仅描绘了辛夷花的美好形象，还写出了一种落寞的景况和环境。诗歌由辛夷花的开放写到它的凋零，中间插入一句环境描写，将其美艳形象与落寞境况形成鲜明对比，不着痕迹地表达了诗人不甘世俗的淡泊情怀。

九月九日(1)忆山东(2)兄弟

王　维

独在异乡(3)为异客(4)，每逢佳节倍思亲。
遥知兄弟登高(5)处，遍插茱萸(6)少一人。

［解题］

这是一首游子思乡诗，写于王维十七岁时，当时诗人独自漂泊在洛阳与长安之间，王维的家乡在蒲州（今山西永济），蒲州位于华山东面，因此称故乡的兄弟为山东兄弟。

［注释］

（1）九月九日：即重阳节。中国古代以九为阳数，所以称重阳。
（2）山东：王维是蒲州（今山西永济）人，蒲州位于函谷关与华山以东，所以称山东。

（3）异乡：他乡，外乡。

（4）异客：他乡的客人。

（5）登高：重阳节有登高的风俗。

（6）茱萸（zhū yú）：一种香草，即决明子。插戴茱萸也是重阳节的习俗，古人认为重阳节插戴茱萸可以避灾克邪。

［译文］

独自在他乡作客，每逢节日便加倍思念远方的亲人。

遥想兄弟们今天登高望远时，头上插满茱萸唯独少我一人。

［简析］

这首诗是千古思乡怀人的杰作，生动地表达出了游子的思乡怀亲之情。诗歌前两句写异乡生活的孤独，因而遇到佳节倍加怀乡思人。后两句转而写家乡的兄弟重阳节登高时对自己的怀念。全诗朴素自然，又曲折有致。

［名句欣赏］

独在异乡为异客，每逢佳节倍思亲。独自一人身处他乡，孤独感必然是由来已久，并非节日才有，正因为久受压抑，适逢佳节，诗人便将凝聚在心的思乡之情一吐为快。脱口而出的一句“每逢佳节倍思亲”极其精辟，为人人心中所有，又为人人口中所无，因此千百年来引起了无数游子的共鸣。

第五课　孟浩然

选　文

［诗人简介］

孟浩然（689—740），名浩，字浩然。盛唐山水田园诗派代表，与王维并称为“王孟”。早年有用世之志，但仕途困顿，终生没有做官，后来隐居在鹿门山。创作了200多首诗歌，大部分是五言短篇，内容多是写山水田园和隐居闲适以及羁旅愁思，其中虽然有一些愤世嫉俗之词，但更多的是诗人的自我表现，艺术成就很高。有《孟浩然集》传世。

望洞庭湖赠张丞相

孟浩然

八月湖水平，涵虚混太清(1)。
气蒸(2)云梦泽(3)，波撼岳阳城(4)。
欲济(5)无舟楫(6)，端居(7)耻圣明(8)。
坐观垂钓者，徒(9)有羡鱼情(10)。

［解题］

洞庭湖是中国的一大名湖，位于湖南北部。张丞相，即当时的丞相张九龄（673—740），同时也是唐代著名诗人。这首诗作于唐玄宗开元二十一年（733），这是孟浩然入京应试之前写给张九龄的一首投赠之作，目的是想得到张九龄的引荐和任用。

［注释］

（1）涵虚混太清：天空倒映在水中，水与天混同，这句是形容湖水与天空浑然一体的样子。涵，包含。虚、太清，都是指天空。

（2）蒸：蒸发。

（3）云梦泽：洞庭湖的别称。

（4）岳阳城：位于洞庭湖东岸的一个城市，即今湖南岳阳市。

（5）济：渡河。

（6）舟楫（jí）：舟，小船。楫，船桨。

（7）端居：闲居，隐居。

（8）耻圣明：有愧于圣明之世。

（9）徒：白白地，空空地。

（10）羡鱼情：羡慕钓鱼者。这个典故出自《淮南子》："临河而羡鱼，不如归家织网。"字面意思是说与其在河边羡慕别人钓鱼，不如自己回家织网，准备钓鱼的工具。诗人此处借这个典故比喻想做官而没有途径，委婉地表达自己希望得到引荐之意。

［译文］

八月的洞庭湖水面上涨与岸齐平，天空倒映在水中，水天浑然一体。
水气蒸腾洞庭湖上茫茫一片，波涛汹涌仿佛能撼动岳阳城。
我想渡河却没有船和桨，在圣明之世闲居实在惭愧。
坐看别人辛勤钓鱼，自己只有白白羡慕的份儿。

［简析］

这是一首投赠之作，却写得极为委婉，诗人通过描述自己面临烟波浩渺的洞庭湖，欲渡却无舟的感叹，以及临渊羡鱼的情怀，曲折地表达了希望得到张九龄引荐的心思。诗歌前四句写景，后四句抒情。诗人将洞庭湖写得气势磅礴，撼人心魄，完美地将一首自我宣传的干谒诗写成了山水杰作。

【名句欣赏】

气蒸云梦泽，波撼岳阳城。洞庭湖壮阔的湖面上，风云激荡，波涛汹涌，古老的云梦泽仿佛在惊涛中沸滚蒸腾，雄伟的岳阳城仿佛被巨浪冲撞得摇荡不已。这两句诗运用对偶的修辞手法，从视觉、听觉和触觉等多个角度充分展现了洞庭湖的雄浑与壮观，尤其是“蒸”和“撼”两个字，力重千钧，取得了撼人心魄的艺术效果。

练　习

一、不定项选择题

1.《望洞庭湖赠张丞相》的主旨是（　　）。

A. 写景　　B. 记游　　C. 怀古　　D. 抒写政治抱负

2.《望洞庭湖赠张丞相》中写景的诗句是（　　）。

A. 八月湖水平，涵虚混太清。　　B. 气蒸云梦泽，波撼岳阳城。

C. 欲济无舟楫，端居耻圣明。　　D. 坐观垂钓者，徒有羡鱼情。

3.《望洞庭湖赠张丞相》中引用典故的诗句是（　　）。

A. 八月湖水平，涵虚混太清。　　B. 气蒸云梦泽，波撼岳阳城。

C. 欲济无舟楫，端居耻圣明。　　D. 坐观垂钓者，徒有羡鱼情。

4.《望洞庭湖赠张丞相》中形成对偶的句子是（　　）。

A. 八月湖水平，涵虚混太清。　　B. 气蒸云梦泽，波撼岳阳城。

C. 欲济无舟楫，端居耻圣明。　　D. 坐观垂钓者，徒有羡鱼情。

二、判断题

（　　）1.《望洞庭湖赠张丞相》委婉地表达了诗人想做官而无人引荐的苦衷，希望能够有机会出仕，成就一番事业。

（　　）2.“欲济无舟楫”是写诗人想乘船游湖，遗憾没有船只。

三、综合题

有感情地朗读《望洞庭湖赠张丞相》。

拓展阅读

过[1]故人庄

孟浩然

故人具[2]鸡黍[3]，邀[4]我至田家。
绿树村边合[5]，青山郭[6]外斜[7]。
开轩[8]面场圃[9]，把酒话桑麻[10]。
待到重阳日[11]，还[12]来就菊花[13]。

［解题］

故人，指孟浩然的一位田姓朋友。这首诗是孟浩然在鹿门山隐居时，去朋友家做客所写。

［注释］

（1）过：拜访。

（2）具：准备，置办。

（3）鸡黍（shǔ）：鸡和黄米饭，这里是指农家招待客人的丰盛饭食。黍，黄米，古代时被认为是上等粮食。

（4）邀：邀请。

（5）合：环绕。

（6）郭：古代城墙有内外两层，内层叫城，外层叫郭。这里是指村庄的外墙。

（7）斜：倾斜。由于古诗需押韵，所以这里遵照古音读作 xiá。

（8）开轩（xuān）：打开窗户。轩，窗户。

(9) 场圃（pǔ）：场，打谷场、稻场；圃，菜园。这里泛指农家小院。

(10) 话桑麻：闲谈农事。桑麻，桑树和麻，这里泛指庄稼。

(11) 重阳日：指农历九月初九。在这一天古人有登高、饮菊花酒等习俗。

(12) 还（huán）：返，回来。

(13) 就菊花：指饮菊花酒，也有赏菊的意思。就，赴，靠近，这里是欣赏的意思。

［译文］

老友备了丰盛的饭菜，邀请我去他的农庄做客。
村庄外有绿树环绕，苍翠的山峦横斜在郊外。
推开窗户面对谷场菜园，端起酒杯闲聊庄稼情况。
等到重阳节那一天到来，再请你前来赏菊喝酒吧！

［简析］

这是孟浩然非常著名的一首田园诗，诗歌写的是他在鹿门山隐居时去一位姓田的朋友家做客的经历。诗人应邀到老友家做客，在自然淳朴的田园风光之中，主客举杯对饮，闲谈农事，感受田园生活的乐趣，同时抒发了诗人和朋友之间真挚的友情。诗歌语言朴实无华，意境清新隽永，艺术感染力极强，字里行间流露着作者对田园生活的向往，就像一幅田园风格的中国画，值得我们细细品味。

［名句欣赏］

待到重阳日，还来就菊花。诗人被农庄生活所吸引，临别时向主人表示等到重阳节再来观赏菊花。这淡淡两句诗，使主客之间的亲切融洽跃然纸上。感情真挚、诗意醇厚，可谓言有尽而意无穷。

第六课　白居易

选　文

［诗人简介］

白居易（772—846），字乐天，晚号香山居士，又号醉吟先生，祖籍山西太原，生于河南新郑。唐代伟大的现实主义诗人，是新乐府运动的倡导者，主张“文章合为时而著，歌诗合为事而作”，与元稹并称“元白”；与刘禹锡并称“刘白”。他的诗题材广泛，多反映人民疾苦，形式多样，语言平易通俗，对后世影响极大。代表诗作有《长恨歌》《琵琶行》《卖炭翁》等。

长恨歌

白居易

汉皇[1]重色[2]思倾国[3]，御宇[4]多年求不得。
杨家有女[5]初长成，养在深闺人未识。
天生丽质[6]难自弃，一朝选在君王侧。
回眸一笑百媚生，六宫粉黛[7]无颜色[8]。
春寒赐浴华清池[9]，温泉水滑洗凝脂[10]。
侍儿[11]扶起娇无力，始是新承恩泽[12]时。
云鬓[13]花颜金步摇[14]，芙蓉帐[15]暖度春宵。
春宵[16]苦短日高起，从此君王不早朝。
承欢侍宴无闲暇，春从春游夜专夜。
后宫佳丽三千[17]人，三千宠爱在一身。
金屋[18]妆成娇侍夜，玉楼宴罢醉和春。

姊妹弟兄皆列土[19]，可怜[20]光彩生门户。
遂令天下父母心，不重生男重生女。
骊宫[21]高处入青云，仙乐风飘处处闻。
缓歌慢舞凝丝竹[22]，尽日君王看不足。

渔阳[23]鼙鼓[24]动地来，惊破霓裳羽衣曲[25]。
九重城阙[26]烟尘生[27]，千乘万骑西南行[28]。
翠华摇摇行复止，西出都门百余里[29]。
六军[30]不发无奈何，宛转[31]蛾眉[32]马前死。
花钿[33]委地[34]无人收，翠翘金雀玉搔头[35]。
君王掩面救不得，回看血泪相和流。
黄埃散漫风萧索，云栈[36]萦纡[37]登剑阁[38]。
峨嵋山[39]下少人行，旌旗无光日色薄。
蜀江水碧蜀山青，圣主朝朝暮暮情。
行宫[40]见月伤心色，夜雨闻铃肠断声。
天旋地转[41]回龙驭[42]，到此踌躇不能去。
马嵬坡下泥土中，不见玉颜空死处。
君臣相顾尽沾衣，东望都门信马[43]归。

归来池苑皆依旧，太液芙蓉未央柳[44]。
芙蓉如面柳如眉，对此如何不泪垂。
春风桃李花开日，秋雨梧桐叶落时。
西宫南内[45]多秋草，落叶满阶红不扫。
梨园弟子[46]白发新，椒房[47]阿监[48]青娥[49]老。
夕殿萤飞思悄然，孤灯挑尽[50]未成眠。
迟迟[51]钟鼓初长夜，耿耿[52]星河欲曙天[53]。
鸳鸯瓦[54]冷霜华[55]重，翡翠衾[56]寒谁与共[57]。
悠悠生死别经年，魂魄不曾来入梦。

临邛道士鸿都客[58]，能以精诚致魂魄[59]。
为感君王辗转思，遂教方士[60]殷勤[61]觅。

排空驭气[62]奔如电，升天入地求之遍。
上穷[63]碧落[64]下黄泉[65]，两处茫茫皆不见。
忽闻海上有仙山[66]，山在虚无缥渺间。
楼阁玲珑[67]五云[68]起，其中绰约[69]多仙子。
中有一人字太真，雪肤花貌参差[70]是。
金阙[71]西厢叩玉扃[72]，转教小玉报双成[73]。
闻道汉家天子使，九华帐[74]里梦魂惊。
揽衣推枕起徘徊，珠箔[75]银屏[76]迤逦[77]开。
云鬓半偏新睡觉[78]，花冠不整下堂来。
风吹仙袂[79]飘飖举，犹似霓裳羽衣舞。
玉容寂寞[80]泪阑干[81]，梨花一枝春带雨。
含情凝睇[82]谢君王，一别音容两渺茫。
昭阳殿[83]里恩爱绝，蓬莱宫[84]中日月长。
回头下望人寰[85]处，不见长安见尘雾。
惟将旧物[86]表深情，钿合金钗寄将去[87]。
钗留一股合一扇，钗擘黄金合分钿[88]。
但教心似金钿坚，天上人间会相见。
临别殷勤重寄词[89]，词中有誓两心知[90]。
七月七日长生殿[91]，夜半无人私语时。
在天愿作比翼鸟[92]，在地愿为连理枝[93]。
天长地久有时尽，此恨[94]绵绵[95]无绝期。

［解题］

《长恨歌》是白居易最为脍炙人口的一首长篇叙事诗，这首诗作于唐宪宗元和元年（806），当时白居易三十五岁，任周至县尉。一日，与友人陈鸿、王质夫到马嵬驿附近的仙游寺游玩，谈到了唐明皇与杨贵妃的爱情悲剧，大家都很感叹，觉得这样稀奇动人的故事如不记载下来恐怕会随着时间的推移而消没，实在可惜。于是白居易创作了这首《长恨歌》，叙述了唐玄宗与杨贵妃的爱情悲剧。恨，遗憾；长恨，永久的遗憾。

［注释］

（1）汉皇：原指汉武帝刘彻，这里借指唐玄宗李隆基。

（2）重色：好色。

（3）倾国：指绝色美女。典故出自西汉时李延年对汉武帝唱的一首歌《北方有佳人》："北方有佳人，绝世而独立。一顾倾人城，再顾倾人国。宁不知倾城与倾国，佳人难再得。"此后，"倾国倾城"成为美女的代称。

（4）御（yù）宇：统治天下。御，驾驭、统治。宇，宇内、天下。

（5）杨家有女：唐代蜀州司户杨玄琰有个叫杨玉环的女儿，从小由叔父杨玄珪抚养，十七岁时被册封为玄宗之子寿王李瑁的妃子，二十七岁被玄宗册封为贵妃。白居易诗中所谓"养在深闺人未识"，其实是有意为帝王避讳的说法。

（6）丽质：美丽的姿质。

（7）六宫粉黛：指宫中的所有嫔妃。古代帝王设有六宫，包括一个正寝（日常处理政务之地），五个燕寝（休息之地）。粉黛，粉黛本为女性分别用来抹脸和描眉的化妆品，这里用来代指六宫中的女性。

（8）无颜色：意思是相形之下，都失去了美好的姿容。

（9）华清池：华清池温泉，在今西安市临潼区骊山北麓。唐太宗贞观十八年（644）建汤泉宫，唐玄宗天宝六年（747）将其扩建，并改名华清宫，每年冬、春季都到此居住。

（10）凝（níng）脂（zhī）：形容皮肤白嫩滋润，宛如凝固的脂肪。

（11）侍儿：指宫女。

（12）新承恩泽：刚开始得到皇帝的宠幸。

（13）云鬓：形容女子的头发像云一样又多又美。

（14）金步摇：古代女子插在发际的一种饰物，用黄金制成，上面垂有流苏或坠子，走起路来亦步亦摇，故称步摇。

（15）芙蓉帐：绣着莲花的帐子，形容其精美。

（16）春宵：指新婚之夜。

（17）佳丽三千：形容后宫女子之多。

（18）金屋：据《汉武故事》记载，汉武帝年幼时，他的姑妈将他抱在膝上，问他要不要她的女儿阿娇做妻子。他笑着回答："若得阿娇，当以金屋藏之。"

（19）列土：分封土地。据《旧唐书·后妃传》等记载，玄宗将杨贵妃的三个姊妹分别封为韩国夫人、虢国夫人和秦国夫人；将杨贵妃的父亲杨玄琰封为太尉、齐国公；母封为凉国夫人；叔叔杨玄珪封为光禄卿；堂兄杨国忠封为右丞相。

（20）可怜：可爱，这里是值得羡慕的意思。

（21）骊（lí）宫：骊山华清宫。

（22）凝丝竹：意思是弦乐器和管乐器伴奏出舒缓的旋律。丝，指弦乐器；竹，指管乐器。

（23）渔阳：渔阳郡，管辖范围为今北京市平谷区和天津市的蓟州区等地，当时属于平卢、范阳、河东三镇节度使安禄山的辖区。755 年，安禄山在范阳起兵叛乱。

（24）鼙（pí）鼓：古代骑兵用的小鼓，这里用来借指战争。

（25）霓（ní）裳羽衣曲：中国古代著名舞曲，乐曲着意表现虚无缥缈的仙境和仙女形象。据说是唐人杨敬述所献，经唐玄宗润色并制作歌词，改作此名。

（26）九重城阙（què）：九重门的京城，这里指长安。阙，古代宫殿门前两边的楼，泛指宫殿或帝王住所。

（27）烟尘生：指发生战争。

（28）千乘万骑西南行：756 年 6 月，安禄山破潼关，逼近长安。唐玄宗带领杨贵妃等向西南方向逃走，当时随行护卫并不多，"千乘万骑"应为夸大之词。乘，一人一骑为一乘。

（29）翠华摇摇行复止，西出都门百余里：指"马嵬事变"。唐玄宗逃至距长安百余里的马嵬驿（今陕西兴平）时，随从禁卫军发难，不再前行，请求诛杀杨国忠和杨玉环兄妹以平民怨。唐玄宗为保自身，只得照办。翠华：皇帝仪仗队所用的旗帜，用翠鸟羽毛装饰。

（30）六军：指天子的军队。

（31）宛转：形容美人临死前哀怨缠绵的样子。

（32）蛾眉：古代对美女的代称，这里是指杨贵妃。

（33）花钿（diàn）：古时妇女脸上的一种装饰，用金翠珠宝等制成花朵形状。

（34）委地：散落或丢弃在地上。

（35）翠翘（qiáo）金雀玉搔头：指各种首饰。翠翘，形如翡翠鸟尾的一种首饰。金雀，金雀钗，钗形似凤（古称朱雀）。玉搔头，玉簪。

（36）云栈（zhàn）：高入云霄的栈道。

（37）萦纡（yíng yū）：回环盘绕。

（38）剑阁：又称剑门关，在今四川剑阁县北，是由秦入蜀的交通要道。此地群山如剑，峭壁中断处，两山对峙如门，故称剑阁或剑门关。

（39）峨嵋山：四川名山。当年唐玄宗奔蜀途中并未经过峨眉山，这里是泛指蜀中高山。

（40）行宫：皇帝离京出行在外时的临时住所。

（41）天旋地转：这里是指时局好转。757 年，郭子仪军收复长安。

（42）回龙驭（yù）：皇帝的车驾回都城。

（43）信马：意思是任马前进，无心鞭马。

（44）太液芙蓉未央柳：太液池的芙蓉和未央宫的柳树。太液池和未央宫都是汉代皇宫中的地点，这里以汉指唐，用来借指唐代皇宫。

（45）西宫南内：皇宫之内称大内。西宫，指西内太极宫；南内，指兴庆宫。唐玄宗返回京城后，最初住在南内，后来被迫迁往西内。

（46）梨园弟子：指玄宗当年亲自培训的乐工舞女。唐玄宗精通音乐，不仅懂乐理，还能亲自演奏乐器。他曾挑选三百名青年子弟，安置在长安城内光化门北的梨园中亲自培训，以便随时应诏表演，号称“皇帝梨园弟子”。

（47）椒房：指后妃居住的地方，因用花椒和泥抹墙，故称椒房。

（48）阿监：指宫中的侍从女官。

（49）青娥：指年轻的宫女。

（50）孤灯挑尽：古代用油灯照明，为使灯火明亮，需不时地将浸在油中的灯草往上挑一点。挑尽，说明夜已深。其实唐代宫中夜间并不点油灯，而是燃烛照明，诗人这样写是为了凸显唐玄宗晚年生活环境的凄苦。

（51）迟迟：迟缓。报更的钟鼓声起止原有定时，这里是用以渲染唐玄宗长夜难眠时的心情。

（52）耿耿（gěng）：微明的样子。

（53）欲曙天：长夜即将天亮之时。

（54）鸳鸯瓦：指屋顶上俯仰相对合在一起的瓦。

（55）霜华：霜花。

（56）翡翠衾（qīn）：指布面绣有翡翠鸟的被子。

（57）谁与共：与谁共。

（58）临邛（qióng）道士鸿都客：意思是说有个从临邛来长安的道士。临邛，今四川省邛崃市。鸿都，东汉都城洛阳的宫门名，这里用来借指长安。

（59）致魂魄：招来亡魂。这里是指招来杨贵妃的亡魂。

（60）方士：有法术的人。这里是指道士。

（61）殷勤：尽力。

（62）排空驭气：腾云驾雾。

（63）穷：穷尽，找遍。

（64）碧落：指天上。

（65）黄泉：指地下。

（66）海上有仙山：传说中的蓬莱、方丈、瀛洲等三座神山，据说位于渤海中。

（67）玲珑：形容华美精巧。

（68）五云：指五彩云霞。

（69）绰（chuò）约：形容体态轻盈柔美。

（70）参差：差不多，仿佛。

（71）金阙：道家认为天上有黄金阙，是仙人或天帝所居之处。

（72）玉扃（jiōng）：玉门。

（73）转教小玉报双成：意思是说仙府中庭院重重，须经辗转通报。小玉，吴王夫差之女。双成，传说中西王母的侍女。这里都用来借指杨贵妃在仙山上的侍女。

（74）九华帐：指绣饰华美的帐子。九华，重重花饰的图案，形容帐子之精美。

（75）珠箔（bó）：指珠帘。

（76）银屏：镶银的屏风。

（77）迤逦（yǐ lǐ）：连续不断地。

（78）新睡觉：刚刚睡醒。觉，醒。

（79）袂（mèi）：衣袖。

（80）玉容寂寞：这里是指杨玉环神色黯淡凄楚。

（81）阑干：纵横交错的样子。这里形容泪痕满面。

（82）凝睇（dì）：即凝视。

（83）昭阳殿：汉成帝宠妃赵飞燕的寝宫。这里用来借指杨贵妃住过的宫殿。

（84）蓬莱宫：传说中的海上仙山。这里是指杨贵妃在仙山的居所。

（85）人寰（huán）：即人间。

（86）旧物：指杨贵妃生前与玄宗的定情信物。

（87）寄将去：托道士带回去。

（88）钗留一股合一扇，钗擘（bò）黄金合分钿（diàn）：意思是说把金钗和钿盒分成两半，自己留下一半。擘，分开。合分钿，将钿盒上的图案分成两部分。钿，指一种嵌金花的首饰。

（89）重寄词：杨贵妃在告别时又托道士捎话。

（90）两心知：只有唐玄宗和杨贵妃二人心里明白。

（91）长生殿：骊山华清宫中的宫殿，唐玄宗天宝元年（742）造。按“七月”以下六句是诗人的虚拟之词。而这里所谓的长生殿，其实并非华清宫中的长生殿，而是长安皇宫寝殿之习称。

（92）比翼（yì）鸟：传说中的一种鸟，据说只有一目一翼，雌雄并在一起才能飞行。因此常用来比喻恩爱夫妻。

（93）连理枝：指两棵树的枝干合生在一起。又称相思树、夫妻树、生死树，比喻夫妻恩爱，永不分离。

（94）恨：遗憾。

（95）绵绵：连绵不断。

【译文】

唐明皇好色，多年来一直在天下遍寻美女，却一无所获。

杨家有个女儿刚刚长大成人，美丽绝伦，养在深闺中，外人不知。

天生丽质难以埋没，果然不久便被唐明皇选入宫中。

她回眸一笑时那千娇百媚的姿态，令六宫妃嫔一个个黯然失色。

春寒料峭时，皇上赐她到华清池沐浴，温润的泉水洗涤着她那凝脂一般的肌肤。

侍女搀扶着的她如出水芙蓉般娇弱娉婷，这是她刚刚开始得到皇帝恩宠的时候。

鬓发如云，容颜似花，头戴着金步摇，贵妃在温暖的芙蓉帐里，与皇上共度春宵。

只恨那春宵苦短，一觉睡到太阳高高升起，君王从此再也不上早朝。

承受君欢侍奉君饮，忙不得闲，春天陪皇上一起出游，晚上夜夜侍寝。

后宫中妃嫔三千人，却只有她一人独享皇帝的恩宠。

金屋中梳妆打扮，娇滴滴侍奉君王；玉楼上酒酣宴罢，醉醺醺风韵更佳。

姊妹兄弟都因她得到列土封侯，杨家门楣光耀令人羡慕。

于是使得天下的父母都改变了心意，不重生男重生女。

骊山上华清宫内琼楼玉宇高耸入云，仙乐随风而飘，处处可闻。

轻歌曼舞，管弦伴奏，君王终日沉醉其中，百看不厌。

渔阳叛乱的战鼓声惊天起，惊破了宫中的霓裳羽衣曲。

九重宫殿霎时尘土飞扬，君王带着大批臣子美眷向西南方向仓皇出逃。

皇帝的车队一路走走停停，来到长安以西百余里的马嵬驿。

六军不肯前行，要求赐死杨玉环。唐明皇无可奈何，只得在马嵬坡下缢杀杨玉环。

贵妃头上那些珍贵的花钿、翠翘、金雀、玉搔头，撒落一地无人收拾。

君王欲救不能，掩面而泣，回头看惨死的贵妃，血和泪止不住地流。

黄土随萧瑟的秋风四处飘散，车队穿过那回环曲折的栈道，登上了剑阁。

峨眉山下行人稀少，旌旗无光，日月黯然。

蜀地这一派秀水青山，勾起了玄宗那浓浓的相思情。

身处行宫里的玄宗望月满目凄然，雨夜听曲声声悲戚。

叛乱平息后，重返长安，路过马嵬坡，睹物思人，徘徊不忍离去。

马嵬坡下那片荒凉的泥土里，再不见贵妃玉颜，唯有孤零零的一座坟茔。

君臣相顾，不禁泪湿衣衫，东望京都，心中伤悲，信马由缰归去。

回宫一看，所有池苑都依旧，太液池边的芙蓉、未央宫中的垂柳也都依然在。

芙蓉开得好似玉环的脸，柳叶儿犹如她的眉，此情此景如何不令人心生悲戚?

无论是春风吹开桃李花的春日，还是秋雨滴落梧桐叶的秋日，唐玄宗无时无刻不在思恋着杨贵妃。

太极宫和兴庆宫，秋草丛生，一片萧条。宫内落叶满台阶，也不见有人清扫。

当年的梨园弟子如今头发已白，宫女红颜尽褪。

夜晚的宫殿中流萤飞舞，孤灯油尽君王仍然难以入眠。

打更的钟鼓声迟迟才响起，长夜漫漫。遥望耿耿星河，直到曙光现东方。

鸳鸯瓦上霜花重重，冰冷的翡翠被里如今谁与君王同眠?

阴阳相隔已然多年，连梦中都未曾与你相见过。

有位正客居长安的临邛道士，据说他能用法术招来贵妃的魂魄。

君王对贵妃的思念之情令他感动，他接受皇命殷勤地将贵妃找寻。

如闪电驾驭云气升入空中，升天入地寻了个遍。

上至天堂下到地府，两处都茫然无所获。

忽然听说海上有一座仙山，仙山在虚无缥渺的白云中。

在五彩祥云托起的玲珑楼阁里，风姿绰约的仙女数之不尽。

其中有一人字太真，肌肤如雪貌似花，好像就是杨贵妃。

道士来到金阙西边，叩响玉石雕成的院门，让侍女小玉双成前去通报。

太真听说君王的使者到了，一下子从帐中惊醒。

穿上衣服推开枕头出了睡帐，逐次打开银制屏风，放下珠帘。

云鬓偏向一边，一副刚刚睡醒的模样，衣服和花冠都来不及整理就走出厅堂来。

衣袖在仙风吹拂下飘动，袅袅婷婷，就像当年霓裳羽衣的舞姿。

写满了寂寞忧愁的脸上泪水长流，犹如春天里那枝带雨的梨花。

含情凝视天子派来的使节，委托他深深谢君王。马嵬坡上诀别后，音讯颜容两渺茫。

当年昭阳殿里的恩爱早已断绝，如今蓬莱宫中的孤寂如此漫长。

回头俯视人间，看不见长安，只看见一片尘雾。

只有用当年的信物表达我的一片深情，把钿盒金钗带去给君王作纪念。

金钗留下一股，钿盒留下一半，金钗劈开黄金，钿盒与宝钿分离。

但愿我俩相爱的心，就像这黄金宝钿一样忠贞坚硬，那么即便是天上人间也总有机会再见。

临别时又殷勤嘱托方士，寄语君王表达情思，语中的誓言只有君王与我知道。

当年七月七日长生殿中，夜半无人时，我们的山盟海誓：

“在天愿为比翼双飞鸟，在地愿为并生连理枝。”

即使是天长地久，也总会有尽头，而这生死遗恨，却永远没有尽期啊！

【简析】

《长恨歌》是白居易影响深远的一首长篇叙事诗，诗歌以唐玄宗与杨贵妃的爱情为主题，形象生动地描述了一个哀婉动人的故事，开启了千百年来文学创作的一个热门主题。

这首诗虽以马嵬事件为依据，却并未完全依照史实去写，在诗歌的前半部分，作品含有明显的讽喻意味，似在通过唐玄宗与杨贵妃的爱情悲剧批判他们的荒淫误国，然而，诗歌的后半部分却以浪漫主义的笔法大肆渲染了唐玄宗对杨贵妃的深切思念，似乎在歌颂两人的爱情。因此，关于《长恨歌》的主题到底是肯定还是讽喻一直争论不休。诗歌艺术成就非常高，作者以现实主义与浪漫主义相结合的形式，将叙事、写景和抒情和谐地结合在一起，以精练优美的语言向我们讲述了一个缠绵悱恻、宛转动人的爱情故事，极具感染力，成为中国古代叙事诗中的千古绝唱。

［名句欣赏］

杨家有女初长成，养在深闺人未识。杨家有个女儿刚刚长大，十分娇艳，养在深闺中，外人不知她美丽绝伦。

回眸一笑百媚生，六宫粉黛无颜色。她回眸一笑时，千姿百态、娇媚横生；六宫妃嫔一个个都黯然失色。

春寒赐浴华清池，温泉水滑洗凝脂。春寒料峭时，皇上赐她到华清池沐浴，温润的泉水洗涤着她凝脂一般的肌肤。

芙蓉如面柳如眉，对此如何不泪垂。芙蓉开得像玉环的脸，柳叶儿好似她的眉，面对此情此景如何不心生悲戚?

迟迟钟鼓初长夜，耿耿星河欲曙天。细数迟迟钟鼓声，愈数愈觉夜漫长。遥望耿耿星河天，直到东方吐曙光。

上穷碧落下黄泉，两处茫茫皆不见。穷极天堂地府，都毫无结果，都找不见。

在天愿作比翼鸟，在地愿为连理枝。在天愿为比翼双飞鸟，在地愿为并生连理枝。

天长地久有时尽，此恨绵绵无绝期。即使是天长地久，也总会有尽头，但这生死遗恨，却永远没有尽期。

练 习

一、单项选择题

1. 下列诗句中不是描写杨贵妃美貌的是（　　）

A. 回眸一笑百媚生，六宫粉黛无颜色。 B. 春风桃李花开日，秋雨梧桐叶落时。

C. 玉容寂寞泪阑干，梨花一枝春带雨。 D. 风吹仙袂飘飖举，犹似霓裳羽衣舞。

2. 下列诗句中运用了比喻和对偶修辞手法的是（　　）

A. 渔阳鼙鼓动地来，惊破霓裳羽衣曲。B. 玉容寂寞泪阑干，梨花一枝春带雨。

C. 在天愿为比翼鸟，在地愿为连理枝。D. 天长地久有时尽，此恨绵绵无绝期。

3. 下列诗句中用了典故的是（　　）

A. 汉皇重色思倾国，御宇多年求不得。B. 六军不发无奈何，宛转蛾眉马前死。

C. 梨园弟子白发新，椒房阿监青娥老。D. 七月七日长生殿，夜半无人私语时。

二、判断题

（　　）1.《长恨歌》的“恨”是痛恨、仇恨，是指杨玉环对唐玄宗的杀生之恨。

（　　）2. 白居易在《长恨歌》这首诗中运用了现实主义和浪漫主义相结合的写作手法。

（　　）3. “汉皇重色思倾国”是借汉指唐，独具匠心地点明唐明皇的好色，既揭示了悲剧的原因，又唤起和统领整首诗。

三、综合题

《长恨歌》的主题有讽喻说、爱情说、双重主题说，你认为哪种更确切？说出你的理由。

拓展阅读

赋得古原草送别

白居易

离离(1)原(2)上草，一岁一枯荣(3)。
野火烧不尽，春风吹又生。
远芳(4)侵(5)古道，晴翠(6)接荒城。
又送王孙(7)去，萋萋(8)满别情。

【解题】

这是白居易十六岁参加科举考试时的一首习作。考试规定，凡命题诗，题目前都要加上“赋得”二字，作法类似于咏物诗。《赋得古原草送别》这首诗是通过描绘古原上的野草，抒发对友人离别时的依依惜别之情。

【注释】

（1）离离：形容野草繁盛的样子。
（2）原：原野。
（3）荣：繁盛。
（4）远芳：伸向远方的野草。
（5）侵：侵占，长满。
（6）晴翠：晴天阳光下的一片绿色。
（7）王孙：本指贵族。这里指诗人远方的朋友。
（8）萋萋（qī）：形容野草茂盛的样子。

【译文】

原野上长满了茂盛的青草，年年岁岁枯萎了又昌荣。
野火无法烧尽遍地的野草，春风吹来它又满地滋生。
远处的春草遮没了古道，阳光下的绿色连接着荒城。
我在这里送友人远去，繁茂的芳草满怀离别之情。

【简析】

这首诗并非为写古原而写古原，而是将古原作为一个送别的典型环境去描写：大地春回，芳草茂盛，在如此迷人的古原上，诗人送别即将远去的友人。送别固然令人惆怅，但送别的环境却饱含诗意。芳草的生生不息比喻对友人的思念源源不断，而芳草连绵不断伸向远方，仿佛将思念一直送达友人将去的地方。诗人赋予每棵野草送别的愁情，正如李煜所言——“离恨恰如春草，更行更远还生”（李煜《清平乐》）。诗歌语言自然流畅，饱含真情，言有尽而意无穷，是命题诗中的绝唱。

【名句欣赏】

野火烧不尽，春风吹又生。不管野火怎样燃烧，只要春风一吹，又是遍地青绿。这两句诗将野草顽强的生命力形象生动地表现了出来。

问刘十九

白居易

绿蚁(1)新醅(2)酒，红泥小火炉。
晚来天欲雪(3)，能饮一杯无(4)？

【解题】

《问刘十九》作于白居易晚年隐居洛阳时期，诗人因“天晚欲雪，思念旧人”而作此诗。刘十九即大诗人刘禹锡的堂兄，是白居易在江州时的朋友。

【注释】

（1）绿蚁：指浮在新酿好还没有过滤的米酒上的绿色泡沫。新酿酒在滤清之前，酒面会浮起一层酒渣，淡绿色，细如蚂蚁，故称“绿蚁”。

（2）醅（pēi）：酿造。

（3）雪：下雪。这里是名词作动词用。

（4）无：语气词，表疑问，相当于“么”或“吗”。

【译文】

新酿的淡绿色米酒飘香，红泥小火炉烧得正旺。

天色将晚，雪意渐浓，能否前来共饮一杯暖酒？

【简析】

白居易的这首小诗没有寄托深远的主题，也没有华丽的辞藻，诗人只是在一个风雪飘飞的傍晚想邀请朋友前来喝酒而已。诗歌叙家常般的语气、朴素亲切的语言，以及温馨欢快的色调，无不洋溢着浓浓的暖意和温馨炽热的情谊。区区20个字，写出了白居易生活的恬然自得，令人神往。

【名句欣赏】

晚来天欲雪，能饮一杯无？天色将晚，雪意渐浓。朋友，能否前来共饮一杯酒？语浅情深，言短味长，诗人怡然自得的情态跃然纸上。

第七课　李商隐

选　文

［诗人简介］

李商隐（约813—约858），字义山，号玉溪生，怀州河内（今河南沁阳）人，是唐代晚期成就最高的诗人，与杜牧合称“小李杜”。生活在衰败的唐朝晚期，家世没落，长期处于党争之中，一生仕途不顺，爱情生活也不顺。其诗歌特点是辞藻华美，用典精巧，长于象征、暗示，尤其是爱情诗独具一种朦胧之美，对后世影响极大。

无　题

李商隐

相见时难别亦难，东风(1)无力百花残(2)。
春蚕到死丝(3)方尽，蜡炬(4)成灰泪始干。
晓镜(5)但愁云鬓改，夜吟应觉月光寒。
蓬山(6)此去无多路，青鸟(7)殷勤(8)为探看(9)。

［解题］

李商隐由于受到党争的影响，长期处在牛李两党的夹缝之中，动辄得咎，一生沉沦下僚，婚恋也不顺利，因此他在诗歌创作中有些诗不愿意明确表明主题时常用“无题”作为标题。这是李商隐60多首无题诗中最为著名的一首。

［注释］

（1）东风：春风。
（2）残：凋零。
（3）丝：春蚕吐出的丝。与“思”谐音，这里是以“丝”喻“思”，含相思之意。
（4）蜡炬：蜡烛。
（5）晓镜：早晨梳妆照镜子。
（6）蓬山：蓬莱山，传说中的海上仙山，这里是指所思女子的住处。
（7）青鸟：神话传说中为西王母传递音讯的使者。
（8）殷勤：情谊恳切深厚。
（9）探看：探望。

［译文］

相见机会很难得，离别时更加难舍难分；此时正值暮春时节，百花凋残。
春蚕直到死时丝才吐完；蜡烛烧成灰烬时像泪一样的蜡油才能滴干。
早晨对镜梳妆，唯恐乌黑的头发改了颜色；长夜独自吟诗，应会感到月色清寒吧。
从这儿去蓬莱山无路可通，只好请青鸟为我殷勤地去探望你。

［简析］

唐代是一个思想开放的时代，除了儒家和佛教之外，道教也很盛行。李商隐年轻时曾有过一段在玉阳山学道的经历。在玉阳山的灵都观，他与陪同公主学道的女道士宋华阳相识相恋，由于身份特殊，两人的爱情不能被世俗所接受，因此诗人以朦胧委婉的风格以诗记情，并隐去诗题。

这是李商隐爱情诗中最有名的一首，诗歌情调哀婉缠绵，结构回环往复，诗人并未描述爱情的过程，而是用比喻、象征和谐音双关等手法形象生动地表现了诗人爱之深及痛之切，将诗中在爱情中之欲求不得、欲罢不能的内心痛苦淋漓尽致地表现出来，动人心魄。

［名句欣赏］

春蚕到死丝方尽，蜡炬成灰泪始干。春蚕直到死方才把丝吐尽，就像我对你的思恋将会持续终生；蜡烛直到燃烧成灰，才滴完所有的眼泪，正如我对你的爱恋，在燃烧中伴随痛苦，爱得越深痛苦越深。这两句诗被誉为描写爱情的千古绝唱，生动形象地表达了诗人相思离别的痛苦和对爱情至死不渝的执着追求。

练　习

一、单项选择题

1．引用了典故的诗句是（　　）

A．相见时难别亦难，东风无力百花残。B．春蚕到死丝方尽，蜡炬成灰泪始干。

C．晓镜但愁云鬓改，夜吟应觉月光寒。D．蓬山此去无多路，青鸟殷勤为探看。

2．用了谐音双关手法的诗句是（　　）

A．相见时难别亦难，东风无力百花残。B．春蚕到死丝方尽，蜡炬成灰泪始干。

C．晓镜但愁云鬓改，夜吟应觉月光寒。D．蓬山此去无多路，青鸟殷勤为探看。

3．使用了比喻象征手法的诗句是（　　）

A．相见时难别亦难，东风无力百花残。B．春蚕到死丝方尽，蜡炬成灰泪始干。

C．晓镜但愁云鬓改，夜吟应觉月光寒。D．蓬山此去无多路，青鸟殷勤为探看。

二、判断题

（　　）1．“相见时难别亦难”中的两个“难”，前者是客观上的难，后者是主观上的难。

（　　）2．“东风无力百花残”是借景抒情，借深秋季节的凄清抒发诗人面对爱情无可奈何的悲哀之情。

三、综合题

出于某种原因，李商隐没有给这首诗命题，请根据诗的内容或情感为这首诗拟一个题目。

拓展阅读

夜雨寄北

李商隐

君问归期未有期，巴山(1)夜雨涨秋池。
何当共剪西窗烛(2)，却话巴山夜雨时。

【解题】

李商隐的一生仕途坎坷，长期在牛、李党之争的夹缝中生存，不得已只能辗转各处在别人的幕府中做幕僚。这首诗又名“夜雨寄内”，是李商隐在四川做幕僚时写给妻子（一说为友人）的一首诗。妻子居长安，长安位于巴蜀之北，故称“寄北”。

【注释】

（1）巴山：在今四川省南江县以北，李商隐曾在此地做幕僚。
（2）共剪西窗烛：在西窗下一起剪烛蕊（ruǐ）。

【译文】

你问我回家的日子，我还不能定归期。
今晚巴山下着大雨，雨水涨满了秋池。
什么时候你我重聚，西窗下共剪烛花。
再告诉你今夜秋雨，及我对你的思念。

【简析】

《夜雨寄北》是李商隐身居异乡巴蜀时，以七言绝句的形式写给远在长安的妻子

（一说为友人）的回信。诗的前两句通过问答和对眼前所处环境的描写，抒发了独处异乡的孤寂及对妻子的深切思念。后两句笔锋一转，设想来日重逢谈心的欢悦，以此反衬眼下的孤寂。李商隐的大部分诗歌都辞藻华美，用典精巧，寄托深隐，这首诗却是即兴写来，语言虽质朴自然，但语短情长，令人回味。

锦　瑟

李商隐

锦瑟无端(1)五十弦，一弦一柱思华年。
庄生晓梦迷蝴蝶(2)，望帝春心托杜鹃(3)。
沧海月明珠有泪(4)，蓝田(5)日暖玉生烟(6)。
此情可待成追忆？只是当时已惘然。

［解题］

瑟，是一种乐器，通常有二十五弦。锦瑟，指漆有织锦纹的瑟。这首诗按古诗的惯例取篇首二字为诗题，实际上与无题诗无异，其难解程度甚至超过了李商隐其他所有无题诗。

［注释］

（1）无端：何故。这是责怨之词。

（2）庄生晓梦迷蝴蝶：这里用了《庄子·齐物论》中的典故："庄周梦为蝴蝶，栩栩然蝴蝶也；自喻适志与！不知周也。俄然觉，则蘧蘧然周也。不知周之梦为蝴蝶与？蝴蝶之梦为周与？"诗人借用庄周梦蝶的故事，表达人生如梦，往事如烟的感慨。

（3）望帝春心托杜鹃：望帝是指古代蜀国国君杜宇，他效法尧舜，将王位禅让出去，死后看到自己的国家亡国，于是化为杜鹃鸟日夜哀鸣，至口中流血。

（4）珠有泪：《博物志》记载："南海外有鲛人，水居如鱼，不废绩织，其眼泣则能出珠。"

（5）蓝田：今陕西省蓝田县，以产玉而闻名于世。

（6）玉生烟：相传蕴藏美玉的土地上空在阳光照射之下会生出紫色烟雾。

［译文］

精美的瑟啊，你为什么竟会有五十根弦？那一弦一柱都勾起了我对青春年华的追忆。

庄周睡梦中翩翩起舞化身为蝴蝶，望帝把自己的满腔幽恨托身于杜鹃。

沧海明月高照，鲛人泣泪成珠；蓝田在暖阳光照之下，可看到美玉上空生出紫烟。

这样的情怀，哪里是等到现在回忆才感到无穷怅恨？即使在当年早已是令人不胜怅惘了。

［简析］

《锦瑟》是李商隐最享盛名的诗作，同时也是最难读懂的一首诗。关于这首诗的主题一直以来众说纷纭，有人说是爱情诗；有人说是悼亡诗；也有人认为是咏物诗；还有人认为是政治诗，千百年来莫衷一是。诗歌难解，是因为诗人运用了象征、隐喻的手法，创造了一个个复杂的意象，以抒发他晚年回顾生平时的无限感慨。

［名句欣赏］

此情可待成追忆？**只是当时已惘然**。这样的情怀，岂是等到今朝回忆才感到无穷怅恨？即在当时早已是令人不胜怅惘了。

第八课　杜　牧

选　文

[诗人简介]

杜牧（803—852），字牧之，号樊（fán）川居士，京兆万年（今陕西西安）人，晚唐著名诗人。因晚年居住在位于长安城南郊的樊川别墅，所以后世又称他为“杜樊川”。杜牧的诗歌写得最好的是七言绝句，内容大多是咏史抒怀，意境幽美，韵味隽永，在晚唐诗坛成就很高，与李商隐并称“小李杜”。有《樊川文集》传世。

赤　壁

杜　牧

折戟(1)沉沙铁未销(2)，自将(3)磨洗认前朝。
东风不与周郎(4)便，铜雀(5)春深锁二乔(6)。

[解题]

这是杜牧经过东汉末年的古战场赤壁（一说为今湖北武昌西南赤矶山）时有感而发写下的一首咏史诗。赤壁之战是促成三国鼎立局面形成的一场决定性战役，孙、刘联军击败了曹军，三十四岁的周瑜是这次战役中的头号风云人物。

[注释]

(1) 折戟（jǐ）：折断的战戟。戟，古代的一种兵器。

（2）销：销蚀，腐蚀。

（3）将：拿起。

（4）周郎：三国时期的东吴名将周瑜。

（5）铜雀：指铜雀台，是曹操建来供自己行乐的地方，楼顶立有大铜雀，台上住着姬妾歌伎。

（6）二乔：指东汉末年乔公的两个女儿——大乔和小乔。大乔嫁给了东吴政权的奠基者孙策，小乔嫁给了周瑜。

【译文】

折断的铁戟沉到泥沙中还没有完全腐蚀掉，我拿起断戟打磨清洗干净，认出正是当年赤壁之战遗留下来的兵器。当初如果不是东风给周瑜提供了便利，恐怕大乔小乔就要被曹操关进铜雀台了。

【简析】

这是杜牧的一首咏史抒怀诗。杜牧是一位有理想、有抱负，并且通晓政治军事的诗人，遗憾生在末世，满腹才华得不到施展。来到三国时期的著名古战场，诗人即物感兴，借咏史抒发自己怀才不遇的愤懑之情。

诗歌以赤壁之战留下的一截断戟起兴，引发了诗人的想象，诗人一反常调，将周瑜能在赤壁之战获胜的原因归结为东风之利。从反面着笔，认为如果周瑜战败，那么曹操获胜将会彻底改变历史形势。表面上咏史，实际上是隐喻自己在军事上的不得志，抒发自己怀才不遇的愤懑之情。诗歌并没有直接描写战场，而是借美人的结局反映战争局势的反差，极富想象力。

练 习

一、单项选择题

1.《赤壁》是一首（　　）。

A. 怀古咏史诗　　B. 写景抒情诗　　C. 咏物诗　　D. 记游诗

2.《赤壁》是一首（　　）。

A. 五言绝句　　B. 五言律诗　　C. 七言绝句　　D. 七言律诗

二、判断题

（　　）1.“折戟沉沙铁未销”，折断了的兵器埋在沙土里没有生锈，说明它埋在沙土里的时间不长。

（　　）2.“东风不与周郎便，铜雀春深锁二乔。”这两句说明赤壁之战的胜利纯属偶然，周瑜不过是运气好才获胜的。

三、综合题

1.“东风不与周郎便，铜雀春深锁二乔。”意思是说假如没有东风的话，那么当年失败的就是周瑜了。诗人显然是将周瑜的胜利归为偶然因素，而不是必然结果。你同意诗人的看法吗？为什么？

2. 中晚唐时期的诗人偏爱写咏史诗，想一想其原因何在。

拓展阅读

清　明

杜　牧

清明时节雨纷纷，路上行人欲断魂(1)。

借问(2)酒家何处有，牧童遥指杏花村(3)。

【解题】

清明节，独自行走在路途上的杜牧遇上了雨，触景伤怀，写下了这首诗。

【注释】

（1）清明时节雨纷纷，路上行人欲断魂：欲断魂，仿佛灵魂要与身体分开了一样，形容非常伤感。断魂，形容神情凄迷，烦闷不乐。这两句诗的意思是：清明时节，阴雨连绵，飘飘洒洒地下个不停；这样的天气，这样的节日，令路上行人情绪低落，神魂散乱。

（2）借问：请问。

（3）杏花村：杏花深处的村庄。受这首诗的影响，后来中国人喜欢用“杏花村”作为酒店名。

［译文］

清明这天细雨纷纷飘洒，路上行人好像断了魂一样迷乱凄凉。问一声牧童哪里才有酒家，骑在牛背上的牧童指了指远处的杏花村。

［简析］

清明节对于中国人来说是一个特殊的节日，按照习俗，大家都要上山去为自己已过世的亲人扫墓上坟。然而，离家在外的诗人却无法回去给祖先扫墓，而是一个人孤零零地奔波在异乡的路途上，心里多少有些不是滋味；这时，天公偏偏又不作美，阴沉着脸，将那牛毛般的细雨铺天盖地地洒落下来。面对眼前这一片迷蒙蒙的景象，再看看身上被雨水淋得湿漉漉的衣服，诗人顿时感到情绪低落，神魂散乱，简直就像要断了魂一样！找个酒家避避雨，暖暖身，喝杯酒消消愁吧，可哪儿有酒家呢？诗人向路旁的牧童打听，小牧童用手向远处一指：“诺，那不就是吗？”只见远处那开满杏花的村庄里，一面酒家的幌子高高挑起，正在招引客人呢！

这首小诗，语言浅显，明白如话，却生动自如地为我们勾画了一幅活灵活现的雨中问路图。情景交融，意境优美，饶有兴味，令人回味无穷。

过华清宫（其一）

杜 牧

长安回望绣成堆(1)，山顶千门(2)次第(3)开。

一骑红尘(4)妃子(5)笑，无人知是荔枝来。

【解题】

华清宫在唐代都城长安郊外，是唐玄宗和杨贵妃寻欢作乐的行宫。这是杜牧经过骊山华清宫时有感而作的三首诗之一。不少诗人写过以华清宫为题的咏史诗，杜牧的这一首最为有名。

【注释】

(1) 绣成堆：骊山左右两侧有东西绣岭，岭上种有很多林木花卉，显得郁郁葱葱。

(2) 千门：这里是形容山顶宫殿壮丽，门户众多。

(3) 次第：依次。

(4) 红尘：这里指飞扬的尘土。

(5) 妃子：指杨贵妃。史载杨贵妃好吃荔枝，荔枝贵在新鲜，为了满足她的口腹之欲，“乃置骑传送，走数千里，味未变已至京师”（《新唐书·李贵妃传》）。

【译文】

从长安回头远望，骊山宛如一堆堆锦绣，山顶上华清宫一扇扇宫门依次打开。

眼见一人骑着一匹马从烟尘滚滚之中飞驰而来，妃子欢心一笑，没人知道这是南方送了荔枝鲜果来。

【简析】

唐玄宗对杨贵妃的宠爱是导致“安史之乱”的重要原因，因此二人的故事成为后世诗文的一个热门题材。在众多相关作品中，杜牧的这一首无疑是最凝练的，诗人从纷繁复杂的历史事件中匠心独运地摄取了唐玄宗用快马为杨贵妃运送荔枝的一个场景，短短四句就将玄宗与杨贵妃骄奢淫逸的生活揭露出来了，起到了以微见著的艺术效果。

这首诗的艺术魅力在于含蓄、精深，诗歌并未直接描写唐玄宗的荒淫好色和贵妃的恃宠而骄，而是像电影镜头那样向读者展现一个个场景，先是骊山顶上那座雄伟壮丽的行宫，平日紧闭的宫门忽然一道接一道地依次打开；然后一名专使骑着驿马从烟尘滚滚之中飞驰而来，贵妃见状嫣然而笑。“一骑红尘”与“妃子笑”构成鲜明的对比，收到了强烈的艺术效果。

［名句欣赏］

一骑红尘妃子笑，无人知是荔枝来。眼见一骑从烟尘滚滚之中飞驰而来，妃子欢心一笑，没人知道这是南方送了荔枝鲜果来。这里形象地用“一骑红尘”与“妃子笑”构成鲜明的对比，收到了强烈的艺术效果。

第三编

唐宋词

词，是一种和乐而歌的音乐文学，相当于歌曲的歌词，是随着唐代燕乐的出现而诞生于歌舞酒宴中的一种文学样式。最初起源于民间，盛唐以后，文人填词逐渐形成风气。五代时，出现第一个文人填词高潮。到了宋代，在宋太祖赵匡胤“杯酒释兵权”的影响下，享乐风气盛行，词得到了前所未有的发展，出现了大批杰出词人和优秀词作，最终以其突出的成就取代诗歌而成为宋代文学的代表，与唐诗并列为中国文学的两座高峰。

宋代保存至今的词有近2万首，诞生了著名词家1 300余人，无论从数量还是质量上都超越了其他任何一个朝代。北宋前期，活跃于词坛的多为达官贵人，代表人物为晏殊、欧阳修、晏几道等，他们主要创作婉约风格的小令。北宋中期，出现了第一位专业词人柳永，他不仅填词，还创制新调，作品红极一时。同时，本来以写诗和文章著称的苏轼也开始加入词的创作队伍，并有意在柳永的婉约词风之外大作豪放词，大大提高了词的表现力。南宋时期，由于国难当头，以爱国为主题的豪放词盛极一时，其中最杰出的代表是辛弃疾和陆游。此外，南北宋之交，还出现了中国文学史上的一位旷世才女——李清照，她的词虽然不多，却别具一格，千百年来一直深受读者喜爱。

第一课　温庭筠

选　文

［词人简介］

温庭筠（yún）（约 812—约 866），原名岐，字飞卿，太原祁县（今属山西）人。晚唐著名词人、诗人。有天赋，才思敏捷，每次参加考试，押官韵，八叉手而成八韵，所以有“温八叉”之称。然而性格狂放，好讥刺权贵，纵酒放浪，因此得罪权贵，屡试不第，终身潦倒。

温庭筠诗词兼工。诗与李商隐齐名，称“温李”；其词成就更高，与韦庄齐名，并称“温韦”，为“花间派”鼻祖，对词的发展影响很大。存词七十余首。有《温飞卿集》和《金奁集》传世。

菩萨蛮

温庭筠

小山(1)重叠金明灭(2)，鬓云(3)欲度(4)香腮雪(5)。懒起画蛾眉(6)，弄妆(7)梳洗迟。
照花前后镜，花面交相映。新贴绣罗襦(8)，双双金鹧鸪(9)。

［解题］

菩萨蛮，本为唐教坊曲名，后用为词牌名和曲牌名。又名“子夜歌”“重叠金”等。

［注释］

（1）小山：这里指屏风上的图案。屏风是折叠的，状似小山，所以说小山重叠。一说小山是一种眉妆的名目，即“小山眉”，像小山一样弯弯的眉毛。

（2）金明灭：形容阳光照在屏风上金光闪闪的样子。明灭，若隐若现，时明时暗的样子。

（3）鬓云：像云朵似的鬓发。形容女子头发美如乌云。

（4）度：覆盖，这里是形容鬓角向脸颊延伸，逐渐轻淡，像云影轻度的样子。

（5）香腮（sāi）雪：香腮像雪一样，形容雪白的面颊。

（6）蛾眉：女子的眉毛细长弯曲就像蚕蛾的触须，因此称蛾眉。

（7）弄妆：梳妆打扮。

（8）罗襦（rú）：丝绸短袄。

（9）鹧鸪（zhè gū）：一种鸟，这里是指贴绣在衣服上的鹧鸪图案。

［译文］

清晨的阳光照在小山似的画屏上，闪闪发光；闺中女子那乌黑的鬓发掠过洁白的脸庞，就像雪地上飘过一缕青云。一副慵懒的样子，甚至连描眉的心思都没有，很晚才起身梳妆打扮。

镜前镜后照插花，花朵与容颜交相辉映；刚穿上的绫罗裙襦上，那一双双新绣的金鹧鸪，又勾起了她的愁怨。

［简析］

这首词宛若一幅唐代仕女图。词人用反衬手法巧妙地展现人物的内心世界，通过描写女子清晨起床梳洗时的娇慵姿态，以及妆成后的情态，暗示主人公孤独寂寞的心境。以成双成对的鹧鸪，反衬人物的孤独；以容貌服饰的华美，反衬人物内心的寂寞空虚，充分体现了作者的词风和高超的艺术技巧。

练　习

一、不定项选择题

1. 温庭筠的这首《菩萨蛮》的主题是（　　）。

A. 相思　　B. 离别　　C. 闺怨　　D. 伤春

2. 这首《菩萨蛮》的风格是（　　）。

A. 婉约　　B. 豪放　　C. 质朴　　D. 柔媚

3. 这首《菩萨蛮》用的表现手法是（　　）。

A. 比喻　　B. 拟人　　C. 夸张　　D. 反衬

二、判断题

（　　）1. 这首《菩萨蛮》写闺怨，字面上却丝毫不着痕迹，而是让读者通过主人公的动作、服饰去窥视其内心的隐秘。

（　　）2. “懒起画蛾眉，弄妆梳洗迟”是这首词的主旨句。

三、综合题

1. 这首词被当代著名歌唱家刘欢谱写成歌曲，成为电视剧《甄嬛传》的插曲。学唱刘欢谱曲的歌曲《菩萨蛮》。

2. 尝试为这首《菩萨蛮》中的主人公画一幅画像。

拓展阅读

望江南

温庭筠

梳洗罢，独倚望江楼(1)。过尽千帆(2)皆不是，斜晖(3)脉脉(4)水悠悠。肠断(5)白蘋(6)洲。

【解题】

望江南，原为唐教坊曲名，后用为词牌名。又名“梦江南”“忆江南”。

【注释】

(1) 望江楼：楼名，因临江而得名。
(2) 千帆：上千艘帆船。帆，这里代指船。
(3) 斜晖：日落前的阳光。晖，阳光。
(4) 脉脉：形容相视含情的样子。这里是形容夕照令人留恋。
(5) 肠断：形容极度悲伤愁苦。
(6) 白蘋（pín）：一种水草，花色洁白。古时候有男女采蘋花赠别的习俗。

【译文】

梳洗打扮完毕，独自登上望江楼，倚靠着栏杆遥望远处。然而上千艘帆船过去了，所盼望的人却没有出现。夕阳脉脉地洒在江面上，江水缓缓地流着，思念的柔肠萦绕在那片白蘋洲上。

【简析】

这是温庭筠著名的一首闺怨词。该词以江水、帆船、斜阳为背景，刻画了一位倚楼望夫的思妇形象，女主人公一心盼着丈夫归来，却从希望到失望以致最后的“肠断”。情真意切，感情表达含蓄有味，言有尽而意无穷，堪称温词中别具一格的精品。

第二课　李　煜

选　文

［词人简介］

李煜（937—978），五代十国时南唐的最后一位国君，史称李后主。字重光，初名从嘉，号钟隐、莲峰居士。彭城（今江苏徐州）人。他是南唐中主李璟的第六个儿子，继位 15 年后南唐被宋朝所灭，被宋太宗封为违命侯，过了两年多屈辱的囚徒生活，后因作《虞美人》感怀故国而被宋太宗毒死。李煜不通政治，不是一个好皇帝，但艺术才华却非常高，书法、绘画、音乐样样精通，诗文也写得好，词的成就最高，被称为“千古词帝”，为后世留下了不少不朽的佳作。代表作有《虞美人》《浪淘沙》《乌夜啼》等。

虞美人

李　煜

春花秋月(1)何时了(2)，往事知多少。小楼昨夜又东风，故国(3)不堪(4)回首(5)月明中。

雕栏玉砌(6)应犹(7)在，只是朱颜改(8)。问君能(9)有几多愁，恰似一江春水向东流。

［解题］

虞（yú）美人，词牌名。原为唐代教坊曲，最初的内容是歌咏项羽的宠姬虞美人，因而得名。又名“一江春水”“玉壶水”“巫山十二峰”等。

【注释】

（1）春花秋月：春天花开，秋天月圆。这里用来比喻人间最美好的时节。

（2）了：了结，结束。

（3）故国：指已经被宋朝所灭的南唐。

（4）堪：受得了。

（5）回首：回想，回忆。

（6）雕栏玉砌：指远在金陵（今南京）的南唐故宫。雕栏，雕花的栏杆。砌，台阶。

（7）应犹：应该还。一作“依然”。

（8）朱颜改：这里是指人已衰老，容颜憔悴。朱颜，红润美好的容颜。

（9）能：或作“都”“那”“还”“却”。

【译文】

春花秋月什么时候才能了结？往事还记得多少！小楼上昨夜又吹来了春天的东风，在这皓月当空的夜晚，怎么能忍受得了回忆故国的伤痛。

那精雕细刻的栏杆和玉石砌成的台阶应该都还在，只是红颜不再。要问我心中有多少哀愁，正像那不尽的春江之水滚滚东流。

【简析】

这是李煜的绝命词，作于他被毒死之前。北宋太宗太平兴国三年（978）七月初七，恰是李煜的生日，归宋已近三年的李煜写下这首词，交给身边的歌伎唱。宋太宗听到之后大怒，赐药酒将他毒死。

这首词起句就不同凡响——“春花秋月何时了”，春天花开，中秋月圆，这本是人世间最美好的时节，词人却希望它早早完结，作为一个亡国之君，李煜生怕春花秋月勾起他对往事的回忆而伤怀。可是偏偏“小楼昨夜又东风”，让他不得不忍受在月下回顾往事，思念故国的痛苦。想那“雕栏玉砌”的宫殿应该还在，可是宫中主人不再是自己，当年那些宫女也已容颜憔悴。李煜心中无限悔恨可想而知，最后，作者将自己的故国之思所引发的亡国之痛用一个形象生动的比喻凝练成了千古绝唱——“问君能有几多愁，恰似一江春水向东流”。若问我满腹的愁恨有多少，就像那滚滚东去的满江春水！这一比喻非常贴切，不仅从空间上显示了愁恨之多，还从时间上显示了愁恨之无穷无尽，淋漓尽致地表达了诗人波涛汹涌的内心苦痛。这首词的境界阔大雄伟，流传千古，令后世读者产生广泛共鸣。

【名句欣赏】

问君能有几多愁，恰似一江春水向东流。若问我满腹的愁恨有多少，就像那滚滚东去的满江春水！愁，本是一种抽象的感情，这里李煜以江水喻愁，把无形的愁形象化了。李煜的故都南京紧靠长江，而江河之大莫过于长江，这一比喻非常贴切，不仅从空间上显示了愁恨之多，还从时间上显示了愁恨之无穷无尽，淋漓尽致地表达了诗人波涛汹涌的内心苦痛。

练　习

一、单项选择题

1.《虞美人》的感情基调是（　　）。

A. 伤感幽怨　　B. 乐观豪迈　　C. 悲凉凄恻　　D. 开朗喜悦

2.《虞美人》中运用了比喻的句子是（　　）

A. 春花秋月何时了，往事知多少。

B. 小楼昨夜又东风，故国不堪回首月明中。

C. 雕栏玉砌应犹在，只是朱颜改。

D. 问君能有几多愁，恰似一江春水向东流。

3.《虞美人》中运用了借代手法的句子是（　　）

A. 春花秋月何时了，往事知多少。

B. 小楼昨夜又东风，故国不堪回首月明中。

C. 雕栏玉砌应犹在，只是朱颜改。

D. 问君能有几多愁，恰似一江春水向东流。

二、判断题

（　　）1. “虞美人”是词牌名，来源于西楚霸三与虞姬的故事，但这首词的内容与虞姬没有关系。

（　　）2. 李煜的这首《虞美人》是上片写景，下片抒情。

三、综合题

1. “春花秋月”是世间的美好事物，词人为什么希望它结束？

2. 尝试用你所擅长的方式演绎《虞美人》，朗诵、歌唱、绘画、改写等皆可。

拓展阅读

相见欢

李　煜

林花谢(1)了春红(2)，太匆匆。无奈朝来寒雨晚来风。
胭脂泪(3)，相留醉(4)，几时重(5)。自是(6)人生长恨水长东。

【解题】

相见欢，原为唐代教坊曲名，后用为词牌名。又名“乌夜啼”“秋夜月”“上西楼”“忆真妃”“月上瓜州”等。

【注释】

（1）谢：凋谢。

（2）春红：指春天的花朵。

（3）胭脂泪：原指女子的眼泪，因女子脸上搽有胭脂，泪水流经脸颊时沾上胭脂的红色。这里指代美好的花，胭脂喻指雨后花儿的鲜艳颜色。

（4）相留醉：一作“留人醉”。

（5）重（chóng）：这里意思是再次相会。

（6）自是：自然是，必然是。

［译文］

树上的红花已然凋谢，春光未免去得过于匆忙。实在是无可奈何啊，花儿怎么经得起那凄风寒雨的昼夜摧残呢？

雨后的红花娇艳欲滴，好像那美人的胭脂泪。花儿与我相互留恋，如醉如痴，什么时候才能再次相逢？人生从来就是令人遗憾的事情太多，就像那滚滚东去的江水，无休无止，永无尽头。

［简析］

这是李煜的一首即景抒情的典范之作，此词作于作者亡国之后。阶下囚的生活使李煜感到莫大痛苦，成天以泪洗面。暮春时节，眼前的一派残春景象引起了他对人生失意的慨叹。这首词表面上是伤春咏别，实际上是抒写“人生长恨水长东”的深沉悲慨。这种悲慨不仅为词人个人所有，也是整个人类所共有的一种生命缺憾，词人以借景抒情的形式巧妙地表达了无数人的痛苦的人生体验，因此千载之下仍然能引起广大读者的共鸣。

第三课　晏　殊

选　文

［词人简介］

晏殊（Yàn Shū）（991—1055），字同叔，北宋著名文学家、政治家，官至宰相，谥号元献，世称晏元献。在北宋词坛上，晏殊以词闻名，尤其擅长小令，风格含蓄婉丽，与其第七个儿子晏几道一起被称为“大晏”和“小晏”，又与欧阳修并称“晏欧”。晏殊的诗歌和文章也写得好，遗憾的是文集已散佚，存世的有《珠玉词》《晏元献遗文》《类要》残本。

浣溪沙

晏　殊

一曲新词酒一杯，去年天气旧亭台(1)。夕阳西下几时回？
无可奈何花落去，似曾(2)相识燕归来。小园香径(3)独徘徊(4)。

［解题］

浣溪沙，原为唐代教坊曲名，后用为词牌名。沙，一作“纱”。这是晏殊著名的一首伤春词，也是他的代表作。

［注释］

（1）去年天气旧亭台：意思是说天气和亭台都跟去年一样。

（2）似曾：好像曾经。

（3）香径：花草芳香的小路，这里是指落英缤纷的小路。

（4）徘徊（pái huái）：走来走去。

［译文］

听一首新歌喝一杯美酒，想起去年的这个时候，天气和地方都依旧，仍然是这熟悉的楼台和亭子。西下的夕阳什么时候才能再度回来？面对百花的凋落让人无可奈何，而那翩翩归来的燕子好像就是曾经相识的那一只。在落英缤纷的园中小路上，我独自徘徊。

［简析］

伤春是中国古典诗词常见的主题，晏殊的这首词虽是伤春，却不伤感。“一曲新词酒一杯”，词人对酒听歌，给人愉快安闲的感觉，但不期然地想起了“去年”的情景：也是一样的天气，一样的楼台亭阁，一样的清歌美酒。可是，时光流转，物是人非，有的东西已然有了难以逆转的变化，让人无可奈何。不过，晏殊终究是一位理性的词人，“无可奈何花落去，似曾相识燕归来”两句显然是他对宇宙人生思考的结果，意思是说，尽管面对花落我们没有办法去改变，但我们也没有必要感伤，因为宇宙中还是有些东西是我们可以把握的，就像眼前这只似曾相识的燕子又飞了回来。这两句启人神智，耐人寻味，成为流传千古的名句。

［名句欣赏］

无可奈何花落去，似曾相识燕归来。百花的凋落让人无可奈何，而那翩翩归来的燕子好像就是曾经相识的那一只。这里词人即景抒情，流露出其旷达的情怀，蕴含其中的人生哲理启人神智，耐人寻味。

练　习

一、单项选择题

1．晏殊的这首《浣溪沙》的感情基调是（　　）。

A．伤感低沉　　B．乐观豪迈　　C．悲凉凄恻　　D．开朗喜悦

2．这首《浣溪沙》中最能揭示主题的句子是（　　）

A．一曲新词酒一杯，去年天气旧亭台。 B．夕阳西下几时回？

C．无可奈何花落去，似曾相识燕归来。 D．小园香径独徘徊。

二、判断题

（　　）1．“夕阳西下几时回”一句反映了词人的悲观情绪。

（　　）2．“小园香径独徘徊。”这里的“独”反映了词人内心深处的孤独寂寞。

三、综合题

想一想，为什么这首《浣溪沙》被认为隐含哲理，体现出晏殊的人生智慧，你能从中得到什么启发？

拓展阅读

蝶恋花

晏　殊

槛(1)菊愁烟兰泣露，罗幕(2)轻寒，燕子双飞去。明月不谙(3)离恨苦，斜光到晓穿朱户(4)。

昨夜西风凋(5)碧树(6)，独上高楼，望尽天涯路。欲寄彩笺(7)兼尺素(8)，山长水阔知何处？

【解题】

蝶恋花，原为唐教坊曲，后用为词牌。又名“凤栖梧”“鹊踏枝”等。

【注释】

(1) 槛（jiàn）：栏杆。
(2) 罗幕：富贵人家所用的丝织帐幕。
(3) 不谙（ān）：意思是不了解，没有经验。谙，熟悉，精通。
(4) 朱户：指大户人家。
(5) 凋：衰落。
(6) 碧树：绿树。
(7) 彩笺：彩色的信笺。
(8) 尺素：书信的代称。

【译文】

栏杆外的菊花笼罩着一层愁惨的烟雾，带着露水的兰花就像是在默默饮泣。罗幕之间透着微微寒意，燕子双飞而去。明月不懂得离别之苦，斜斜的银辉直到破晓还穿过红色的门户照进来。

昨天夜里秋风一个劲儿地吹，凋零了绿树。我独自登上高楼，望尽那消失在天涯的道路。想给心上人寄信，然而高山连绵，碧水无尽，不知他究竟在何处。

【名句欣赏】

昨夜西风凋碧树，独上高楼，望尽天涯路。这是流传千古的佳句，被著名学者王国维先生用来比喻“古今之成大事业、大学问者，必经过三种之境界”之一境（《人间词话》）。词句用白描的语言抒发了望而不见的离别感伤之情，但境界开阔，感情悲壮，毫无纤柔颓靡之气。

第四课　欧阳修

选　文

［词人简介］

欧阳修（1007—1072），字永叔，自号醉翁，晚号六一居士。吉州永丰（今江西永丰）人，谥号文忠，世称欧阳文忠公。北宋政治家、文学家、史学家，是在宋代文学史上最早开创一代文风的文坛领袖，诗、文、词都有不少佳作。他领导了北宋诗文革新运动，通过行政手段成功完成了唐代韩愈所倡导的“古文运动”，彻底扭转了文风，使散文创作得以走上一条康庄大道。与韩愈、柳宗元、王安石、苏洵、苏轼、苏辙、曾巩合称“唐宋八大家”，并与韩愈、柳宗元和苏轼合称“千古文章四大家”。在史学方面，欧阳修也有较高成就，曾主修《新唐书》，著有《新五代史》。有《欧阳文忠集》传世。

生查子·元夕

欧阳修

去年元夜(1)时，花市(2)灯如昼(3)。月上柳梢头，人约黄昏后。
今年元夜时，月与灯依旧。不见去年人，泪湿春衫袖。

［解题］

生查（zhā）子，词牌名，原为唐教坊曲，后用为词调。又名“相和柳”“梅溪渡”“陌上郎”“遇仙楂”“愁风月”“绿罗裙”“楚云深”“梅和柳”“晴色入青山”等。元夕，元宵节夜晚。

［注释］

(1) 元夜：元宵节的晚上，即农历正月十五的晚上。从唐朝开始，民间兴起了元宵节观灯闹夜的风俗，北宋时，这一习俗得到更进一步的发展，从正月十四到十六观灯闹夜整整持续三天，甚至通宵歌舞，盛况空前，这几天也成了青年男女约会谈恋爱的好时机。

(2) 花市：民俗每年开春举行的卖花、赏花的集市。这里是指元宵节的晚上花灯照耀的灯市。

(3) 灯如昼：灯火像白天一样。这里是形容元宵节的热闹繁华。昼，白天。

［译文］

去年元宵夜，花市上灯光明亮如同白天。月儿升起在柳树枝头，与佳人相约在黄昏之后。

今年元宵夜，月光和灯光明亮依旧。却见不到去年的佳人，泪水不觉湿透了衣袖。

［简析］

中国自古就有“闹元宵”的习俗，元宵节晚上热闹非凡，民间有赏花灯、舞龙、舞狮子等活动。这是一首相思词，词人以繁华热闹的元宵之夜为背景，通过对去年与今年两个元宵夜的对比描写，讲述了一个悲伤的爱情故事。

词分上下两片，上片是对去年元宵夜的回忆，写与情人同逛灯市的欢乐情景。“去年元夜时，花市灯如昼”，繁华热闹的元宵夜，为情人的出场渲染出一种欢快的氛围。接下来，“月上柳梢头，人约黄昏后”这流传千古的名句似乎水到渠成，二人在月光柳影下两情依依、情话绵绵。情景交融，朦胧而浪漫。

下片写今年元宵夜的相思之苦。“月与灯依旧”，却“不见去年人”，导致主人公“泪湿春衫袖”。物是人非的凄楚哀痛，蕴藏着对昔日恋人的一往情深。

［名句欣赏］

月上柳梢头，人约黄昏后。月儿升起在柳树枝头，与佳人相约在黄昏后。明月和柳梢两个意象，在诗词中都是相爱的见证，这两句情景交融，展现了一对恋人在月光柳影下两情依依、情话绵绵的优美画面，创造出一种朦胧清幽、婉约柔美的意境。

练　习

一、单项选择题

1.《生查子·元夕》的感情基调是（　　）。

A. 伤感幽怨　　B. 乐观豪迈　　C. 悲凉凄恻　　D. 开朗喜悦

2.《生查子·元夕》的主题是（　　）。

A. 风俗　　B. 爱情　　C. 节日　　D. 离别

二、判断题

（　　）1.《生查子·元夕》这首词采用今昔对比手法，以昔日的欢乐对比今日的悲伤寂寞，抒发了一往情深，却物是人非的惆怅。

（　　）2.《生查子·元夕》写的是除夕这天晚上词人对恋人的思念。

三、综合题

尝试用你所擅长的方式演绎《生查子·元夕》，朗诵、歌唱、绘画、改写等皆可。

拓展阅读

采桑子

欧阳修

群芳过后[1]西湖[2]好，狼籍残红[3]。飞絮濛濛[4]，垂柳阑干[5]尽日风。

笙歌[6]散[7]尽游人去，始觉春空。垂下帘栊[8]，双燕归来细雨中。

【解题】

采桑子，词牌名，又名“丑奴儿”“罗敷媚”。这是欧阳修所作的一组联章词《采桑子》十首中的一首。

【注释】

（1）群芳过后：指百花凋零之后。群芳，百花。

（2）西湖：这里的西湖是指颍州西湖，在今安徽阜阳西北，风景优美。

（3）狼籍残红：形容残花纵横散乱的样子。狼籍，同“狼藉”，形容散乱的样子。残红，落花。

（4）濛濛（méng）：细雨迷蒙的样子，这里是用来形容飞扬的柳絮。

（5）阑干：横斜，纵横交错的样子。

（6）笙歌：笙管伴奏的歌声。

（7）散：消失，这里是指乐声停止。

（8）帘栊（lóng）：窗帘和窗棂，泛指门窗的帘子。

【译文】

虽说百花已然凋落，但暮春时节的西湖依然很美，残花散乱；柳絮飞扬，犹如细雨迷蒙；垂落的杨柳纵横交错，在和风中随风飘荡，摇曳多姿。

笙箫歌声渐渐消歇，游人也已尽兴散去，才开始觉得一片空寂。回到居室，放下帘栊，只见燕子从蒙蒙细雨中双双飞了回来。

［简析］

这是欧阳修的组词《采桑子》十首中的第四首。此词是欧阳修晚年居住在安徽颍州时所作，歌咏颍州西湖暮春时节所特有的恬静清疏之美，通过对暮春美景的描写，反映了词人幽微的心理状态，以及寄情湖山的闲适之情。文字疏隽，含蓄蕴藉。

通常人们都只会欣赏繁花盛开的春景，然而，在词人眼里，暮春时节的西湖别有一番景致。尽管花已凋落，笙歌散尽，然而正是这个时候才让人体会到一种空寂的美。而这份安谧正是词人所需要的。这种历经繁华之后的闲淡胸怀，这种别具一格的审美感受，正是这首词有别于其他咏春词的独到之处，表现了词人静观自适的心态以及恬适淡泊的胸襟。

第五课　柳　永

选　文

［词人简介］

柳永，（约 984—约 1053）北宋著名词人，原名三变，后改名永，字耆（qí）卿，因排行第七，又称柳七。官至屯田员外郎，故世称柳屯田。柳永以毕生精力作词，大力创作慢词，多用铺叙手法，其词多描绘城市风光和歌伎生活，尤长于抒写羁旅行役之情。语言通俗，音律谐婉，在当时流传非常广泛，有“凡有井水饮处，皆能歌柳词”之誉。柳永是婉约派最具代表性的人物之一，对宋词的发展有重大影响，代表作《雨霖铃》《八声甘州》。

雨霖铃

柳　永

寒蝉凄切[(1)]，对长亭晚，骤雨初歇。都门[(2)]帐饮[(3)]无绪[(4)]，留恋处，兰舟[(5)]催发。执手相看泪眼，竟无语凝噎[(6)]。念去去[(7)]，千里烟波，暮霭沉沉楚天阔。

多情自古伤离别，更那堪冷落清秋节。今宵酒醒何处？杨柳岸，晓风残月。此去经年[(8)]，应是良辰好景虚设。便纵[(9)]有千种风情[(10)]，更与何人说！

［解题］

雨霖铃，词牌名，原为唐教坊曲名。又名“雨淋铃”“雨淋铃慢”。相传安史之乱时，唐玄宗为躲避战乱而逃往四川，途中连日遇雨，在栈道中听到铃声，于是作此曲悼念杨贵妃，后来被柳永用作词调。

【注释】

（1）凄切：形容凄凉急促。
（2）都门：京都城门。这里借指北宋都城汴京。
（3）帐饮：在郊外设帐置酒，宴饮送别。这是中国古代的送行习俗。
（4）无绪：没有情绪。
（5）兰舟：传说鲁班曾用木兰树制作船。这里是对船的美称。
（6）凝噎（yē）：喉咙哽塞，想说话又说不出的样子。
（7）去去：这里重复“去”字，表示行程遥远。
（8）经年：指经过一年或若干年。
（9）纵：即使。
（10）风情：指男女相爱的深情蜜意。

【译文】

深秋的蝉鸣声是那样的凄凉急促，面对长亭，傍晚时分，一场暴雨刚刚停住。你在京都郊外为我设帐饯别，我却没有心情畅饮。与你依依不舍的时刻，船上的人却催着要出发了。你我握手相望，泪眼婆娑，千言万语噎在喉间说不出来，竟然只能默默相对。想到这一离去，千里迢迢，一片烟波，那夜雾沉沉的楚地天空是那样的空旷无边。

自古以来，让多情之人最感到伤心的就是离别，更何况时逢这萧瑟冷落的秋季，这离愁让人如何经受得了啊！谁知道我今夜酒醒之时又身在何处？怕只能是在杨柳岸边，面对清晨那凄厉的风儿与残缺的月儿了。这一去就是若干年，你我天各一方，哪怕是天气再好、风景再好，也如同虚设啊。我即便有满腹的情意，又能向谁倾诉？

【简析】

柳永一生仕途坎坷，几经挫折才步入官场，但一直沉沦下僚，后半生在颠沛流离中度过，备尝离别之苦，因此，离愁别绪是其词的一个重要主题。《雨霖铃》是他这类词的代表，这是柳永离开都城汴梁（今河南开封）时与情人话别的作品。上片描写了离别场景：时值深秋的傍晚，一场暴雨刚刚停歇，在汴梁的郊外，面对长亭，一个临时搭起的帐篷里，词人与恋人正饮酒话别。帐篷之外，蝉鸣声是那样的凄凉急促，好像在为他俩伤别而哭泣。河边不时传来艄公的喊声："快上船吧，要开船了！"那边厢催个不停，这边厢难舍难分，俩人握手相望，泪眼婆娑，千言万语噎在喉间说不出来……

离别伤情，自古皆然，因此，这发生在千年之前的话别场面，我们今日仍能与之共鸣。

词的下片则是词人设想离别之后的痛苦。其中"今宵酒醒何处？杨柳岸，晓风残月"是千古传诵的名句，暗指词人尽管"无绪"，然而借酒浇愁，还是喝醉了。乘舟夜行，一觉醒来，不见情人，只见杨柳岸上的晓风残月。风是凉的，月是残的，更衬托出词人凄清悲凉冷落的心境。

《雨霖铃》最突出的艺术特色就是以冷落凄凉的秋景来衬托词人与情人难以割舍的离情，情景交融，感人至深。另外，铺叙、白描的表现手法也很出色。

【名句欣赏】

今宵酒醒何处？杨柳岸，晓风残月。这是借景抒发词人酒醒之后的心情。"柳"与"留"谐音，寓难留的离情；晓风凄冷，寓分别之后的寒心；残月破碎，则意味着别后难圆。这几个意象，既是景语，又是情语，将词人离别时凄楚惆怅、孤独忧伤的感情真切形象地展现了出来，创造出一种特有的意境，成为千古名句。

练　习

一、单项选择题

1.《雨霖铃》的感情基调是（　　）。

A. 悲愤伤痛　　B. 凄凉伤感　　C. 幽怨缠绵　　D. 悲而不伤

2.《雨霖铃》中写送别的时间、地点和环境的句子是（　　）

A. 寒蝉凄切，对长亭晚，骤雨初歇。

B. 念去去，千里烟波，暮霭沉沉楚天阔。

C. 今宵酒醒何处？杨柳岸，晓风残月。

D. 便纵有千种风情，更与何人说！

3.《雨霖铃》中表现主题的句子是（　　）

A. 执手相看泪眼，竟无语凝噎。

B. 多情自古伤离别，更那堪冷落清秋节。

C. 今宵酒醒何处？杨柳岸，晓风残月。

D. 便纵有千种风情，更与何人说！

二、判断题

（　　）1.《雨霖铃》是一首慢词，所以篇幅较长，节奏缓慢。

（　　）2.“竟无语凝噎”，意思是说因为激动，嗓子被气憋住了，说不出话来。

（　　）3.“今宵酒醒何处？杨柳岸，晓风残月”，这一句描写的“景”是清凉的，“情”是恬淡的。

三、综合题

尝试用你所擅长的方式演绎《雨霖铃》，朗诵、歌唱、绘画、改写等皆可。

拓展阅读

望海潮

柳　永

东南形胜，三吴[(1)]都会，钱塘[(2)]自古繁华。烟柳画桥，风帘翠幕，参差[(3)]十万人家。云树[(4)]绕堤沙。怒涛卷霜雪，天堑[(5)]无涯。市列珠玑[(6)]，户盈罗绮，竞豪奢。

重湖[(7)]叠巘[(8)]清嘉[(9)]。有三秋[(10)]桂子，十里荷花。羌管[(11)]弄[(12)]晴，菱歌[(13)]泛夜[(14)]，嬉嬉钓叟莲娃[(15)]。千骑拥高牙[(16)]，乘醉听箫鼓，吟赏烟霞。异日图将好景[(17)]，归去凤池[(18)]夸。

［解题］

望海潮，词牌名。词调始见于柳永的《乐章集》，是柳永所创的新声。

［注释］

（1）三吴：吴兴、吴郡、会稽三郡，这里是泛指今江苏南部和浙江的部分地区。

（2）钱塘：杭州。

（3）参差（cēn cī）：差不多，几乎。

（4）云树：形容高耸入云的树木。

（5）天堑（qiàn）：天然的壕沟，其险要可以隔断交通，通常指长江。这里用来借指钱塘江。

（6）珠玑（jī）：珠宝。这里是泛指珍贵的商品。

（7）重湖：西湖有里湖和外湖之分，所以叫重湖。

（8）叠巘（yǎn）：层层叠叠的山。这里是指西湖周围的山。巘：小山峰。

（9）清嘉：清秀。

（10）三秋：秋季，也指秋季的第三个月，即农历的九月。

（11）羌（qiāng）管：即笛子。笛子是羌族的一种管乐器，所以叫羌管。这里泛指乐器。

（12）弄：这里是吹奏的意思。

（13）菱歌：采菱的歌曲。菱，菱角。

（14）泛夜：意思是歌声在夜间飞扬。

（15）钓叟莲娃：钓鱼的老人和采莲的女孩。

（16）高牙：古代将军用的以象牙为装饰的旗帜。牙，牙旗，旗很高，故称“高牙”。

（17）异日图将好景：意思是有朝一日把这番景致描绘出来。异日，他日，日后。图，描绘。

（18）凤池：凤凰池，原指皇家池沼。这里是指朝廷。

［译文］

杭州地理位置优越，地处东南，地势险要，湖山尤美，是三吴的都会，自古以来就非常繁华。如烟似雾的柳树、雕饰华丽的桥梁，遮蔽门窗的帘子、翠绿的帐幕，约有十万户人家。高耸入云的大树环绕着沙堤，澎湃的潮水卷起霜雪般白色的浪花，宽阔的江面一望无涯。市场上陈列着珠玉珍宝，家家户户都存满了绫罗绸缎，争比奢华。

西湖风景优美，里湖、外湖与周围重重叠叠的山峦相映成趣。秋天有桂花飘香，夏季有十里荷花。晴天欢快地吹奏羌笛，夜晚划船采菱唱歌，钓鱼的老人和采莲的姑娘都喜笑颜开。在千名骑兵簇拥下巡察归来的长官，在微醺中听着箫鼓管弦，吟诗作词，赞赏着美丽的水色山光。他日一定要把这美好的景致描绘出来，以便升官回京时好向朝中同僚们夸耀。

［简析］

这是柳永描写都市风光的一首著名词作。此词以杭州为描写对象，着重表现它的富庶与美丽。上片描写杭州的地理位置的优越和都市的繁华，下片集中描写西湖胜景，充分展现了杭州人民幸福安康的生活景象，令人向往。这本是一首干谒词，是柳永写给当时杭州的最高行政长官孙沔的，目的是请求对方为自己举荐。但全词二十一句，全无阿谀奉承之气，而是匠心独运，描绘杭州的富庶与美丽，以点带面，明暗交错，铺叙晓畅，形容得体，音律协美，情致婉转，充分展现了作者填词的高超技巧。其中的“三秋桂子，十里荷花”尤其令人神往，据传甚至引起了金主完颜亮投鞭渡江之志。

第六课　苏　轼

选　文

［词人简介］

苏轼（1037—1101），宋代大文豪。字子瞻，号东坡居士，四川眉山人。学识渊博，天资极高，诗、文、书、画样样精通。苏轼是“唐宋八大家”之一，其文章汪洋恣肆，明白畅达；苏轼是北宋杰出诗人，其诗清新豪健，善用夸张、比喻，独具风格；苏轼又是北宋影响巨大的杰出词人，他开创了豪放词派；苏轼还是宋代书法四大家之一，他擅长行书、楷书，且能自创新意；苏轼又是宋代杰出画家，他尤其擅长画墨竹、怪石、枯木等，论画主张神似，提倡“士人画”。有《东坡七集》《东坡乐府》等传世。

念奴娇·赤壁怀古

苏　轼

大江(1)东去，浪淘尽，千古风流人物(2)。故垒(3)西边，人道是，三国周郎(4)赤壁。乱石穿空，惊涛拍岸，卷起千堆雪(5)。江山如画，一时多少豪杰。

遥想公瑾当年，小乔初嫁了(6)，雄姿英发(7)。羽扇纶巾(8)，谈笑间，樯橹(9)灰飞烟灭。故国神游(10)，多情应笑我，早生华发(11)。人生如梦，一尊还酹江月(12)。

［解题］

念奴娇，词牌名，因唐代天宝年间一个名叫念奴的歌伎而得名。又名“百字令”“酹江月”等。赤壁，这里的赤壁并非三国古战场的赤壁，而是黄州赤壁，又名“赤鼻矶”，在今湖北黄冈西。这首词是苏轼被贬黄州时所作。

【注释】

（1）大江：指长江。

（2）风流人物：这里是指杰出的历史名人。

（3）故垒（lěi）：古代遗留下来的堡垒。

（4）周郎：指三国时吴国名将周瑜，字公瑾，才貌双全，人称“周郎”，是赤壁之战的指挥官。下文中的“公瑾”也即是他。

（5）雪：这里是比喻浪花。

（6）小乔初嫁了（liǎo）：小乔，三国时的绝代佳人，被周瑜所娶。初，才，刚刚。初嫁，言下之意是周瑜少年得意，倜傥风流。

（7）雄姿英发（fā）：姿容威武雄壮。发，显露，焕发。

（8）羽扇纶（guān）巾：拿着羽毛扇子，戴着青丝头巾。这是古代儒将的便装打扮。形容周瑜儒雅从容，举止潇洒的样子。羽扇，羽毛制成的扇子。纶巾，青丝制成的头巾。

（9）樯橹（qiáng lǔ）：樯，挂帆的桅杆。橹，一种摇船的桨。这里是代指曹操的水军战船。或作“强虏（lǔ）”，强大的敌人，这里是指曹操的军队。虏，对敌人的蔑称。

（10）故国神游：“神游故国”的倒文。故国，这里指当年的赤壁战场。神游，在想象或梦境中游历。

（11）多情应笑我，早生华发：“应笑我多情，早生华发”的倒文。华发（fà），花白的头发。

（12）一尊还（huán）酹（lèi）江月：古人有将酒浇在地上祭奠的习俗。这里是指洒酒酬月，以寄托自己的感情。尊，通“樽”，即酒杯。

【译文】

大江滚滚向东流去，滔滔巨浪淘尽千古英雄人物。古代遗留下来的旧营垒西边，人们说那就是三国时周瑜大破曹兵的赤壁。乱石林立，直耸云天，惊涛拍击着江岸，激起的浪花仿佛千万堆白雪。江山如画，一时间涌现出多少英雄豪杰。

遥想当年的周瑜，春风得意，小乔刚刚嫁给了他，威武雄壮意气风发。手摇羽扇头戴纶巾，谈笑之间，便将强敌的战船烧得灰飞烟灭。如今我神游当年古战场，可笑我如此多情善感，过早地生出了满头白发。人生就像一场梦，且洒一杯酒祭奠江上的明月吧。

［简析］

这首著名的怀古词是苏轼的代表作，作于他贬官黄州期间。词中的赤壁在黄州（在今湖北省黄冈市）城外，其实并不是当年三国争雄的那个著名古战场，苏轼不过是因游览黄州赤壁而联想到中国历史上有名的赤壁之战，借怀古以抒发自己怀才不遇的感慨。

望着眼前波涛滚滚的江水，苏轼不由得想到自古以来的英雄人物就像被滚滚而来的浪涛从历史上冲洗掉了一样，都已随时间流逝而消失。当年风华正茂的周瑜，谈笑之间便打了一场功盖千秋的大胜仗，词人联想到自己眼下的坎坷不遇，难免有些悲哀。但苏轼是一位能参透宇宙人生真谛的智者，其怀古的心得是：从整个江山历史的进程而言，当年意气风发、声名盖世的周瑜如今不也被大浪淘尽了吗？如此一来，苏轼便从悲哀中超脱了。

这首词体现了苏轼词一贯的旷达风格，作者虽然处于仕途失意时期，内心难免有逃避现实和怀才不遇的负面情绪，但凭着他豁达的胸怀，在雄伟壮丽的江山和历史风云人物的激发下，为我们留下了这首脍炙人口的豪放佳作。词作借景抒情，视野阔大，气魄宏伟，为豪放词中之精品。

［名句欣赏］

大江东去，浪淘尽，千古风流人物。词人面对壮阔的长江，想起著名的赤壁之战，即景抒情，眼前滚滚向东流去的江水仿佛就像历史长河般将一个个历史人物送走。开篇就塑造了一幅开阔恢宏的景象，将读者带入了历史的沉思之中，唤起人们对人生的思考。

乱石穿空，惊涛拍岸，卷起千堆雪。“乱石穿空”写出了山势的险峻，“惊涛拍岸”写出了巨浪的惊险，“卷起千堆雪”用比喻形象地展现了江水的汹涌澎湃。短短三句便将赤壁的景色写得有声有色。

练　习

一、单项选择题

1. 下列句子中从视觉、听觉角度，同时运用比喻生动描写赤壁雄奇壮阔的景物的是（　　）

A. 大江东去，浪淘尽，千古风流人物。B. 故垒西边，人道是，三国周郎赤壁。

C. 乱石穿空，惊涛拍岸，卷起千堆雪。D. 江山如画，一时多少豪杰。

2. 下列句子中用了典故的是（　　）

A. 大江东去，浪淘尽，千古风流人物。B. 故垒西边，人道是，三国周郎赤壁。

C. 乱石穿空，惊涛拍岸，卷起千堆雪。D. 江山如画，一时多少豪杰。

二、判断题

（　　）1. 词人立足壮阔的长江岸上，想起著名的古战场，倾慕三国时期著名将领周瑜的丰功伟业，慨叹自己一事无成，创造出一种开阔深沉、壮丽奇险的意境，抒发了壮志难酬的抑郁之情。

（　　）2. “遥想公瑾当年，小乔初嫁了，雄姿英发。”这几句表现了词人对周瑜美满婚姻的羡慕之情。

三、综合题

尝试用你所擅长的方式演绎《念奴娇·赤壁怀古》，朗诵、歌唱、绘画、改写等皆可。

拓展阅读

江城子·乙卯[(1)]正月二十日夜记梦

苏　轼

十年生死两茫茫，不思量[(2)]，自难忘。千里[(3)]孤坟，无处话凄凉。纵使相逢应不识，尘满面，鬓如霜。

夜来幽梦(4)忽还乡，小轩(5)窗，正梳妆。相顾(6)无言，惟有泪千行。料得年年肠断处，明月夜，短松冈。

［解题］

江城子，词牌名，又名“村意远”“水晶帘”“江神子”。这是苏轼为悼念其结发之妻王弗而写的一首悼亡词，表现了对发妻绵绵不尽的哀伤与思念。这首词写于熙宁八年（1075），当时苏轼任山东密州（今山东诸城）知州，其发妻王弗于宋英宗治平二年（1065）死于开封，到此时已有整整十年之久。

［注释］

（1）乙卯（mǎo）：北宋熙宁八年。

（2）思量：想念。

（3）千里：王弗葬在四川眉山，苏轼当时在山东密州任职，两地相隔遥远，故称“千里”。

（4）幽梦：形容梦境隐约。

（5）轩：门窗

（6）顾：看。

［译文］

你我生死诀别已经整整十年，我强忍着不去思念却终究难以忘怀。你的孤坟远在千里之外，我没有地方诉说心中的悲伤凄凉。即使相逢恐怕你也认不出我来了，这些年四处奔波的我早已是灰尘满面、两鬓如霜。

昨夜梦中我又回到了家乡，看见你正在小窗前对镜梳妆。我俩默然相对说不出话来，只有泪落千行。料想你年年都为我柔肠寸断，在那凄清寒冷的月明之夜，在那荒凉寂寥的矮松冈上。

【简析】

北宋熙宁八年正月二十日，这是一千年前的一个冬夜，苏轼做了一个梦，梦见了自己已经过世十年之久的发妻，当年这位妻子陪伴苏轼步入仕途时，曾给予他很多为人处世方面的帮助，两人感情深厚，因此，苏轼写下了这首著名的悼亡词。正如词中所言："十年生死两茫茫，不思量，自难忘"，尽管不去想，却怎么也忘不了。妻子离去这十年来，苏轼仕途一直不顺，内心多少有些苍凉之感，因此他说："千里孤坟，无处话凄凉。纵使相逢应不识，尘满面，鬓如霜。"可见妻子曾经是他的知己，可是孤坟远在千里之外，如今自己连"话凄凉"的地方都没有。

下片描写了妻子在梦中的情态，"小轩窗，正梳妆"，妻子形象亲切而又熟悉，永远定格在当年结婚未久的少妇时期。"相顾无言，惟有泪千行。"俩人相见并没有久别重逢、卿卿我我的亲昵，而是不知从何说起，只有任凭泪水掉落。可见俩人都不容易！结拍"料得年年肠断处，明月夜，短松冈"，苏轼不说自己不容易，只说妻子的悲苦，这番痴情苦心着实感人至深。

定风波

苏　轼

三月七日，沙湖[(1)]道中遇雨。雨具先去，同行皆狼狈，余独不觉，已而[(2)]遂晴，故作此词。

莫听穿林打叶声，何妨吟啸[(3)]且徐行。竹杖芒鞋[(4)]轻胜马，谁怕？一蓑烟雨任平生[(5)]。

料峭[(6)]春风吹酒醒，微冷，山头斜照[(7)]却相迎。回首向来[(8)]萧瑟[(9)]处，归去，也无风雨也无晴[(10)]。

【解题】

定风波，词牌名，又名"定风流""定风波令""卷春空""醉琼枝"等。

【注释】

（1）沙湖：在今天的湖北黄冈东南三十里，又名螺丝店。

（2）已而：过了一会儿。

（3）吟啸：放声吟咏。

（4）芒鞋：指草鞋。

（5）一蓑（suō）烟雨任平生：意思是哪怕披着蓑衣在风雨里过一辈子也毫不在乎。蓑，蓑衣，用棕制成的雨衣。

（6）料峭（qiào）：形容微寒的样子。

（7）斜照：斜阳，指偏西的阳光。

（8）向来：刚才。

（9）萧瑟：这里是指风雨吹打树叶的声音。

（10）也无风雨也无晴：意思是既不在乎雨，也不在乎晴。

【译文】

三月七日，在沙湖道上行走时遇上了下雨，拿着雨具的仆人之前离开了，同行的人都觉得很狼狈，只有我不觉得。过了一会儿，天晴了，于是作了这首词。

不用在意那穿林打叶的雨声，何妨大声吟唱着从容前行。手持竹杖，脚穿草鞋，轻捷得胜过骑马，有什么可怕的呢？哪怕就这样披着蓑衣在风雨里任凭风吹雨打，也照样过这一生。

微凉的春风吹散了我的酒意，我感到有些儿冷，初晴的斜阳却从山头上迎面照射下来。回头望那一路走来风雨萧瑟的地方，我信步归去，哪管它是风是雨还是晴？

【简析】

这首词作于苏轼被贬到黄州之后的第三个春天，写的是苏轼与朋友的一次出游经历。词人与朋友结伴出游，不料半路上突然遇到风雨，朋友们都深感狼狈，而他却毫不在乎，依然吟咏自若，缓步而行。

其实，与其把这首词视为一首记游词，不如将之视为苏轼的一首人生感怀词。“莫听穿林打叶声，何妨吟啸且徐行”，这分明就是词人身处逆境之中的人生宣言：不要在乎那官场的黑暗，我们犹可唱着歌儿从容前行。“竹杖芒鞋轻胜马，谁怕？”这句显然不是写实，而是继续写自己对逆境的挑战心态。可见在历经了政治上的风风雨雨后，苏轼非但没有被击垮，反而更加坚强，他甚至还喊出了“一蓑烟雨任平生”这样的豪言壮语，足见其旷达超脱的胸襟。结拍“回首向来萧瑟处，归去，也无风雨也无晴”饱含哲理，归去之后，看刚才还在刮风下雨的地方，哪里有什么雨？又哪里有什么晴？风雨也好，晴也好，都已然成为过去式。这是苏轼历经苦难之后对人生的彻悟，境界之高，令人赞叹。

全词即景生情，借外出途中遇雨这一小事，抒写人生感悟，反映出了苏轼崇高的人格境界。韵味无穷，发人深省。

［名句欣赏］

回首向来萧瑟处，归去，也无风雨也无晴。回头看一路走过来的风雨萧瑟的地方，信步归去，既无所谓风雨，也无所谓天晴。这里的“风雨”是双关语，既指大自然的风雨，又暗喻作者在政治上所遭受的波折。这几句是词作的点睛之笔，点明了词人对人生荣辱得失的顿悟，表现出宠辱不惊的超然情怀。

第七课　李清照

选　文

［词人简介］

李清照（1084—1155），号易安居士，山东省济南章丘人。宋代著名女词人，婉约词派代表，有“千古第一才女”之称。她生活在南北宋之交，早年生活优裕，后来身经离乱。其词作明显分为前后两期，前期悠闲自在，后期则情调感伤，以悲叹身世为主。语言清丽，善用白描，自成一体，号“易安体”。有《漱玉词》传世。

如梦令

李清照

昨夜雨疏风骤(1)，浓睡(2)不消残酒(3)。试问卷帘人(4)，却道海棠依旧。知否，知否？应是绿肥红瘦(5)。

［解题］

如梦令，词牌名，又名“忆仙姿”“宴桃源”“无梦令”等。这首词是李清照的早期作品，作于宋哲宗元符三年（1100）前后。

［注释］

（1）雨疏风骤（zhòu）：意思是雨点稀疏，晚风急猛。

（2）浓睡：酣睡。
（3）残酒：指还没有消散的醉意。
（4）卷帘人：这里是指侍女。
（5）绿肥红瘦：形容绿叶繁茂、红花凋零的样子。

［译文］

昨夜雨虽然下得稀疏，但风却刮得又急又猛，尽管酣睡了一宿，仍有残存的醉意没有消除。问那正在卷帘的侍女，庭园里的海棠花情况如何？她说依然和昨天一样。你可知道？你可知道？经过这一夜风雨的吹打，理应是绿叶繁茂、红花凋零了呀。

［简析］

这首词是李清照的早期作品，篇幅虽短，却含蓄蕴藉，意味深长，不仅有人物，有场景，还有对白，充分显示了词人深厚的艺术功力。小词巧妙地借宿酒醒后对窗外海棠花的询问，委婉地表达了作者的惜花伤春之情，语言清新，词意隽永。

小词将主人公的心理情绪刻画得惟妙惟肖，巧用对话推动词意发展，篇幅虽短，却跌宕起伏，极尽传神之妙，令人赞叹。最妙的是结拍“应是绿肥红瘦”一句，以“绿”代指叶，以“红”代指花，原本不算新奇，但加上大俗的“肥”和“瘦”二字与之组合，却产生了出其不意的效果，堪称神来之笔。一“肥”一“瘦”，将那雨后因水分充足而茂盛肥大的叶子，与那因不堪雨打风吹而凋谢稀少的花朵，形成了无比鲜明的对比，极富创造性与概括性，着实令人叹为观止。

练　习

一、单项选择题

1.《如梦令》的主题是（　　）。

A. 闺怨　　B. 写景　　C. 惜春　　D. 相思

2. “绿肥红瘦”运用的修辞手法是（　　）。

A. 比喻　　B. 拟人　　C. 夸张　　D. 借代

二、判断题

（　　）1. “知否，知否？”用叠句表现出主人公对“卷帘人”的不满和责难。

（　　）2. “却道海棠依旧”一句表现出“卷帘人”对海棠花的无动于衷。

（　　）3. “绿肥红瘦”指春色宜人。

三、综合题

尝试用你所擅长的方式演绎《如梦令》，朗诵、歌唱、绘画、改写等皆可。

拓展阅读

醉花阴

李清照

薄雾浓云愁永昼(1)，瑞脑(2)消金兽(3)。佳节又重阳，玉枕纱厨(4)，半夜凉初透。

东篱(5)把酒黄昏后，有暗香(6)盈袖(7)。莫道不销魂(8)，帘卷西风(9)，人比(10)黄花(11)瘦。

［解题］

醉花阴，词牌名，又名“九日”。这是一首相思词，为李清照婚后所作。1101 年，十八岁的李清照嫁给了太学生赵明诚。1103 年，赵明诚便开始出外做官。这年重阳节，独自在家的李清照写下这首词寄给丈夫，表达她对丈夫的深深思念。

［注释］

（1）愁永昼：因为愁难排遣而觉得白天太长。永昼，即漫长的白天。

（2）瑞脑：一种薰香名。又称龙脑，即冰片。

（3）消金兽：香炉里香料逐渐燃尽。消，一作“销”，一作“喷”。金兽，指兽形的铜香炉。

（4）纱厨：用纱做成的帐子。

（5）东篱：泛指种菊花的地方，特指文人的小院。语出陶渊明的《饮酒》：“采菊东篱下，悠然见南山。”

（6）暗香：清幽的香气。这里是指菊花的幽香。

（7）盈袖：满袖。

（8）销魂：形容极度忧愁、悲伤。销，一作“消”。

（9）帘卷西风：秋风吹动帘子。西风，秋风。

（10）比：一作“似”。

（11）黄花：指菊花。

［译文］

薄雾弥漫，浓云密布，愁绪满怀，日长难熬。龙脑香在金兽香炉中烟熏缭袅。又到了重阳佳节，躺在玉枕纱帐中，半夜的凉气将全身浸透。

黄昏后，在东篱边饮酒，菊花的幽香溢满双袖。谁说不伤感？一阵秋风卷帘而入，因为思念你，我竟比那菊花还要消瘦。

［简析］

这是李清照最著名的一首相思词，于其婚后所作。李清照结婚之后不久，随着其夫赵明诚出仕，夫妻俩不得不分离两地。这年重阳节，独守空房的李清照自然免不了对丈夫的思念，于是留下了这首流传千古的名作。

把酒赏菊是古代重阳节的习俗，丈夫不在家，李清照只能独自饮酒，独自赏菊，“东篱把酒黄昏后”，纵然“有暗香盈袖”，结果却是“莫道不销魂，帘卷西风，人比黄花瘦”。何其凄凉！何其寂寥！词人通过这哀婉动人的情景描写抒发了对丈夫浓浓的思念之情。

下片“莫道不消魂，帘卷西风，人比黄花瘦”句是全篇的精华，是深秋怀人的至高境界。虽然古典诗词作品中以花木之“瘦”比喻人之瘦的句子并不少见，但意境都不如这一句。词人用以自比的菊花不仅是重阳节的时令花卉，还是古代文人心目中高雅的象征，正所谓“落花无言，人淡如菊”，且以“帘卷西风”为“人比黄花瘦”渲染了一个特定的环境气氛，使人想象出一幅画面：重阳佳节，一位闺中佳人独自面对西风中的瘦菊，其孤独寂寞而又孤芳自赏之情跃然纸上。

［名句欣赏］

莫道不销魂，帘卷西风，人比黄花瘦。风乍起，卷帘而入，因过度思念我竟比那黄花还要消瘦。

声声慢

李清照

寻寻觅觅，冷冷清清，凄凄惨惨戚戚(1)。乍暖还寒(2)时候，最难将息(3)。三杯两盏淡酒，怎敌他(4)晚来(5)风急！雁过也，正伤心，却是旧时相识。

满地黄花堆积，憔悴损，如今有谁堪(6)摘？守着窗儿，独自怎生(7)得黑！梧桐更兼细雨，到黄昏点点滴滴。这次第(8)，怎一个愁字了得(9)！

［解题］

声声慢，词牌名。历来作者多用平韵格，而李清照这首词用的却是仄韵格，且最为世人所传诵。这是李清照晚年时的作品，抒写家破人亡之后孤寂落寞、悲凉愁苦的心绪，极富时代特色。

［注释］

（1）凄凄惨惨戚戚：形容忧愁苦闷的样子。

（2）乍暖还（huán）寒：天气忽冷忽热。

（3）将息：调养休息。

（4）怎敌他：怎么抵挡得住。

（5）晚来：傍晚，入夜。一作“晓来”。

（6）堪：能够，愿意。

（7）怎生：怎样，如何。

（8）这次第：这情形，这光景。

（9）怎一个愁字了得：一个“愁”字怎么能概括得了！

［译文］

苦苦寻觅，却只见一片冷冷清清，让人倍感凄惨悲戚。这忽冷忽热的时节，最难保养休息。两三杯淡酒下肚，又怎能抵得住入夜时的寒风？空中一行大雁飞过，更令人伤心，仿佛都是往日相识。

落了一地的菊花，已然憔悴不堪，如今还有谁来采摘？孤零零地守在窗前，独自一个人怎么熬到天黑呀？那不住敲打在梧桐叶上的雨，到黄昏时分，还是点点滴滴。这般情景，怎是一个“愁”字能够了结的啊！

［简析］

千古才女李清照的一生既经历了极度的幸福，也经历了莫大的苦难，她出身于书香门第，自小受到良好的教育，结婚之后与丈夫情投意合，过着令人羡慕的生活。然而，靖康之难带给她的不仅是国破、家亡，还有夫死。这一切反映在创作中，其词一扫当年的清新可人，由浅斟低唱转为沉郁凄婉，这首《声声慢》便是她后期词作的典型代表。

李清照的词以写愁而著称，但早期作品中的愁都是春愁与离愁，后期则是绝望的悲愁。

这首词起句就连用十四个叠字表现词人的愁，“寻寻觅觅，冷冷清清，凄凄惨惨戚戚”，晚年的李清照，还有什么值得她去寻觅的？生活中所珍爱的一切皆已丧失殆尽，唯一值得追寻的就是对往事的回忆。然而，昔日的美好只能变本加厉地让她体会到眼下的凄凉，因此，寻觅的结果必然是“冷冷清清”，而环境的冷清渗入内心，让她更加感到“凄凄惨惨戚戚”。十四个叠字连用，如泣如诉，将词人的愁展现得淋漓尽致，这不只是李清照个人的悲歌，也是一个时代共同的悲曲。

【名句欣赏】

寻寻觅觅，冷冷清清，凄凄惨惨戚戚。“寻寻觅觅”，是人的动作与神态；“冷冷清清”，写环境的悲凉；“凄凄惨惨戚戚”，写内心世界的巨大伤痛。十四个叠字连用，如泣如诉，将词人的愁展现得淋漓尽致，且形成音律的回环往复，加强了词作的音乐性。

第八课　辛弃疾

选　文

［词人简介］

辛弃疾（1140—1207），原字坦夫，改字幼安，别号稼轩，历城（今山东济南）人。辛弃疾既是一位伟大的文学家，也是一位英雄志士。他生活在南北宋之交，一生极力主张抗击金人，收复国土。又是著名爱国词人，写了很多爱国词作，题材广泛，善于化用前人典故入词，风格沉雄豪迈，同时又不乏细腻柔媚，是南宋词坛上成就最高的词人。代表作有《水龙吟·登建康赏心亭》《永遇乐·京口北固亭怀古》等。

青玉案·元夕(1)

辛弃疾

东风夜放花千树(2)，更吹落，星如雨(3)。宝马雕车(4)香满路。凤箫(5)声动，玉壶(6)光转，一夜鱼龙舞(7)。

蛾儿雪柳黄金缕(8)，笑语盈盈(9)暗香(10)去。众里寻他千百度(11)，蓦然(12)回首，那人却在，灯火阑珊处(13)。

［解题］

青玉案，词牌名，又名“一年春”“西湖路”“青莲池上客”等。

［注释］

（1）元夕：元宵节的别名，时间为农历正月十五日。

（2）花千树：意思是花灯很多，就像千树开花。

（3）星如雨：形容满天的烟花，当焰火纷纷落下时，就像下雨一样。星，指焰火。

（4）宝马雕车：指豪华的马车。

（5）凤箫：箫的美称。

（6）玉壶：这里喻指明月。

（7）鱼龙舞：指舞动鱼、龙形状的彩灯，就像鱼龙闹海一样。

（8）蛾儿雪柳黄金缕（lǚ）：蛾儿、雪柳、黄金缕都是古代妇女元宵节时头上佩戴的各种装饰品。这里指代盛装的妇女。

（9）盈盈：形容举止、仪态美好。这里是形容声音轻盈悦耳。

（10）暗香：本指花香，这里指女人身上散发出来的香气。

（11）千百度：千百遍。

（12）蓦（mò）然：突然，猛然。

（13）阑珊：形容零落稀疏的样子。

［译文］

焰火犹如被东风吹散的千树繁花，仿佛星星雨般纷纷坠落。豪华的马车飘香满路。悠扬的凤箫声四处回荡，玉壶般的明月渐渐西斜，鱼灯、龙灯整夜舞动不曾停歇。

佳人头上戴着各种华丽的饰物，笑语盈盈地随人群走过，满身香气随风飘散。我在人群中寻她千百遍，猛然回头，不经意间却发现她在灯火零落的地方。

［简析］

这是最为著名的一首元夕词，也是辛弃疾婉约词的代表作。上片着力描写元夕之夜灯火辉煌、游人如云的热闹场面。火树、星雨、车马、箫乐，还有那民间艺人们载歌载舞的“社火”百戏，极尽繁华与热闹。而下片笔锋一转，描写主人公在如云好女之中寻觅一位立于灯火零落处的孤高女子。热闹的元宵夜，街上满目都是盛妆出游的女子，她们头上戴着各种各样华丽的饰品，在人群中又说又笑，空气中飘散着她们的衣香。然而，作者对她们毫不在意，反复寻找自己的意中人，却总是没有结果。忽然回头，不经意间却在那一角残灯旁看见了她。“众里寻他千百度，蓦然回首，那人却在，灯火阑珊处”句，被近代著名词学大师王国维在《人间词话》中用来比喻“古今之成大事业、大学问者”必经三种境界的第三境。意思是说对于成就事业、做学问者而言，只有在经历了“昨夜西风凋碧树，独上高楼，望尽天涯路”之第一境界和“衣带渐宽终不悔，为伊消得人憔悴”之第二境界后，才能有所发现，自己所追寻的东西往往会在不经意之间，在没想到的地方出现。

［名句欣赏］

众里寻他千百度，蓦然回首，那人却在，灯火阑珊处。千百次寻找她，都没看见，不经意间一回头，却看见了她立在灯火深处。这几句表达了词人清雅脱俗的感情，王国维把这种境界称为成大事业、大学问者必然经过的第三种境界。

练 习

一、不定项选择题

1.《青玉案·元夕》中描写了元宵节的哪些习俗？（ ）

A. 吃汤圆 B. 闹花灯 C. 舞龙 D. 舞狮子

2.《青玉案·元夕》中描写元宵节舞龙习俗的句子是（ ）

A. 东风夜放花千树，更吹落，星如雨。

B. 宝马雕车香满路。

C. 凤箫声动，玉壶光转，一夜鱼龙舞。

D. 蓦然回首，那人却在，灯火阑珊处。

3.“东风夜放花千树，更吹落，星如雨”这两句用的修辞手法是（ ）。

A. 比喻 B. 拟人 C. 夸张 D. 反衬

4. “花千树”比喻（　　）；“玉壶”比喻（　　）。

A. 明月　　B. 花灯　　C. 烟花　　D. 焰火

二、判断题

（　　）1. “元夕”是正月十五日，也是《青玉案·元夕》的题目。

（　　）2.《青玉案·元夕》用节日的喧闹来反衬“那人”的孤寂，刻画了一个孤单可怜的女性形象。

（　　）3. “众里寻他千百度，蓦然回首，那人却在，灯火阑珊处。”这几句表达了词人清雅脱俗的感情。

三、综合题

尝试用你所擅长的方式演绎《青玉案·元夕》，朗诵、歌唱、绘画、改写等皆可。

拓展阅读

水龙吟·登建康赏心亭

辛弃疾

楚天千里清秋，水随天去秋无际。遥岑(1)远目，献愁供恨，玉簪螺髻(2)。落日楼头，断鸿(3)声里，江南游子。把吴钩(4)看了，栏杆拍遍，无人会，登临意。

休说鲈鱼堪脍，尽西风，季鹰归未(5)？求田问舍，怕应羞见，刘郎才气(6)。可惜流年(7)，忧愁风雨(8)，树犹如此(9)！倩(10)何人唤取，红巾翠袖(11)，揾(12)英雄泪！

［解题］

建康，即今江苏南京。赏心亭位于南京市秦淮区水西门广场西侧外，是当地的一处历史名胜。宋孝宗淳熙元年（1174），南下归宋多年仍然没有机会收复国土实现报国之志的辛弃疾登上了建康的赏心亭，他极目远望祖国的山川，百感交集，写下了这首词。

［注释］

（1）遥岑（cén）：远山。

（2）玉簪（zān）螺髻（jì）：玉簪，玉做的簪子；螺髻，像海螺形状的发髻。这里用来比喻远处高矮不同形状各异的山。

（3）断鸿：失群的孤雁。

（4）吴钩：古代吴地出产的一种宝刀。

（5）休说鲈鱼堪脍，尽西风，季鹰归未：这里引用了西晋张翰（字季鹰）的典故，《世说新语》中记载：张季鹰在洛阳做官，见秋风起，因思念家乡吴中美味的莼菜和鲈鱼而弃官回乡。后来的文人将思念家乡称为莼鲈之思。

（6）求田问舍，怕应羞见，刘郎才气：引用了《三国志》中陈登的典故，许汜对刘备抱怨说陈登对他无礼，去做客时不与之说话，而且自己睡大床，让他睡下床。不料刘备却批评他在天下大乱时一心只知谋求私利，求田问舍。求田问舍，意思是置地买房。刘郎，刘备。才气，胸怀、气魄。

（7）流年：流逝的时光。

（8）风雨：这里是比喻飘摇的国势。

（9）树犹如此：典出《世说新语》，东晋桓温北伐时经过金城，见到多年前种下的柳树已长得很粗壮，感慨道："木犹如此，人何以堪!"词人这里借以抒发自己虚度时光而不能收复失地的愤慨。

（10）倩（qìng）：请。

（11）红巾翠袖：以女子的装饰代指女子。

（12）揾（wèn）：擦拭。

［译文］

南国秋空千里辽阔，一派凄清，江水随天流去，秋色无边无际。极目遥望远处故乡的山岭，就像美人头上的玉簪和螺髻。可是这番美景勾起的却是我对国土沦落的忧愁与愤恨。夕阳西下，落日斜挂在楼头，远处传来失群孤雁的悲鸣声，犹如我这流落江南的游子。看着身上这把宝刀，我狠狠地把楼上的栏杆都拍遍了，却没人领会我登楼远眺的心情。

别提家乡的鲈鱼味美，西风已然吹尽，不知张季鹰回来了没？更不愿像那一心只知谋求私利的许汜，那将羞于见到雄才大气的刘备。可惜时光如流水般飞逝而去，正如桓温所说，树都已经长得这么大了！真担心自己来不及为风雨飘摇的国家尽力。叫谁去请那红巾翠袖的多情歌女？来为我擦掉这英雄失志的热泪啊！

［简析］

这首词是辛弃疾任建康通判时所作，当时他南归已八九年了，却一直担任闲职，没有机会实现自己的报国之志。登临远眺之际，郁结心头的悲愤之情不禁喷涌而出。

全词通过写景和联想抒写了词人对于收复国土、统一中原的抱负无法实现的失意，深刻表现了英雄志士有志难酬、报国无门、抑郁悲愤的苦闷心情。上片以辽阔无际的楚天和滚滚东流的长江作背景，境界阔大，借登临所见抒发感情，情景交融。下片连用三个典故抒慷慨呜咽之情，别具深婉之致。

［名句欣赏］

楚天千里清秋，水随天去秋无际。楚天千里，辽远空阔，秋色无边无际；大江向天边流去，无穷无尽。这是词人登上赏心亭所见的景色，遥远天际，天水交融，气象阔大，笔力遒劲。

第四编

中国古代四大名著

小说在中国很早即已出现，然而在中国文学漫长的发展史上，其发展远远滞后于诗歌与散文。直到明清时期，中国小说的创作才取得了前所未有的成就，长篇、短篇、文言、白话，各种形式的小说应有尽有。尤其是长篇章回小说的创作成就卓著，无论从思想内容还是艺术表现上来说，都最大限度地包容了传统文化的精华，且经过世俗化的图解之后，使中国几千年的传统文化得以凭借一个个栩栩如生的形象和曲折动人的故事而走进千家万户，成为哺育一代又一代人民的精神食粮。其中，影响最大的是四大名著。

四大名著又称四大小说，是指明代罗贯中的《三国演义》、吴承恩的《西游记》、施耐庵的《水浒传》和清代曹雪芹的《红楼梦》这四部长篇章回小说。这四部小说无论是思想性，还是艺术性都远远超越了之前及同时代的其他小说，代表了中国古代小说的最高成就，自问世以来便深受读者喜爱，千百年来经久不衰，其中的故事、场景、人物形象，已经深深地影响了中国人的思想观念和价值取向。

第一课 《三国演义》

选 文

［导言］

《三国演义》，全名为《三国志通俗演义》，是元末明初小说家罗贯中创作的长篇章回体历史演义小说。小说描写的是中国古代从东汉末年到西晋初年之间近一百年的历史风云，反映了当时魏、蜀、吴三个国家之间的政治和军事斗争，塑造了一批家喻户晓的英雄人物。《三国演义》是中国第一部长篇章回体小说，结构宏大，情节曲折生动，文字浅显易懂，人物形象鲜明，在思想上和艺术上都取得了很高的成就。

［作者简介］

罗贯中（约1330—约1400），名平，字贯中，号湖海散人，山东东原人（今山东东平），寓居杭州。他是元末明初杰出的小说家、戏曲家，是中国章回小说的鼻祖，代表作《三国演义》。此外，罗贯中创作的小说还有《隋唐两朝志传》《残唐五代史演义》《三遂平妖传》等；剧本有《赵太祖龙虎风云会》。有人认为他还是《水浒传》的编写者之一。

［简析］

东汉末年，黄巾起义爆发，天下大乱，群雄纷争，魏、蜀、吴三国相继崛起，呈鼎足之势，在中国历史上上演了一幕分久必合、合久必分的历史长剧。生活在元末明初的罗贯中即以此为内容演绎了一部惊天动地的长篇章回体历史小说。在陈寿《三国志》的基础上，罗贯中参考了广泛流传于民间的三国传说及宋代话本中的三国故事，经过精心的艺术加工和改造，最终形成了这部“七分史实，三分虚构”的历史小说。

由于受到封建传统思想的影响，小说呈现出明显的“拥刘反曹”倾向。小说中，刘备的蜀汉政权俨然被视为正统，而“挟天子以令诸侯”的曹魏一方则被视为乱世国贼，至于孙吴一方，则只是陪衬而已。在罗贯中笔下，刘备及其下属被极端美化，其本人成为仁义的化身，属下军师诸葛亮是“智绝”，大将关羽是“义绝”，而曹操则被塑造为“奸绝”。

曹操显然是小说中刻画得最为成功的形象之一，他身上兼具“奸”与“雄”正反两方面的特征，既阴险毒辣、专横多疑，又不乏雄才大略、精明干练。小说从大处着眼，小处着笔，事无巨细，反复渲染其千古奸雄的独特性格。一方面，他不仅杀掉吉平、董承等大批敌人，为了铲除异己，对下属也大开杀戒，杨修、刘馥、许攸等都惨遭杀害，连名医华佗也未能逃脱其毒手。他因猜疑而错杀吕伯奢全家之后说出的那句“宁使我负天下人，休教天下人负我”令世人震惊。但另一方面，当刘备两次落入其手时，他又知道“不可杀一人以失天下之心”。对待关羽，他更是优待有加。说明曹操尽管残暴，却并不愚昧。他识大局，懂大体，官渡之战后，能够宽宏大量地将许都及军中私通袁绍的信一把火烧掉，盖不追究；力量足够强大也不急于登第，而是甘做“周文王”……总之，曹操就是这样一个矛盾的结合体，既是奸贼，又是英雄，令人恨之入骨，又不得不钦佩万分。

一方面，《三国演义》中这些并不符合历史真实的典型形象，通过一个个动人心魄的事件定格在一代又一代国人的心目中，在一定程度上影响了人们对历史人物的客观认识。另一方面，不得不承认，也正是得益于作者的生花妙笔，一千多年前的这批历史人物才得以永远地活了下来，成为中华文化史上永垂不朽的文化符号。

《三国演义》不仅擅长刻画人物，描写战争也相当出色。全书一共写了大小战役40余次，具体战斗场面100多个，作者总能抓住每次战役的不同特点各有侧重地进行描写，绝不雷同，令人读之兴味盎然。其中描写最为成功的是赤壁之战，为了揭示战争的胜败不仅取决于战争双方力量的强弱，更在于智慧的比拼，作者用大量篇幅叙述战前双方的各种准备：群英会舌战群儒、诸葛亮与鲁肃草船借箭、庞统挑灯夜读、曹操横槊赋诗……使惊心动魄的战争显得张弛有度，在紧张激烈之中又穿插着诗情画意。时至今日，“舌战群儒”“智激周瑜”“万事俱备，只欠东风”“草船借箭”“ 周瑜打黄盖”“火烧赤壁”等已然成为家喻户晓的典故，可见其影响之大。

《三国演义》采用浅白而不失典重的文言，突破史实的局限，将中国几千年的文化精髓融入历史人物的塑造及历史事件的描述之中，影响深远，流风所波，遍及四海，直至今日，仍受热捧。在当今社会，人们还能从中汲取立身处世的养分。

【精彩片段】

草船借箭

却说鲁肃领了周瑜言语，径[1]来舟中相探[2]孔明。孔明接入小舟对坐。肃曰："连日措办[3]军务，有失听教[4]。"孔明曰："便是亮亦未与都督贺喜。"肃曰："何喜？"孔明曰："公瑾使先生来探亮知也不知，便是这件事可贺喜耳。"諕得鲁肃失色问曰："先生何由[5]知之？"孔明曰："这条计只好弄[6]蒋干。曹操虽被一时瞒过，必然便省悟，只是不肯认错耳。今蔡、张两人既死，江东无患矣，如何不贺喜！吾闻曹操换毛玠、于禁为水军都督，则这两个手里，好歹送了水军性命。"鲁肃听了，开口不得，把些言语支吾[7]了半晌，别孔明而回。孔明嘱曰："望子敬在公瑾面前勿言亮先知此事。恐公瑾心怀妒忌，又要寻事害亮。"鲁肃应诺而去，回见周瑜，把上项事只得实说了。瑜大惊曰："此人决不可留！吾决意斩之！"肃劝曰："若杀孔明，却被曹操笑也。"瑜曰："吾自有公道斩之，教他死而无怨。"肃曰："何以公道斩之？"瑜曰："子敬休问，来日便见。"

次日，（周瑜）聚众将于帐下，教请孔明议事。孔明欣然而至。坐定，瑜问孔明曰："即日将与曹军交战，水路交兵，当以何兵器为先？"孔明曰："大江之上，以弓箭为先。"瑜曰："先生之言，甚合愚意。但今军中正缺箭用，敢烦先生监造十万支箭，以为应敌之具。此系公事，先生幸勿推却。"孔明曰："都督见委[8]，自当效劳。敢问十万支箭，何时要用？"瑜曰："十日之内，可完办否？"孔明曰："曹军即日将至，若候十日，必误大事。"瑜曰："先生料几日可完办？"孔明曰："只消三日，便可拜纳十万支箭。"瑜曰："军中无戏言。"孔明曰："怎敢戏都督！愿纳军令状：三日不办，甘当重罚。"周瑜大喜，唤军政司当面取了文书，置酒相待曰："待军事毕后，自有酬劳。"孔明曰："今日已不及，来日造起。至第三日，可差五百小军到江边搬箭。"饮了数杯，辞去。鲁肃曰："此人莫非诈乎？"瑜曰："他自送死，非我逼他。今明白对众要了文书，他便两肋生翅，也飞不去。我只分付军匠人等，叫他故意迟延，凡应用物件，都不与齐备。如此，必然误了日期。那时定罪，有何理说？公今可去探他虚实，却来回报。"

肃领命来见孔明。孔明曰："吾曾告子敬，休对公瑾说，他必要害我。不想子敬不肯为我隐讳[9]，今日果然又弄出事来。三日内如何造得十万箭？子敬只得救我！”肃曰：“公自取其祸，我如何救得你？”孔明曰：“望子敬借我二十只船，每船要军士三十人，船上皆用青布为幔[10]，各束草千余个，分布两边。吾别有妙用。第三日保管有十万支箭。只不可又教公瑾得知，若彼知之，吾计败矣。”肃允诺，却不解其意，回报周瑜，果然不提起借船之事，只言：“孔明并不用箭竹、翎毛、胶漆等物，自有道理。”瑜大疑曰：“且看他三日后如何回覆我！”

却说鲁肃私自拨轻快船二十只，各船三十余人，并布幔束草等物，尽皆齐备，候孔明调用。第一日却不见孔明动静；第二日亦只不动。至第三日四更时分，孔明密请鲁肃到船中。肃问曰：“公召我来何意？”孔明曰：“特请子敬同往取箭。”肃曰：“何处去取？”孔明曰：“子敬休问，前去便见。”遂命将二十只船，用长索相连，径望北岸进发。是夜大雾漫天，长江之中，雾气更甚，对面不相见。孔明促舟前进，果然是好大雾！前人有篇《大雾垂江赋》曰：“大哉长江！西接岷、峨[11]，南控三吴[12]，北带九河[13]。汇百川而入海，历万古以扬波。至若龙伯、海若[14]，江妃、水母[15]，长鲸千丈，天蜈九首，鬼怪异类，咸集而有。盖夫鬼神之所凭依，英雄之所战守也。时也阴阳既乱，昧爽[16]不分。讶长空之一色，忽大雾之四屯[17]。虽舆薪[18]而莫睹，惟金鼓之可闻。初若溟蒙[19]，才隐南山之豹[20]；渐而充塞，欲迷北海之鲲[21]。然后上接高天，下垂厚地；渺乎苍茫，浩乎无际。鲸鲵出水而腾波，蛟龙潜渊而吐气。又如梅霖收溽[22]，春阴[23]酿寒；溟溟漠漠，浩浩漫漫[24]。东失柴桑[25]之岸，南无夏口[26]之山。战船千艘，俱沉沦于岩壑；渔舟一叶，惊出没于波澜。甚则穹昊[27]无光，朝阳失色；返白昼为昏黄，变丹山为水碧。虽大禹之智，不能测其浅深；离娄[28]之明，焉能辨乎咫尺？于是冯夷[29]息浪，屏翳[30]收功；鱼鳖遁迹，鸟兽潜踪。隔断蓬莱[31]之岛，暗围阊阖[32]之宫。恍惚奔腾，如骤雨之将至；纷纭杂沓，若寒云之欲同[33]。乃能中隐毒蛇，因之[34]而为瘴疠[35]；内藏妖魅，凭之而为祸害。降疾厄[36]于人间，起风尘于塞外。小民[37]遇之夭伤，大人[38]观之感慨。盖将返元气[39]于洪荒[40]，混天地为大块[41]。”当夜五更时候，船已近曹操水寨。孔明教把船只头西尾东，一带摆开，就船上擂鼓呐喊。鲁肃惊曰：“倘曹兵齐出，如之奈何？”孔明笑曰：“吾料曹操于重雾中必不敢出。吾等只顾酌酒取乐，待雾散便回。”

却说曹寨中，听得擂鼓呐喊，毛玠、于禁二人慌忙飞报曹操。操传令曰：“重雾迷江，彼军忽至，必有埋伏，切不可轻动。可拨水军弓弩手[42]乱箭射之。”又差人往旱寨内唤张辽、徐晃各带弓弩军三千，火速到江边助射。比及[43]号令到来，毛玠、于禁怕南军抢入水寨，已差弓弩手在寨前放箭；少顷，旱寨内弓弩手亦到，约一万余人，尽皆向江中放箭，箭如雨发。孔明教把船吊回，头东尾西，逼近水寨受箭，一面擂鼓呐喊。待至日高雾散，孔明令收船急回。二十只船两边束草上，排满箭支。孔明令各船上军士齐声叫曰："谢丞相箭!"比及曹军寨内报知曹操时，这里船轻水急，已放回二十余里，追之不及。曹操懊悔不已。

却说孔明回船谓鲁肃曰："每船上箭约五六千矣。不费江东半分之力，已得十万余箭。明日即将来射曹军，却不甚便!"肃曰："先生真神人也！何以知今日如此大雾?"孔明曰："为将而不通天文，不识地理，不知奇门(44)，不晓阴阳(45)，不看阵图，不明兵势，是庸才也。亮于三日前已算定今日有大雾，因此敢任三日之限。公瑾教我十日完办，工匠料物(46)，都不应手，将这一件风流罪过(47)，明白要杀我。我命系于天，公瑾焉能害我哉!"鲁肃拜服。

船到岸时，周瑜已差五百军在江边等候搬箭。孔明教于船上取之，可得十余万支，都搬入中军帐交纳。鲁肃入见周瑜，备(48)说孔明取箭之事。瑜大惊，慨然叹曰："孔明神机妙算(49)，吾不如也!"

后人有诗赞曰："一天浓雾满长江，远近难分水渺茫。骤雨飞蝗来战舰，孔明今日伏周郎。"

少顷，孔明入寨见周瑜。瑜下帐迎之，称美(50)曰："先生神算，使人敬服。"孔明曰："诡谲(51)小计，何足为奇。"

（选自《三国演义》第四十六回）

［注释］

(1) 径：直接。
(2) 探：探望。
(3) 措办：筹集，筹划。
(4) 听教：聆听教诲。
(5) 何由：由何，凭什么。
(6) 弄：糊弄。
(7) 支吾：讲话含混躲闪，用含混闪烁的话搪塞。
(8) 见委：委托我。见，人称代词，这里为第一人称代词。
(9) 隐讳：有所忌讳而隐瞒不说。

（10）幔：覆盖用的大块幕布。

（11）岷（mín）、峨：岷山、峨眉山。

（12）三吴：地名。晋时指吴兴、吴郡、会稽，唐时指吴兴、吴郡、丹阳，宋时指苏州、常州、湖州，泛指长江下游一带。

（13）九河：禹时黄河的九条支流，泛指黄河。

（14）龙伯、海若：龙伯，龙伯国的巨人。海若，传说中的海神。

（15）江妃、水母：江妃，传说中的神女。水母，水神。

（16）昧爽：明暗。

（17）屯：屯聚。

（18）舆（yú）薪：一车柴，比喻大而易见的事物。

（19）溟（míng）蒙：形容天地初形成时的混沌状态。

（20）南山之豹：汉刘向《列女传·陶答子妻》："妾闻南山有玄豹，雾雨七日而不下食者，何也？欲以泽其毛而成文章也。故藏而远害。犬彘不择食以肥其身，生而须死耳。"后因以"南山豹"比喻隐居伏处、爱惜其身，有所不为的人。

（21）北海之鲲（kūn）：《庄子·逍遥游》："北冥有鱼，其名为鲲……化而为鸟，其名为鹏。"后以"鹏鲲""北海之鲲"比喻具有雄才大略的人。

（22）梅霖收溽（rù）：梅霖，梅雨。溽，湿润。梅霖收溽，指梅雨停止，湿气消除。

（23）春阴：春季阴天时空中的阴气。

（24）溟溟：幽暗，迷茫。漫漫，形容广大无际的样子。

（25）柴桑：地名，在今江西省九江市西南。曹操自江陵顺江东下，诸葛亮至柴桑与孙权共同抵抗。

（26）夏口：又名汉口，指汉水注入长江处。在今汉口与汉阳之间。

（27）穹昊（qióng hào）：苍天。

（28）离娄：传说为黄帝时人，视力极强，能见百步之外、秋毫之末。

（29）冯夷：即河伯。

（30）屏翳（yì）：指雨师、云神或风师。

（31）蓬莱：传说中神仙的居所。

（32）阊阖（chāng hé）：神话传说中的天门、宫门。

（33）欲同：将要聚合。

（34）因之：凭借它。

（35）瘴疠（zhàng lì）：南方山林中湿热空气引起的疾病。

（36）疾厄（è）：病患苦难。

（37）小民：指一般老百姓。

（38）大人：指在高位者，达官显贵。

（39）元气：指人或自然的生命力。

（40）洪荒：混沌蒙昧的状态，借指太古时代。

（41）大块：大自然。

（42）弓弩（nǔ）手：操作弓弩射击的人。

（43）比及：等到。

（44）奇门：术数的一种。以十干中的“乙、丙、丁”为“三奇”，以八卦的变相“休、生、伤、杜、景、死、惊、开”为“八门”，故名“奇门”。迷信者认为可据以推算吉凶祸福。

（45）阴阳：指星相、占卜、相宅、相墓的方术。

（46）料物：谓物资、食物、用物等。

（47）风流罪过：轻微的过失。

（48）备：详备，详细。

（49）神机妙算：灵巧的心思，奇妙的谋划。形容计谋高明有预见。

（50）称羡：称赞羡慕。

（51）诡谲（guǐ jué）：奇异，虚妄。

练　习

一、单项选择题

1.《三国演义》中的“义绝”是指（　　）。

A. 关羽　　B. 刘备　　C. 诸葛亮　　D. 曹操

2.《三国演义》中的“奸绝”是指（　　）。

A. 关羽　　B. 刘备　　C. 诸葛亮　　D. 曹操

3.《三国演义》中的“智绝”是指（　　）。

A. 关羽　　B. 刘备　　C. 诸葛亮　　D. 曹操

4. 以下计谋中与诸葛亮无关的是（　　）。

A. 草船借箭　　B. 苦肉计　　C. 借东风　　D. 空城计

5. 以下事件中与曹操无关的是（　　）。

A. 煮酒论英雄　　B. 梦中杀人　　C. 望梅止渴　　D. 苦肉计

6. 以下事件中与关羽有关的是（　　）。

A. 身在曹营心在汉　　B. 乐不思蜀

C. 鞠躬尽瘁　　D. 望梅止渴

7. 以下事件中与刘备有关的是（　　）。

A. 千里走单骑　　B. 乐不思蜀

C. 鞠躬尽瘁　　D. 白帝城托孤

8. 瑜大惊曰："此人决不可留！吾决意斩之!" 这句话反映出周瑜的（　　）。

A. 老谋深算，阴险狠毒　　B. 心胸狭窄，嫉贤妒能

C. 深谋远虑，未雨绸缪

9. 瑜曰："吾自有公道斩之，教他死而无怨。" 这句话反映出周瑜的（　　）。

A. 老谋深算，阴险狠毒　　B. 心胸狭窄，嫉贤妒能

C. 深谋远虑，未雨绸缪

10. 孔明曰："只消三日，便可拜纳十万支箭。" 这句话反映出诸葛亮的（　　）。

A. 老谋深算，阴险狠毒　　B. 深谋远虑，未雨绸缪

C. 镇定自若，胸有成竹

二、判断题

（　　）1. "三国" 是指魏、蜀、吴；三个国家的领袖分别是曹操、刘备和孙权。

（　　）2. "三顾茅庐" 出自曹操拜见诸葛亮的故事。

（　　）3. 奠定三国鼎立局面的战役是赤壁之战。

（　　）4. 桃园结义的是刘备、曹操和关羽。

（　　）5. 周瑜让诸葛亮在十天之内赶制十万支箭，因为他知道诸葛亮聪明绝顶，这事儿难不了他。

（　　）6. 孔明笑曰："吾料曹操于重雾中必不敢出。吾等只顾酌酒取乐，待雾散便回。" 诸葛亮这句话的潜台词是：那他只有用箭攻了，正合我意！

三、综合题

1. 结合 "草船借箭" 的故事，分析诸葛亮和周瑜的性格特点。

2. 结合生活实际，谈一谈《三国演义》在当下对你国家的影响。

第二课 《西游记》

选 文

[导言]

《西游记》是中国古代的一部长篇神魔小说，作者是明代的吴承恩。小说描写了唐僧、孙悟空、猪八戒和沙和尚师徒四人前往西天取经，历经九九八十一难最后终于取得真经的故事。《西游记》为我们描绘了一个色彩缤纷、神奇瑰丽的幻想世界，创造了一系列妙趣横生、引人入胜的神话故事，塑造了超凡入圣的孙悟空这一家喻户晓的英雄形象，以浪漫主义的手法深刻地反映了明代社会现实，在中国文学史上树起了一座不朽的艺术丰碑。

[作者简介]

吴承恩（约 1500—约 1582），字汝忠，号射阳山人。淮安府山阳县（今江苏淮安）人，明代著名小说家。吴承恩天资聪慧，博览群书，尤其喜爱神话故事。由于科考失意，仕途不顺，对世态炎凉有深刻体会，晚年闭门专心写作。有《射阳先生存稿》4 卷。

[简析]

与西方文学相比，中国文学虽然较为平实，然而明代中期吴承恩的神魔小说《西游记》却充分展现了中国古人超凡脱俗的想象力。它虽取材于唐代和尚玄奘前往西方天竺国取经的真实经历，却极尽想象之能事，别出心裁地为主人公虚构了三个来历不凡的徒弟：一个是从石头缝里蹦出来的“齐天大圣”孙悟空，一个是因调戏嫦娥而被罚到人间的“天蓬元帅”猪八戒，还有一个是不小心打破了玉帝的琉璃盏而被罚到流沙河做妖的“卷帘大将”沙悟净。此外，连唐僧的坐骑白龙马也身世不凡，他原是西海龙王敖闰的三太子。

小说着力描述了师徒四人取经过程的曲折艰辛，各路妖魔鬼怪纷纷对唐僧肉垂涎三尺，想方设法抓获唐僧。孙悟空只得施展其各般神通，一路斩妖除魔，同时还不得不面对师父唐僧的各种误解与驱逐，以及师弟猪八戒的各种挑唆与偷奸耍滑。在来自外部敌人和取经团队内部的重重压力下，悟空虽几次三番想一气之下扔下师父和师弟们，重回花果山去当他的美猴王，然而最终还是在强烈责任感的驱使下勇闯难关，力排重险，护送唐僧取得了真经，修成正果。

小说情节离奇，荒诞不经，极富魅力，男女老少，无不爱之。然而孩童往往将之当作童话来读，成人则容易将之视为休闲娱乐的神魔传奇去欣赏，其实这都远远低估了《西游记》的精神价值与艺术价值。小说中，孙悟空代表了人类天性中追求自由、个性解放的一面；猪八戒则是人性“食”“色”之象征；沙和尚从一个吃人的妖魔一变而为一心一意、勤勤恳恳护送唐僧西天取经的角色，这显然是受渡之后人性由恶向善的转变；至于唐僧本人，那便是佛家“空”的象征了。小说将玄奘独自取经幻化为师徒四人通力合作，其实并非凭空虚构，它不过是将主人公玄奘人格个性的诸多方面分化开来而已。师徒四人西天取经的过程，实则是玄奘自我修炼的心灵成长史，它需要我们慢慢去体悟。此外，《西游记》所写虽为神仙鬼怪的世界，然而所写之人、所记之事，无一不是对现实生活的影射。

《西游记》独放异彩的浪漫主义，显然是受到佛教文化影响。师徒四人西天之行，目的是求取佛法。因此，取经路上，难免遭受阻碍。毕竟，中国是历史悠久的文明古国，作为一种外来宗教，佛教想要传入并非易事，它首先得取得中国传统宗教文化的认可。小说中，孙悟空与二郎神的战斗，即为佛道之间的争斗，悟空“七十二变”的法术即出自佛经故事。当然，我们看到，最终的结果是佛道相容，取经路上每遇困境，少不得佛道两家神仙们的通力合作，出手援助。因此，从这个角度而言，《西游记》又是一部宣扬宗教融合的小说。

【精彩片段】

猴王出世

海外有一国土，名曰傲来国。国近大海，海中有一座名山，唤为花果山。那座山正当顶上，有一块仙石，其石有三丈六尺五寸高，有二丈四尺围圆。四面更无树木遮阴，左右倒有芝兰相衬。盖自开辟以来，每受天真地秀，日精月华，感之既久，遂[1]有灵通之意。内育仙胞，一日迸裂，产一石卵，似圆球样大。因见风，化作一个石猴。那猴在山中，却会行走跳跃，食草木，饮涧泉，采山花，觅树果；与狼虫为伴，虎豹为群，獐鹿为友，猕猿为亲；夜宿石崖之下，朝游峰洞之中。

一朝天气炎热，与群猴避暑，都在松阴之下顽耍。一群猴子耍了一会儿，却去那山涧中洗澡。见那股涧水奔流，真个似滚瓜涌溅。古云："禽有禽言，兽有兽语。"众猴都道："这股水不知是哪里的水。我们今日赶闲无事，顺涧边往上溜头寻看源流，耍子[2]去耶！"喊一声，都拖男挈女[3]，唤弟呼兄，一齐跑来，顺涧爬山，直至源流之处，乃是一股瀑布飞泉。众猴拍手称扬道："好水！好水！原来此处远通山脚之下，直接大海之波。"又道："哪一个有本事的，钻进去寻个源头出来，不伤身体者，我等即拜他为王。"连呼了三声，忽见丛杂中跳出一个石猴，应声高叫道："我进去！我进去！"他瞑目[4]蹲身，将身一纵，径跳入瀑布泉中，忽睁睛抬头观看，那里边却无水无波，明明朗朗的一架桥梁。他住了身，定了神，仔细再看，原来是座铁板桥。桥下之水，冲贯于石窍之间，倒挂流出去，遮闭了桥门。却又欠身[5]上桥头，再走再看，却似有人家住处一般，真个好所在[6]。石猴看罢多时，跳过桥中间，左右观看，只见正当中有一石碣[7]。碣上有一行楷书大字，镌[8]着"花果山福地，水帘洞洞天"。

石猴喜不自胜，忽抽身往外便走，复瞑目蹲身，跳出水外，打了两个呵呵道："大造化[9]！大造化！"众猴把他围住，问道："里面怎么样？水有多深？"石猴道："没水！没水！原来是一座铁板桥。桥那边是一座天造地设的家当[10]。"众猴道："怎见得是个家当？"石猴笑道："这股水乃是桥下冲贯石窍，倒挂下来遮闭门户的。桥边有花有树，乃是一座石房。房内有石锅、石灶、石碗、石盆、石床、石凳。中间一块石碣上，镌着'花果山福地，水帘洞洞天'。真个是我们安身之处。里面且是宽阔，容得千百口老小。我们都进去住，也省得受老天之气。"

众猴听得，个个欢喜。都道："你还先走，带我们进去，进去！"石猴却又瞑目蹲身，往里一跳，叫道："都随我进来！进来！"那些猴有胆大的，都跳进去了；胆小的，一个个伸头缩颈，抓耳挠腮[11]，大声叫喊，缠一会儿，也都进去了。跳过桥头，一个个抢盆夺碗，占灶争床，搬过来，移过去，正是猴性顽劣，再无一个宁时，只搬得力倦神疲方止。石猴端坐上面道："列位呵，'人而无信，不知其可'。你们才说有本事进得来，出得去，不伤身体者，就拜他为王。我如今进来又出去，出去又进来，寻了这一个洞天与列位安眠稳睡，各享成家之福，何不拜我为王？"众猴听说，即拱伏无违[12]。一个个序齿排班[13]，朝上礼拜，都称“千岁大王”。自此，石猴高登王位，将“石”字隐了，遂称美猴王。

（选自《西游记》第一回）

［注释］

（1）遂（suì）：于是。
（2）耍子：玩耍。
（3）拖男挈（qiè）女：带领男女、家人。
（4）瞑（míng）目：闭眼睛。
（5）欠身：全身或身体的一部分稍微向上向前，表示对人恭敬。
（6）所在：地方。
（7）石碣（jié）：圆顶石碑。
（8）镌（juān）：刻。
（9）造化：福分，幸运。
（10）家当：家产，产业。
（11）挠（náo）腮：抓搔腮颊，形容着急。
（12）拱伏无违：尊敬服从，没有违背。
（13）序齿排班：按照年龄大小排成队列。

［精彩片段］

三打白骨精

却说三藏师徒，次日天明，收拾前进。那镇元子与行者结为兄弟，两人情投意合，决不肯放，又安排管待，一连住了五六日。那长老自服了草还丹，真似脱胎换骨，神爽体健。他取经心重，那里肯淹留[1]，无已[2]，遂行。

师徒别了上路，早见一座高山。三藏道：“徒弟，前面有山险峻，恐马不能前，大家须仔细仔细。”行者道：“师父放心，我等自然理会[3]。”好猴王，他在那马前，横担着棒，剖开山路，上了高崖，看不尽：

峰岩重叠，涧壑湾环[4]。虎狼成阵走，麂鹿作群行。无数獐豝钻簇簇，满山狐兔聚丛丛。千尺大蟒，万丈长蛇。大蟒喷愁雾，长蛇吐怪风。道旁荆棘[5]牵漫，岭上松楠秀丽。薜萝满目，芳草连天。影落沧溟[6]北，云开斗柄[7]南。万古常含元气[8]老，千峰巍列日光寒。

那长老马上心惊。孙大圣布施[9]手段，舞着铁棒，哮吼一声，唬得那狼虫颠窜，虎豹奔逃。师徒们入此山，正行到嵯峨[10]之处，三藏道："悟空，我这一日，肚中饥了，你去那里化些斋吃？"行者陪笑道："师父好不聪明。这等半山之中，前不巴村，后不着店[11]，有钱也没买处，教往那里寻斋？"三藏心中不快，口里骂道："你这猴子！想你在两界山，被如来压在石匣之内，口能言，足不能行，也亏我救你性命，摩顶受戒[12]，做了我的徒弟。怎么不肯努力，常怀懒惰之心！"行者道："弟子亦颇殷勤，何尝懒惰？"三藏道："你既殷勤，何不化斋我吃？我肚饥怎行？况此地山岚瘴气[13]，怎么得上雷音[14]？"行者道："师父休怪，少要言语。我知你尊性高傲，十分违慢了你，便要念那话儿咒[15]。你下马稳坐，等我寻那里有人家处化斋去。"行者将身一纵，跳上云端里，手搭凉篷[16]，睁眼观看。可怜西方路甚是寂寞，更无庄堡人家，正是多逢树木少见人烟去处。看多时，只见正南上有一座高山，那山向阳处，有一片鲜红的点子。

行者按下云头道："师父，有吃的了。"那长老问甚东西，行者道："这里没人家化饭，那南山有一片红的，想必是熟透了的山桃，我去摘几个来你充饥。"三藏喜道："出家人若有桃子吃，就为上分[17]了，快去！"

行者取了钵盂[18]，纵起祥光[19]，你看他觔斗[20]幌幌，冷气飕飕，须臾间，奔南山摘桃不题。

却说常言有云：山高必有怪，岭峻却生精。果然这山上有一个妖精，孙大圣去时，惊动那怪。他在云端里，踏着阴风，看见长老坐在地下，就不胜欢喜道："造化！造化！几年家人都讲东土的唐和尚取大乘，他本是金蝉子[21]化身，十世修行的原体。有人吃他一块肉，长寿长生。真个到了。"那妖精上前就要拿他，只见长老左右手下有两员大将护持，不敢拢身。他说两员大将是谁？说是八戒、沙僧。八戒、沙僧虽没甚么大本事，然八戒是天蓬元帅[22]，沙僧是卷帘大将[23]，他的威气尚不曾泄，故不敢拢身。妖精说："等我且戏他戏，看怎么说。"

好妖精，停下阴风，在那山凹里，摇身一变，变做个月貌花容的女儿，说不尽那眉清目秀，齿白唇红，左手提着一个青砂罐儿，右手提着一个绿磁瓶儿，从西向东，径奔唐僧。圣僧歇马在山岩，忽见裙钗女近前：

翠袖轻摇笼玉笋[24]，湘裙斜拽显金莲[25]。汗流粉面花含露，尘拂峨眉柳带烟。

仔细定睛观看处，看看行至到身边。三藏见了，叫："八戒，沙僧，悟空才说这里旷野无人，你看那里不走出一个人来了？"八戒道："师父，你与沙僧坐着，等老猪去看看来。"那呆子放下钉钯，整整直裰[26]，摆摆摇摇，充作个斯文气象，一直的觌面[27]相迎。真个是远看未实，近看分明，那女子生得：

冰肌藏玉骨，衫领露酥胸。柳眉积翠黛，杏眼闪银星。月样容仪俏，天然性格清。体似燕藏柳，声如莺啭林。半放海棠笼晓日，才开芍药弄春晴。

那八戒见他生得俊俏，呆子就动了凡心[28]，忍不住胡言乱语，叫道："女菩萨[29]，往那里去？手里提着是甚么东西？"分明是个妖怪，他却不能认得。那女子连声答应道："长老[30]，我这青罐里是香米饭，绿瓶里是炒面筋，特来此处无他故，因还誓愿要斋僧。"八戒闻言，满心欢喜，急抽身，就跑了个猪颠风[31]，报与三藏道："师父！吉人自有天报！师父饿了，教师兄去化斋，那猴子不知那里摘桃儿耍子去了。桃子吃多了，也有些嘈人[32]，又有些下坠。你看那不是个斋僧的来了？"唐僧不信，道："你这个夯货[33]胡缠！我们走了这向，好人也不曾遇着一个，斋僧的从何而来！"八戒道："师父，这不到了？"

三藏一见，连忙跳起身来，合掌当胸道："女菩萨，你府上在何处住？是甚人家？有甚愿心，来此斋僧？"分明是个妖精，那长老也不认得。那妖精见唐僧问他来历，他立地[34]就起个虚情，花言巧语来赚哄[35]道："师父，此山叫做蛇回兽怕的白虎岭，正西下面是我家。我父母在堂，看经好善，广斋方上远近僧人，只因无子，求福作福，生了奴奴，欲扳门第[36]，配嫁他人，又恐老来无倚，只得将奴招了一个女婿，养老送终。"三藏闻言道："女菩萨，你语言差了。圣经云：'父母在，不远游，游必有方'，你既有父母在堂，又与你招了女婿，有愿心，教你男子还，便也罢，怎么自家在山行走？又没个侍儿随从。这个是不遵妇道了。"

那女子笑吟吟，忙陪俏语道："师父，我丈夫在山北凹里，带几个客子[37]锄田。这是奴奴煮的午饭，送与那些人吃的。只为五黄六月[38]，无人使唤，父母又年老，所以亲身来送。忽遇三位远来，却思父母好善，故将此饭斋僧，如不弃嫌，愿表芹献[39]。"三藏道："善哉！善哉！我有徒弟摘果子去了，就来，我不敢吃。假如我和尚吃了你饭，你丈夫晓得，骂你，却不罪坐[40]贫僧也？"那女子见唐僧不肯吃，却又满面春生道："师父啊，我父母斋僧，还是小可；我丈夫更是个善人，一生好的是修桥补路，爱老怜贫。但听见说这饭送与师父吃了，他与我夫妻情上，比寻常更是不同。"三藏也只是不吃，旁边却恼坏了八戒。那呆子努着嘴，口里埋怨道："天下和尚也无数，不曾象我这个老和尚罢软！现成的饭三分儿倒不吃，只等那猴子来，做四分才吃！”他不容分说，一嘴把个罐子拱倒，就要动口。

只见那行者自南山顶上，摘了几个桃子，托着钵盂，一筋斗，点将回来，睁火眼金睛观看，认得那女子是个妖精，放下钵盂，掣铁棒，当头就打。唬得个长老用手扯住道：“悟空！你走将来打谁？”行者道：“师父，你面前这个女子，莫当做个好人。他是个妖精，要来骗你哩。”三藏道：“你这猴头，当时倒也有些眼力，如何乱道！这女菩萨有此善心，将这饭要斋我等，你怎么说他是个妖精？”行者笑道：“师父，你那里认得！老孙在水帘洞里做妖魔时，若想人肉吃，便是这等：或变金银，或变庄台，或变醉人，或变女色。有那等痴心的，爱上我，我就迷他到洞里，尽意随心，或蒸或煮受用；吃不了，还要晒干了防天阴哩！师父，我若来迟，你定入他套子，遭他毒手！”

那唐僧那里肯信，只说是个好人。行者道：“师父，我知道你了，你见他那等容貌，必然动了凡心。若果有此意，叫八戒伐几棵树来，沙僧寻些草来，我做木匠，就在这里搭个窝铺，你与他圆房成事，我们大家散了，却不是件事业？何必又跋涉，取甚经去！”那长老原是个软善的人，那里吃得他这句言语，羞得个光头彻耳通红。三藏正在此羞惭，行者又发起性来，掣铁棒，望妖精劈脸一下。那怪物有些手段，使个解尸法，见行者棍子来时，他却抖擞精神，预先走了，把一个假尸首打死在地下。唬得个长老战战兢兢，口中作念道：“这猴着然[41]无礼！屡劝不从，无故伤人性命！”行者道：“师父莫怪，你且来看看这罐子里是甚东西。”沙僧搀着长老，近前看时，那里是甚香米饭，却是一罐子拖尾巴的长蛆，也不是面筋，却是几个青蛙、癞虾蟆，满地乱跳。长老才有三分儿信了，怎禁猪八戒气不忿，在旁漏八分儿唆嘴[42]道：“师父，说起这个女子，他是此间农妇，因为送饭下田，路遇我等，却怎么栽他是个妖怪？哥哥的棍重，走将来试手打他一下，不期就打杀了；怕你念甚么《紧箍儿咒》，故意的使个障眼法儿[43]，变做这等样东西，演幌[44]你眼，使不念咒哩。”

三藏自此一言，就是晦气到了：果然信那呆子撺唆[45]，手中捻诀[46]，口里念咒，行者就叫：“头疼！头疼！莫念！莫念！有话便说。”唐僧道：“有甚话说！出家人时时常要方便，念念不离善心，扫地恐伤蝼蚁命，爱惜飞蛾纱罩灯。你怎么步步行凶，打死这个无故平人，取将经来何用？你回去罢！”行者道：“师父，你教我回那里去？”唐僧道：“我不要你做徒弟。”行者道：“你不要我做徒弟，只怕你西天路去不成。”唐僧道：“我命在天，该那个妖精蒸了吃，就是煮了，也算不过。终不然，你救得我的大限？你快回去！”行者道：“师父，我回去便也罢了，只是不曾报得你的恩哩。”唐僧道：“我与你有甚恩？”那大圣闻言，连忙跪下叩头道：“老孙因大闹天宫，致下了伤身之难，被我佛压在两界山，幸观音菩萨与我受了戒行，幸师父救脱吾身，若不与你同上西天，显得我知恩不报非君子，万古千秋作骂名。”原来这唐僧是个慈悯的圣僧，他见行者哀告，却也回心转意道：“既如此说，且饶你这一次，再休无礼。如若仍前作恶，这咒语颠倒就念二十遍！”行者道：“三十遍也由你，只是我不打人了。”却才伏侍唐僧上马，又将摘来桃子奉上。唐僧在马上也吃了几个，权且充饥。

却说那妖精，脱命升空。原来行者那一棒不曾打杀妖精，妖精出神去了。他在那云端里，咬牙切齿，暗恨行者道：“几年只闻得讲他手段，果然话不虚传。那唐僧已此不认得我，将要吃饭。若低头闻一闻儿，我就一把捞住，却不是我的人了？不期被他走来，弄破我这勾当(47)，又几乎被他打了一棒。若饶了这个和尚，诚然是劳而无功也，我还下去戏他一戏。”

好妖精，按落阴云，在那前山坡下，摇身一变，变作个老妇人，年满八旬，手拄着一根弯头竹杖，一步一声的哭着走来。八戒见了，大惊道：“师父！不好了！那妈妈儿来寻人了！”唐僧道：“寻甚人？”八戒道：“师兄打杀的，定是他女儿。这个定是他娘寻将来了。”行者道：“兄弟莫要胡说！那女子十八岁，这老妇有八十岁，怎么六十多岁还生产？断乎是个假的，等老孙去看来。”好行者，拽开步，走近前观看，那怪物：

假变一婆婆，两鬓如冰雪。走路慢腾腾，行步虚怯怯。弱体瘦伶仃，脸如枯菜叶。颧骨望上翘，嘴唇往下别。老年不比少年时，满脸都是荷叶折。

行者认得他是妖精，更不理论(48)，举棒照头便打。那怪见棍子起时，依然抖擞，又出化了元神，脱真儿(49)去了，把个假尸首又打死在山路之下。唐僧一见，惊下马来，睡在路旁，更无二话，只是把《紧箍儿咒》颠倒足足念了二十遍。可怜把个行者头，勒得似个亚腰儿(50)葫芦，十分疼痛难忍，滚将来哀告道：“师父莫念了！有甚话说了罢！”唐僧道：“有甚话说！出家人耳听善言，不堕地狱。我这般劝化你，你怎么只是行凶？把平人打死一个，又打死一个，此是何说？”行者道：“他是妖精。”唐僧道：“这个猴子胡说！就有这许多妖怪！你是个无心向善之辈，有意作恶之人，你去罢！”行者道：“师父又教我去，回去便也回去了，只是一件不相应。”唐僧道：“你有甚么不相应处？”八戒道：“师父，他要和你分行李哩。跟着你做了这几年和尚，不成空着手回去？你把那包袱里的甚么旧褊衫(51)，破帽子，分两件与他罢。”行者闻言，气得暴跳道：“我把你这个尖嘴的夯货！老孙一向秉教沙门，更无一毫嫉妒之意，贪恋之心，怎么要分甚么行李？”唐僧道：“你既不嫉妒贪恋，如何不去？”行者道：“实不瞒师父说，老孙五百年前，居花果山水帘洞大展英雄之际，收降七十二洞邪魔，手下有四万七千群怪，头戴的是紫金冠，身穿的是赭黄袍，腰系的是蓝田带，足踏的是步云履，手执的是如意金箍棒，着实也曾为人。自从涅盘罪度[52]，削发秉正[53]沙门[54]，跟你做了徒弟，把这个金箍儿勒在我头上，若回去，却也难见故乡人。师父果若不要我，把那个《松箍儿咒》念一念，退下这个箍子，交付与你，套在别人头上，我就快活相应了，也是跟你一场。莫不成这些人意儿也没有了？”唐僧大惊道：“悟空，我当时只是菩萨暗受一卷《紧箍儿咒》，却没有甚么松箍儿咒。”行者道：“若无《松箍儿咒》，你还带我去走走罢。”长老又没奈何道：“你且起来，我再饶你这一次，却不可再行凶了。”行者道：“再不敢了，再不敢了。”又伏侍师父上马，剖路前进。

却说那妖精，原来行者第二棍也不曾打杀他。那怪物在半空中，夸奖不尽道：“好个猴王，着然有眼！我那般变了去，他也还认得我。这些和尚，他去得快，若过此山，西下四十里，就不伏我所管了。若是被别处妖魔捞了去，好道就笑破他人口，使碎自家心，我还下去戏他一戏。”好妖怪，按耸阴风，在山坡下摇身一变，变成一个老公公，真个是：

白发如彭祖，苍髯赛寿星，耳中鸣玉磬，眼里幌金星。手拄龙头拐，身穿鹤氅轻。数珠掐在手，口诵南无经。

唐僧在马上见了，心中欢喜道：“阿弥陀佛！西方真是福地！那公公路也走不上来，逼法[55]的还念经哩。”

八戒道：“师父，你且莫要夸奖，那个是祸的根哩。”唐僧道：“怎么是祸根？”八戒道：“行者打杀他的女儿，又打杀他的婆子，这个正是他的老儿寻将来了。我们若撞在他的怀里呵，师父，你便偿命，该个死罪；把老猪为从，问个充军[56]；沙僧喝令，问个摆站[57]；那行者使个遁法走了，却不苦了我们三个顶缸[58]？”

行者听见道：“这个呆根，这等胡说，可不唬了师父？等老孙再去看看。”他把棍藏在身边，走上前迎着怪物，叫声：“老官儿，往那里去？怎么又走路，又念经？”那妖精错认了定盘星[59]，把孙大圣也当做个等闲的，遂答道：“长老啊，我老汉祖居此地，一生好善斋僧，看经念佛。命里无儿，止生得一个小女，招了个女婿，今早送饭下田，想是遭逢虎口。老妻先来找寻，也不见回去，全然不知下落，老汉特来寻看。果然是伤残他命，也没奈何，将他骸骨收拾回去，安葬茔中。”行者笑道：“我是个做吓虎的祖宗，你怎么袖子里笼了个鬼儿来哄我？你瞒了诸人，瞒不过我！我认得你是个妖精！”那妖精唬得顿口无言。行者掣出棒来，自忖思道：“若要不打他，显得他倒弄个风儿[60]；若要打他，又怕师父念那话儿咒语。”又思量道：“不打杀他，他一时间抄空儿把师父捞了去，却不又费心劳力去救他？还打的是！就一棍子打杀他，师父念起那咒，常言道，虎毒不吃儿。凭着我巧言花语，嘴伶舌便，哄他一哄，好道也罢了。”好大圣，念动咒语叫当坊土地、本处山神道：“这妖精三番来戏弄我师父，这一番却要打杀他。你与我在半空中作证，不许走了。”众神听令，谁敢不从？都在云端里照应。那大圣棍起处，打倒妖魔，才断绝了灵光。

那唐僧在马上，又唬得战战兢兢，口不能言。八戒在旁边又笑道：“好行者！风发了！只行了半日路，倒打死三个人！”唐僧正要念咒，行者急到马前，叫道：“师父，莫念！莫念！你且来看看他的模样。”却是一堆粉骷髅[61]在那里。唐僧大惊道：“悟空，这个人才死了，怎么就化作一堆骷髅？”行者道：“他是个潜灵作怪的僵尸，在此迷人败本，被我打杀，他就现了本相。他那脊梁上有一行字，叫做白骨夫人。”唐僧闻说，倒也信了，怎禁那八戒旁边唆嘴道：“师父，他的手重棍凶，把人打死，只怕你念那话儿，故意变化这个模样，掩你的眼目哩！”唐僧果然耳软，又信了他，随复念起。行者禁不得疼痛，跪于路旁，只叫：“莫念！莫念！有话快说了罢！”唐僧道：“猴头！还有甚说话！出家人行善，如春园之草，不见其长，日有所增；行恶之人，如磨刀之石，不见其损，日有所亏。你在这荒郊野外，一连打死三人，还是无人检举，没有对头；倘到城市之中，人烟凑集之所，你拿了那哭丧棒[62]，一时不知好歹，乱打起人来，撞出大祸，教我怎的脱身？你回去罢！”行者道：“师父错怪了我也。这厮分明是个妖魔，他实有心害你。我倒打死他，替你除了害，你却不认得，反信了那呆子谗言冷语，屡次逐我。常言道，事不过三。我若不去，真是个下流无耻之徒。我去我去！去便去了，只是你手下无人。”唐僧发怒道：“这泼猴越发无礼！看起来，只你是人，那悟能、悟净就不是人？”那大圣一闻得说他两个是人，止不住伤情凄惨，对唐僧道声：“苦啊！你那时节，出了长安，有刘伯钦送你上路；到两界山，救我出来，投拜你为师，我曾穿古洞，入深林，擒魔捉怪，收八戒，得沙僧，吃尽千辛万苦。昧着惺惺使糊涂，只教我回去：这才是鸟尽弓藏，兔死狗烹！罢罢罢！但只是多了那《紧箍儿咒》。”唐僧道：“我再不念了。”行者道：“这个难说。若到那毒魔苦难处不得脱身，八戒沙僧救不得你，那时节，想起我来，忍不住又念诵起来，就是十万里路，我的头也是疼的；假如再来见你，不如不作此意。”唐僧见他言言语语，越添恼怒，滚鞍下马来，叫沙僧包袱内取出纸笔，即于涧下取水，石上磨墨，写了一纸贬书，递于行者道：“猴头！执此为照，再不要你做徒弟了！如再与你相见，我就堕了阿鼻地狱！”

行者连忙接了贬书道：“师父，不消发誓，老孙去罢。”他将书折了，留在袖中，却又软款[63]唐僧道：“师父，我也是跟你一场，又蒙菩萨指教，半途而废，不曾成得功果，你请坐，受我一拜，我也去得放心。”唐僧转回身不睬，口里唧唧哝哝的道：

“我是个好和尚，不受你歹人的礼！”大圣见他不睬，又使个身外法，把脑后毫毛拔了三根，吹口仙气，叫“变！”即变了三个行者，连本身四个，四面围住师父下拜。那长老左右躲不脱，好道也受了一拜。

大圣跳起来，把身一抖，收上毫毛，却又吩咐沙僧道：“贤弟，你是个好人，却只要留心防着八戒言语，途中更要仔细。倘一时有妖精拿住师父，你就说老孙是他大徒弟。西方毛怪，闻我的手段，不敢伤我师父。”唐僧道：“我是个好和尚，不题你这歹人的名字，你回去罢。”那大圣见长老三番两复，不肯转意回心，没奈何才去。你看他：

噙泪叩头辞长老，含悲留意嘱沙僧。一头拭迸坡前草，两脚蹬翻地上藤。上天下地如轮转，跨海飞山第一能。顷刻之间不见影，霎时疾返旧途程。

你看他忍气别了师父，纵筋斗云，径回花果山水帘洞去了。独自个凄凄惨惨，忽闻得水声聒耳，大圣在那半空里看时，原来是东洋大海潮发的声响。一见了，又想起唐僧，止不住腮边泪坠，停云住步，良久方去。

毕竟不知此去反复何如，且听下回分解。

（选自《西游记》第二十七回）

【注释】

（1）淹留：逗留。

（2）无已：不得已。

（3）理会：料理，安排。

（4）湾环：曲水围绕。

（5）荆棘（jīng jí）：泛指山野丛生多刺的灌木。

（6）沧溟：指大海或苍天。

（7）斗柄：北斗柄。指北斗的第五至第七星。北斗的第一至第四星看起来像斗，第五至第七星像柄。

（8）元气：指天地未分前的混沌之气。

（9）布施：这里指布下、施行。

（10）嵯（cuó）峨：形容山高峻。

（11）前不巴村，后不着店：意思是离村店较远，吃住困难。

（12）摩顶受戒：佛教授戒传法时以右手抚摩受戒者头顶，指受戒出家。

（13）山岚（lán）瘴（zhàng）气：山中雾气与湿热蒸发产生的能致病之气。

（14）雷音：即雷音寺。《西游记》中有灵山大雷音寺和小西天小雷音寺，均位于西牛贺洲。这里指取经的目的地大雷音寺。

（15）那话儿咒：指紧箍咒。

（16）凉篷：凉棚，这里指远望时平遮在额前的手掌。

（17）上分：（饮食）上等。

（18）钵盂（bō yú）：僧人的食器。

（19）祥光：祥瑞的光。这里是指孙悟空行动迅速。

（20）觔（jīn）斗：翻跟斗。

（21）金蝉子：《西游记》中的唐僧原是释迦牟尼如来佛的二徒弟“金蝉子”（又称金蝉长老）转世。唐三藏由金蝉子真灵转世为东土大唐高僧，喻有“金蝉脱壳”之意，故将脱壳变身的蝉作为长生、再生的象征，因此在《西游记》中有吃唐僧肉可以长生不老的说法。

（22）天蓬元帅：本为道教神话中的神仙，道教护法神北极四圣之一。《西游记》中猪八戒曾经是天蓬元帅。

（23）卷帘大将：《西游记》中的沙悟净原为天宫玉皇大帝跟前的卷帘大将，是天庭中的武神。

（24）玉笋：比喻女子手指纤细如玉笋。

（25）金莲：比喻女子的脚小巧美丽如金莲。

（26）直裰（duō）：僧袍。

（27）觌（dí）面：当面，迎面。

（28）凡心：世俗的情思。

（29）女菩萨：菩萨原为释迦牟尼未成佛时的称号，后泛用为对大乘思想的实行者的称呼。女菩萨是对女性信佛者的尊称。

（30）长（zhǎng）老：这里是对和尚的尊称。

（31）猪颠风：猪的一种疾病，由中枢神经疾患引起。比喻人的癫狂。此处形容猪八戒极为兴奋。

（32）嘈（cáo）人：指胃部不舒服。

（33）夯（bèn）货：笨蛋，蠢人。夯，同“笨”。

（34）立地：立即，马上。

（35）赚哄：说假话骗人。

（36）扳（pān）门第：意思是指跟社会地位比自己高的家庭结为亲戚。扳，高攀。门第，家庭在社会上的地位等级。

（37）客子：雇工。

（38）五黄六月：也作“五荒六月”，指农历六月，五谷成熟，农事正忙的时节。

（39）芹（qín）献：这里是礼品菲薄的谦辞。

（40）罪坐：归罪，连坐。

（41）着然：着实，实在。

（42）唆（suō）嘴：搬弄口舌。

（43）障眼法儿：遮蔽或转移别人视线使看不清真相的手法。

（44）演幌（huǎng）：蒙骗，迷惑。

（45）撺唆（cuān suō）：怂恿挑唆。

（46）捻（niǎn）诀（jué）：指施法术时做出的一种手势。

（47）勾当：事情，多指坏事情。

（48）理论：辩论。

（49）脱真儿：“真”指元神、本性，脱真（儿）指元神脱离身体。

（50）亚腰儿：形容中间细两头粗的样子。

（51）褊（biǎn）衫：一种僧尼服装。开脊接领，斜披在左肩上，类似袈裟。

（52）涅（niè）盘：佛教语。是佛教全部修习所要达到的最高理想，一般指熄灭生死轮回后的境界。罪度：谓拔脱引渡于罪孽之中。

（53）秉（bǐng）正：持心公正。

（54）沙门：指佛教僧侣。这里指佛门。

（55）逼法：象声词。

（56）充军：古代的一种刑罚。把罪犯发配到边远地方去服役。

（57）摆站：指古时处徒刑的人被发配到驿站中去充当驿站士卒。

（58）顶缸：比喻代人受过或承担责任。

（59）定盘星：比喻正确的基准或一定的主意。

（60）弄个风儿：显示出本领手段。

（61）骷髅（kū lóu）：无皮肉毛发的全副死人骨骼或头骨。

（62）哭丧棒：旧时出殡时孝子所持的哀杖，这里用来贬称孙悟空的金箍棒。

（63）软款：温柔，殷勤，柔软。这里是指用温柔、殷勤、柔软的态度对待唐僧。

练　习

一、单项选择题

1.《西游记》中最能反映孙悟空反抗精神的故事情节是（　　）。

A. 三打白骨精　　B. 大闹天宫　　C. 三借芭蕉扇　　D. 真假美猴王

2.《西游记》中最具叛逆性格的是（　　）。

A. 唐僧　　B. 孙悟空　　C. 猪八戒　　D. 沙和尚

3. 在西天取经路上意志最坚定的是（　　）。

A. 唐僧　　B. 孙悟空　　C. 猪八戒　　D. 沙和尚

二、判断题

（　　）1. 孙悟空原是东胜神州花果山上的一块仙石，大闹天宫后被如来佛祖压在五行山，后经观世音菩萨规劝皈依佛门，取名“孙行者”，历经九九八十一难，最终护送唐僧西天取经成功。

（　　）2. 猪八戒原是天宫里的天蓬元帅，因调戏嫦娥，被逐出天界，到人间误投猪胎。一度为妖，后经菩萨点化而加入取经队伍。

（　　）3. 唐僧又叫唐三藏，前世为如来二弟子金蝉子。《西游记》中的这一形象并非完全虚构，其历史原型是唐代高僧玄奘。

（　　）4.《西游记》运用现实主义的手法反映了明代社会现实，是一部伟大的现实主义小说。

三、综合题

1. 通过孙悟空“三打白骨精”的故事，可以看出孙悟空和唐僧的哪些性格特征？

2. 在《西游记》中选一个你最喜欢的人物，谈谈你对他的认识。

3. 谈谈《西游记》在你的国家的影响。

4. 分角色表演《三打白骨精》。

第三课 《水浒传》

选 文

［导言］

《水浒传》是元末明初施耐庵撰写的章回体长篇小说，是中国历史上最早用白话文写成的章回小说之一。小说形象地描绘了北宋末年以宋江为首的一百零八位好汉在梁山发起的一场农民起义的全过程，塑造了一系列家喻户晓的梁山英雄形象，深刻地揭示了起义的社会根源，歌颂了起义英雄的反抗斗争和他们的社会理想，同时也揭示了起义失败的内在原因。

［作者简介］

施耐庵（1296—1370），原名彦端，字肇瑞，号子安，别号耐庵，是元末明初的文学家，江苏兴化人。博古通今，才气横溢，相传是孔子七十二弟子之一施之常的后裔。

［简析］

农民起义一向被封建统治阶层视为洪水猛兽，故而对之讳莫如深（达到改朝换代目的者除外），而发生在北宋末年的一场轰轰烈烈的农民起义几百年来不仅一直备受关注，为天下百姓津津乐道，且其中的 108 个“逆子贰臣”还一致被视为替天行道的英雄好汉，而这一切都应归功于明代作家施耐庵的长篇英雄传奇小说《水浒传》。小说生动地描述了北宋末年梁山起义发生、发展、壮大和失败的全过程，对这支以除暴安良、替天行道为己任的起义军给予热情洋溢的讴歌，通过讲述一位位身份不同、地位不同、经历不同的好汉“撞破天罗归水浒，掀开地网上梁山”的故事，向世人昭示了“官逼民反”的道理，并用大量栩栩如生的人物形象，竭尽所能地宣扬江湖义气，深得世人喜爱。

义军领袖宋江，江湖人称“及时雨”，为人仗义疏财，喜爱结交江湖好汉，本为朝廷命官，因卷入“生辰纲”事件而被逼上梁山。虽不乏领导才能，也颇具英雄气概，最终却被其骨子里“宁可朝廷负我，不可我负朝廷”的封建忠孝观念摧毁，并葬送了梁山义军。

东京八十万禁军教头林冲，有显赫的社会地位，有幸福美满的家庭，本以为可以守着如花似玉的娇妻安分守己地享受自己的小日子，却不料祸从天降，妻子被高衙内霸占，自己被追杀，被逼无奈，于是只好手刃仇家，走上梁山。小说绘声绘色地讲述了残酷的社会现实是怎样一步步将一个谨慎忍让、安分守己的良民逼迫成意志坚定的反抗者，俨然是一个“官逼民反”的活样板。

打虎英雄武松，武艺超群，机智勇敢，性格虽然刚烈，心思却缜密，行事有原则，在替哥哥武大郎报仇之后终于认清官府面目，走上梁山。

“黑旋风”李逵，一介武夫，憨直鲁莽，爱憎分明，出身贫寒，有着强烈的阶级仇恨，反抗性最为彻底，从来不对统治阶级抱有任何幻想，动辄便喊：“杀去东京，夺了鸟位！”上梁山即为其梦寐以求的归宿。

还有鲁智深、吴用、阮小七等，小说中人物形象都各具特色，个性鲜明。小说如实展现了农民起义的发展规律、起义的纲领和理想，将梁山泊描绘成了广大下层百姓的理想社会，这里“替天行道，保境安民”，这里“劫富救贫，济困扶老”，这里军纪如山、钱粮定制……凡此种种，无一不是下层百姓意志与愿望的忠实体现，是农民阶层历经六百多年的封建统治之后形成的政治上平等、经济上平均的最高理想境界。尽管起义最终以失败而告终，但它对封建社会的统治无疑是一个沉重有力的冲击。

［精彩片段］

林教头风雪山神庙　陆虞候火烧草料场

话说当日林冲正闲走间，忽然背后人叫，回头看时，却认得是酒生儿[1]李小二。当初在东京时，多得林冲看顾。这李小二先前在东京时，不合[2]偷了店主人家财，被捉住了，要送官司问罪，却得林冲主张陪话，救了他，免送官司；又与他陪了些钱财，方得脱免。京中安不得身，又亏林冲赍发[3]他盘缠，于路投奔人，不意今日却在这里撞见。林冲道："小二哥，你如何地在这里？"李小二便拜道："自从得恩人救济，赍发小人，一地里投奔人不着，迤逦[4]不想来到沧州，投托一个酒店里姓王，留小人在店中做过卖。因见小人勤谨，安排的好菜蔬，调和的好汁水，来吃的人都喝采，以此买卖顺当。主人家有个女儿，就招了小人做女婿。如今丈人、丈母都死了，只剩得小人夫妻两个，权在营前开了个茶酒店。因讨钱过来，遇见恩人。恩人不知为何事在这里？"林冲指着脸上道："我因恶了高太尉，生事陷害，受了一场官司，刺配到这里。如今叫我管天王堂，未知久后如何。不想今日到此遇见。"

李小二就请林冲到家里面坐定，叫妻子出来拜了恩人。两口儿欢喜道："我夫妻二人正没个亲眷，今日得恩人到来，便是从天降下。"林冲道："我是罪囚，恐怕玷辱你夫妻两口。"李小二道："谁不知恩人大名？休恁地说。但有衣服，便拿来家里浆洗缝补。"当时管待林冲酒食，至夜送回天王堂。次日又来相请，因此林冲得店小二家来往，不时间送汤送水来营里，与林冲吃。林冲因见他两口儿恭敬孝顺，常把些银两与他做本银。

且把闲话休题，只说正话。迅速光阴，却早冬来。林冲的绵衣裙袄，都是李小二浑家[5]整治缝补。忽一日，李小二正在门前安排菜蔬下饭，只见一个人闪将进来，酒店里坐下，随后又一人闪入来。看时，前面那个人是军官打扮，后面这个走卒模样，跟着也来坐下。李小二入来问道："可要吃酒？"只见那个人将出一两银子与小二道："且收放柜上，取三四瓶好酒来；客到时，果品酒馔只顾将来，不必要问。"李小二道："官人请甚客？"那人道："烦你与我去营里请管营、差拨两个来说话；问时，你只说有个官人请说话，商议些事务，专等专等。"

李小二应承了，来到牢城里，先请了差拨；同到管营家中请了管营，都到酒店里。只见那个官人和管营、差拨两个讲了礼。管营道："素不相识，动问官人高姓大名？"那人道："有书在此，少刻便知。且取酒来。"李小二连忙开了酒，一面铺下菜蔬果品酒馔，那人叫讨副劝盘[6]来，把了盏，相让坐了。小二独自一个穿梭也似伏侍不暇。那跟来的人讨了汤桶[7]，自行烫酒，约计吃过十数杯，再讨了按酒[8]，铺放桌上。只见那人说道："我自有伴当[9]烫酒，不叫你休来。我等自要说话。"

李小二应了，自来门首叫老婆道："大姐，这两个人来得不尴尬[10]。"老婆道："怎么的不尴尬？"小二道："这两个人语言声音是东京人。初时又不认得管营，向后我将按酒入去，只听得差拨口里讷出一句'高太尉'三个字来，这人莫不与林教头身上有些干碍[11]？我自在门前理会。你且去阁子背后听说甚么。"老婆道："你去营中寻林教头来认他一认。”李小二道：“你不省得。林教头是个性急的人，摸不着便要杀人放火。倘或叫的他来看了，正是前日说的甚么陆虞候，他肯便罢？做出事来，须连累了我和你。你只去听一听再理会。”老婆道：“说得是。”便入去听了一个时辰，出来说道：“他那三四个交头接耳说话，正不听得说甚么。只见那一个军官模样的人，去伴当怀里取出一帕子物事，递与管营和差拨，帕子里面的，莫不是金银。只见差拨口里说道：‘都在我身上，好歹要结果他性命。’”正说之时，阁子里叫将汤来。李小二急去里面换汤时，看见管营手里拿着一封书。小二换了汤，添些下饭，又吃了半个时辰，算还了酒钱，管营、差拨先去了。次后那两个低着头也去了。

转背不多时，只见林冲走将入店里来，说道：“小二哥，连日好买卖。”李小二慌忙道：“恩人请坐，小二却待正要寻恩人，有些要紧话说。”有诗为证：

谋人动念震天门，悄语低言号六军。岂独隔墙原有耳，满前神鬼尽知闻。

当下林冲问道：“甚么要紧的事？”李小二请林冲到里面坐下，说道：“却才有个东京来的尴尬人，在我这里请管营、差拨吃了半日酒。差拨口里讷出‘高太尉’三个字来，小人心下疑惑。又着浑家听了一个时辰，他却交头接耳，说话都不听得，临了只见差拨口里应道：‘都在我两个身上，好歹要结果了他。’那两个把一包金银递与管营、差拨；又吃一回酒，各自散了。不知甚么样人，小人心下疑，只怕恩人身上有些妨碍。”林冲道：“那人生得什么模样？”李小二道：“五短身材，白净面皮，没甚髭须，约有三十余岁。那跟的也不长大，紫棠色面皮。”林冲听了大惊道：“这三十岁的正是陆虞候。那泼贱贼，敢来这里害我！休要撞着我，只教骨肉为泥！”李小二道：“只要提防他便了。岂不闻古人言：‘吃饭防噎，走路防跌。’”

林冲大怒，离了李小二家。先去街上买把解腕尖刀，带在身上。前街后巷，一地里去寻。李小二夫妻两个捏着两把汗。当晚无事。次日天明起来，洗漱罢，带了刀，又去沧州城里城外，小街夹巷，团团寻了一日。牢城营里，都没动静。林冲又来对李小二道：“今日又无事。”小二道：“恩人，只愿如此。只是自放仔细便了。”林冲自回天王堂，过了一夜，街上寻了三五日，不见消耗，林冲也自心下慢了。

到第六日，只见管营叫唤林冲到点视厅上，说道：“你来这里许多时，柴大官人面皮，不曾抬举的你。此间东门外十五里有座大军草场，每月但是纳草纳料的，有些常例钱取觅。原寻一个老军看管，如今我抬举你去替那老军来守天王堂，你在那里寻几贯盘缠。你可和差拨便去那里交割。”林冲应道：“小人便去。”当时离了营中，径到李小二家，对他夫妻两个说道：“今日管营拨我去大军草料场管事，却如何？”李小二道：“这个差使，又好似天王堂。那里收草料时，有些常例钱钞。往常不使钱时，不能够这差使。”林冲道：“却不害我，倒与我好差使，正不知何意？”李小二道：“恩人休要疑心，只要没事便好了。只是小人家离得远了，过几时挪工夫来望恩人。”就在家里安排几杯酒，请林冲吃了。

话不絮烦，两个相别了。林冲自到天王堂取了包裹，带了尖刀，拿了条花枪，与差拨一同辞管营，两个取路投草料场来。正是严冬天气，彤云密布，朔风渐起，却早纷纷扬扬卷下一天大雪来。那雪早下得密了，但见：

凛凛严凝雾气昏，空中祥瑞降纷纷。须臾四野难分路，顷刻千山不见痕。银世界，玉乾坤，望中隐隐接昆仑。若还下到三更后，仿佛填平玉帝门。

林冲和差拨两个在路上，又没买酒吃处，早来到草料场外。看时，一周遭有些黄土墙，两扇大门。推开看里面时，七八间草屋做着仓廒[12]，四下里都是马草堆，中间两座草厅。到那厅里，只见那老军在里面向火。差拨说道：“管营差这个林冲来替你回天王堂看守，你可即便交割。”老军拿了钥匙，引着林冲分付道：“仓廒内自有官司封记，这几堆草，一堆堆都有数目。”老军都点见了堆数，又引林冲到草厅上，老军收拾行李，临了说道：“火盆、锅子、碗碟都借与你。”林冲道：“天王堂内，我也有在那里。你要，便拿了去。”老军指壁上挂一个大葫芦，说道：“你若买酒吃时，只出草场，投东大路去三二里，便有市井。”老军自和差拨回营里来。

只说林冲就床上放了包裹被卧，就坐上生些焰火起来。屋边有一堆柴炭，拿几块来生在地炉里。仰面看那草屋时，四下里崩坏了，又被朔风吹撼，摇振得动。林冲道：“这屋如何过得一冬？待雪晴了，去城中唤个泥水匠来修理。”向了一回火，觉得身上寒冷，寻思：“却才老军所说二里路外有那市井，何不去沽些酒来吃？”便去包裹里取些碎银子，把花枪挑了酒葫芦，将火炭盖了，取毡笠子戴上，拿了钥匙出来，把草厅门拽上。出到大门首，把两扇草场门反拽上锁了，带了钥匙，信步投东。雪地里踏着碎琼乱玉，迤逦背着北风而行，那雪正下得紧。

行不上半里多路，看见一所古庙，林冲顶礼道：“神明庇佑，改日来烧纸钱。”又行了一回，望见一簇人家，林冲住脚看时，见篱笆中挑着一个草帚儿在露天里。林冲径到店里，主人问道：“客人那里来？”林冲道：“你认得这个葫芦么？”主人看了道：“这葫芦是草料场老军的。”林冲道：“原来如此。”店主道：“既是草料场看守大哥，且请少坐。天气寒冷，且酌三杯，权当接风。”店家切一盘熟牛肉，烫一壶热酒，请林冲吃。又自买了些牛肉，又吃了数杯。就又买了一葫芦酒，包了那两块牛肉，留下些碎银子。把花枪挑着酒葫芦，怀内揣了牛肉，叫声“相扰”，便出篱笆门，仍旧迎着朔风回来。看那雪，到晚越下得紧了。古时有个书生，做了一个词，单题那贫苦的恨雪：

广莫[13]严风刮地，这雪儿下的正好。扯絮挦绵[14]，裁几片大如栲栳[15]。见林间竹屋茅茨，争些儿被他压倒。富室豪家，却言道压瘴犹嫌少。向的是兽炭红炉，穿的是绵衣絮袄。手拈梅花，唱道国家祥瑞，不念贫民些小。高卧有幽人，吟咏多诗草。

再说林冲踏着那瑞雪，迎着北风，飞也似奔到草场门口开了锁，入内看时，只叫得苦。原来天理昭然，佑护善人义士。因这场大雪，救了林冲的性命。那两间草厅，已被雪压倒了。林冲寻思："怎地好？"放下花枪、葫芦在雪里。恐怕火盆内有火炭延烧起来，搬开破壁子，探半身入去摸时，火盆内火种都被雪水浸灭了。林冲把手床上摸时，只拽得一条絮被。林冲钻将出来，见天色黑了，寻思："又没把火处，怎生安排？"想起："离了这半里路上，有一古庙，可以安身。我且去那里宿一夜，等到天明，却作理会。"把被卷了，花枪挑着酒葫芦，依旧把门拽上，锁了，望那庙里来。

入得庙门，再把门掩上，傍边止有一块大石头，掇将过来，靠了门。入得里面看时，殿上塑着一尊金甲山神，两边一个判官，一个小鬼，侧边堆着一堆纸。团团看来，又没邻舍，又无庙主。林冲把枪和酒葫芦放在纸堆上，将那条絮被放开。先取下毡笠子，把身上雪都抖了，把上盖[16]白布衫脱将下来，早有五分湿了，和毡笠放在供桌上。把被扯来，盖了半截下身。却把葫芦冷酒提来慢慢地吃，就将怀中牛肉下酒。

正吃时，只听得外面必必剥剥地爆响，林冲跳起身来，就壁缝里看时，只见草料场里火起，刮刮杂杂的烧着。但见：

雪欺火势，草助火威。偏愁草上有风，更讶雪中送炭。赤龙斗跃，如何玉甲纷纷；粉蝶争飞，遮莫火莲焰焰。初疑炎帝纵神驹，此方刍牧；又猜南方逐朱雀，遍处营巢。谁知是白地里起灾殃，也须信暗室中开电目。看这火，能教烈士无明发；对这雪，应使奸邪心胆寒。

当时林冲便拿了花枪，却待开门来救火，只听得外面有人说将话来。林冲就伏门边听时，是三个人脚步响，直奔庙里来，用手推门，却被石头靠住了，推也推不开。

三人在庙檐下立地看火，数内一个道："这条计好么？"一个应道："端的亏管营、差拨两位用心！回到京师，禀过太尉，都保你二位做大官。这番张教头没的推故。"那人道："林冲今番直吃我们对付了，高衙内这病必然好了。"又一个道："张教头那厮，三回五次托人情去说：'你的女婿没了。'张教头越不肯应承，因此衙内病患看看重了。太尉特使俺两个央浼[17]二位干这件事，不想而今完备了。"又一个道："小人直爬入墙里去，四下草堆上，点了十来个火把，待走那里去？"那一个道："这早晚烧个八分过了。"又听得一个道："便逃得性命时，烧了大军草料场，也得个死罪。"又一个道："我们回城里去罢。"一个道："再看一看，拾得他一两块骨头回京，府里见太尉和衙内时，也道我们也能会干事。”

林冲听得三个人时，一个是差拨，一个是陆虞候，一个是富安。自思道：“天可怜见林冲！若不是倒了草厅，我准定被这厮们烧死了。”轻轻把石头掇开，挺着花枪，左手拽开庙门，大喝一声：“泼贼那里去?”三个人都急要走时，惊得呆了，正走不动。林冲举手，胳察的一枪，先拨倒差拨。陆虞候叫声：“饶命!”吓的慌了手脚，走不动。那富安走不到十来步，被林冲赶上，后心只一枪，又搠倒了。翻身回来，陆虞候却才行得三四步，林冲喝声道：“好贼，你待那里去!”批胸只一提，丢翻在雪地上，把枪搠在地里，用脚踏住胸脯，身边取出那口刀来，便去陆谦脸上搁着，喝道：“泼贼，我自来又和你无甚么冤仇，你如何这等害我？正是杀人可恕，情理难容。”陆虞候告道：“不干小人事，太尉差遣，不敢不来。”林冲骂道：“奸贼，我与你自幼相交，今日倒来害我，怎不干你事？且吃我一刀!”把陆谦上身衣服扯开，把尖刀向心窝里只一剜，七窍迸出血来，将心肝提在手里。回头看时，差拨正爬将起来要走。林冲按住喝道：“你这厮原来也恁的歹！且吃我一刀。”又早把头割下来，挑在枪上。回来，把富安、陆谦头都割下来。把尖刀插了，将三个人头发结做一处，提入庙里来，都摆在山神面前供桌上，再穿了白布衫，系了搭膊，把毡笠子带上，将葫芦里冷酒都吃尽了。被与葫芦都丢了不要，提了枪，便出庙门投东去。走不到三五里，早见近村人家都拿着水桶钩子来救火。林冲道：“你们快去救应，我去报官了来。”提着枪只顾走，有诗为证：

天理昭昭不可诬，莫将奸恶作良图。若非风雪沽村酒，定被焚烧化朽枯。自谓冥中施计毒，谁知暗里有神扶。最怜万死逃生地，真是魁奇伟丈夫。

那雪越下的猛，林冲投东走了两个更次，身上单寒，当不过那冷，在雪地里看时，离得草料场远了。只见前面疏林深处，树木交杂，远远地数间草屋，被雪压着，破壁缝里透出火光来。林冲径投那草屋来，推开门，只见那中间坐着一个老庄客，周围坐着四五个小庄家向火，地炉里面焰焰地烧着柴火。林冲走到面前叫道：“众位拜揖，小人是牢城营差使人，被雪打湿了衣裳，借此火烘一烘，望乞方便。”庄客道：“你自烘便了，何妨得!”

林冲烘着身上湿衣服，略有些干，只见火炭边煨着一个瓮儿，里面透出酒香。林冲便道：“小人身边有些碎银子，望烦回些酒吃。”老庄客道：“我们每夜轮流看米囤，如今四更天气正冷，我们这几个吃，尚且不够，那得回与你！休要指望!”林冲又道：“胡乱只回三两碗与小人挡寒。”老庄客道：“你那人休缠休缠。”林冲闻得酒香，越要吃，说道：“没奈何，回些罢!”众庄客道：“好意着你烘衣裳向火，便来要酒吃！去便去，不去时，将来吊在这里。”林冲怒道：“这厮们好无道理!”把手中枪看着块焰焰着的火柴头，望老庄家脸上只一挑将起来，又把枪去火炉里只一搅，那老庄家的髭须焰焰的烧着，众庄客都跳将起来。林冲把枪杆乱打，老庄家先走了。庄家们都动弹不得，被林冲赶打一顿，都走了。林冲道："都去了，老爷快活吃酒。"

土坑上却有两个椰瓢，取一个下来，倾那瓮酒来，吃了一会，剩了一半。提了枪，出门便走。一步高，一步低，踉踉跄跄，捉脚不住。走不过一里路，被朔风一掉，随着那山涧边倒了，那里挣得起来。大凡醉人一倒，便起不得。当时林冲醉倒在雪地上。

却说众庄客引了二十余人，拖枪拽棒，都奔草屋下看时，不见了林冲。却寻着踪迹赶将来，只见倒在雪地里，花枪丢在一边。庄客一齐上，就地拿起林冲来，将一条索缚了。趁五更时分，把林冲解投一个去处来。不是别处，有分教：

蓼儿洼内，前后摆数千只战舰艨艟(18)；水浒寨中，左右列百十个英雄好汉。

正是：

说时杀气侵人冷，讲处悲风透骨寒。

毕竟看林冲被庄客解投甚处来，且听下回分解。

（选自《水浒传》第十回）

【注释】

（1）酒生儿：卖酒的人，酒店中的伙计。

（2）不合：不该。

（3）赍（jī）发：资助。

（4）迤逦（yǐ lǐ）：缓行的样子。

（5）浑家：妻子。

（6）劝盘：劝酒时用来放酒杯的盘子。

（7）汤桶：用来盛热水烫酒的桶。

（8）按酒：下酒菜。

（9）伴当：伙伴。

（10）不尴尬：如同尴尬。指行为鬼祟，神色态度不自然。不，助词，无义。

（11）干碍：妨碍，关涉。

（12）仓廒（áo）：储藏粮食的场所。

（13）广莫：广漠，空阔之地。

(14) 挦(xián)绵：摘取棉花。

(15) 栲栳(kǎo lǎo)：一种用柳条编成的盛物器具。

(16) 上盖：外衣，罩衫。

(17) 央浼(měi)：恳求，请求。

(18) 艨艟(méng chōng)：古代战船。

【精彩片段】

景阳冈武松打虎

武松在路上行了几日，来到阳谷县地面[1]，离县城还远。正是晌午时候，武松走得肚中饥渴，望见前面有一家酒店，门前挑着一面旗，上头写着五个字："三碗不过冈。"

武松走进店里坐下，把哨棒[2]靠在一边，叫道："主人家，快拿酒来吃。"只见店家拿了三只碗，一双筷子，一盘熟菜，放在武松面前，满满筛[3]了一碗酒。武松拿起碗来一饮而尽，叫道："这酒真有气力！主人家，有饱肚的拿些来吃。"店家道："只有熟牛肉。"武松道："好的切二三斤来。"店家切了二斤熟牛肉，装了一大盘子，拿来放在武松面前，再筛一碗酒。武松吃了道："好酒！"店家又筛了一碗。恰好吃了三碗酒，店家再也不来筛了。武松敲着桌子叫道："主人家，怎么不来筛酒？"店家道："客官，要肉就添来。"武松道："酒也要，肉也再切些来。"店家道："肉就添来，酒却不添了。"武松道："这可奇怪了！你如何不肯卖酒给我吃？"店家道："客官，你应该看见，我门前旗上明明写着'三碗不过冈'。"武松道："怎么叫做'三碗不过冈'？"店家道："我家的酒虽然是村里的酒，可是比得上老酒的滋味。但凡客人来我店中，吃了三碗的，就醉了，过不得前面的山冈去。因此叫做'三碗不过冈'。过往客人都知道，只吃三碗，就不再问。"武松笑道："原来这样。我吃了三碗，如何不醉？"店家道："我这酒叫做'透瓶香'，又叫做'出门倒'，初入口时只觉得好吃，一会儿就醉倒了。"武松从身边拿出些银子来，叫道："别胡说！难道不付你钱！再筛三碗来！"

店家无奈，只好又给武松筛酒。武松前后共吃了十八碗。吃完了，提着哨棒就走。店家赶出来叫道："客官哪里去？"武松站住了问道："叫我做什么，我又不少你酒钱！"店家叫道："我是好意，你回来看看这抄下来的官府的榜文[4]。"武松道："什么榜文？”店家道：“如今前面景阳冈上有只吊睛白额大虫(5)，天晚了出来伤人，已经伤了三二十条大汉性命。官府限期叫猎户去捉。冈下路口都有榜文，教往来客人结伙成对趁午间过冈，其余时候不许过冈。单身客人一定要结伴才能过冈。这时候天快晚了，你还过冈，岂不白白送了自家性命？不如就在我家歇了，等明日凑了三二十人，一齐好过冈。”武松听了，笑道：“我是清河县人，这条景阳冈少也走过了一二十遭，几时听说有大虫！你别说这样的话来吓我。就有大虫，我也不怕。”店家道：“我是好意救你，你不信，进来看官府的榜文。”武松道：“就真的有虎，我也不怕。你留我在家里歇，莫不是半夜三更来谋我财，害我性命，却把大虫吓唬我？”店家道：“我是一片好心，你反当做恶意。你不相信我，请你自己走吧！”一面说一面摇着头，走进店里去了。

武松提了哨棒，大踏步走上景阳冈来。大约走了四五里路，来到冈下，看见一棵大树，树干上刮去了皮，一片白，上面写着两行字。武松抬头看时，上面写道：“近因景阳冈大虫伤人，但有过往客商，可趁午间结伙过冈，请勿自误。”武松看了，笑道：“这是店家的诡计，吓唬那些胆小的人到他家里去歇。我怕什么！”拖着哨棒走上冈来。这时天快晚了，一轮红日慢慢地落下山去。

武松乘着酒兴，只管走上冈来。不到半里路，看见一座破烂的山神庙。走到庙前，看见庙门上贴着一张榜文，上面盖着官府的印信。武松读了，才知道真的有虎。武松想：“转身回酒店吧，一定会叫店家耻笑，算不得好汉，不能回去。”细想了一回，说道：“怕什么，只管上去，看看怎么样。”武松一面走，一面把毡笠儿(6)掀在脊梁上，把哨棒插在腰间。回头一看，红日渐渐地坠下去了。

这正是十月间天气，日短夜长，天容易黑。武松自言自语道：“哪儿有什么大虫！是人自己害怕了，不敢上山。”

武松走了一程，酒力发作，热起来了，一只手提着哨棒，一只手把胸膛敞开，踉踉跄跄，奔过乱树林来。见一块光华的大青石，武松把哨棒靠在一边，躺下来想睡一觉。

忽然起了一阵狂风，那一阵风过了，只听见乱树背后扑地一声响，跳出一只吊睛白额大虫来。

武松见了，叫声“啊呀！”从青石上翻身下来，把哨棒拿在手里，闪在青石旁边。那只大虫又饥又渴，把两只前爪在地下按了一按，望上一扑，从半空里蹿下来。武松吃那一惊，酒都变做冷汗出了。说时迟，那时快，武松见大虫扑来，一闪，闪在大虫背后。大虫背后看人最难，就把前爪搭在地下，把腰胯一掀。武松一闪，又闪在一边。

大虫见掀他不着，吼一声，就像半天起了个霹雳，震得那山冈也动了。接着把铁棒似的虎尾倒竖起来一剪。武松一闪，又闪在一边。

原来大虫抓人，只是一扑，一掀，一剪，三般都抓不着，劲儿先就泄了一半。那只大虫剪不着，再吼了一声，一兜兜回来。武松见大虫翻身回来，就双手抡起哨棒，使尽平生气力，从半空劈下来。只听见一声响，簌地把那树连枝带叶打下来。定睛一看，一棒劈不着大虫，原来打急了，却打在树上，把那条哨棒折做两截，只拿着一半在手里。

那只大虫咆哮着，发起性来，翻身又扑过来。武松又一跳，退了十步远。那只大虫恰好把两只前爪搭在武松面前。武松把半截哨棒丢在一边，两只手就势把大虫顶花皮揪住，往下按去。那只大虫想要挣扎，武松使尽气力按定，哪里肯放半点儿松！武松把脚往大虫面门上眼睛里只顾乱踢。那只大虫咆哮起来，不住地扒身底下的泥，扒起了两堆黄泥，成了一个土坑。武松把那只大虫一直按下黄泥坑里去。那只大虫叫武松弄得没有一些气力了。武松用左手紧紧地揪住大虫的顶花皮，空出右手来，提起铁锤般大小的拳头，使尽平生气力只顾打。打了五六十拳，那只大虫眼里、口里、鼻子里、耳朵里，都迸出鲜血来，一点儿也不能动弹了，只剩下口里喘气。

武松放了手，去树边找那条打折的哨棒，只怕大虫不死，用棒子又打了一回，眼看那大虫气儿都没了，才丢开哨棒。武松心里想道："我就把这只死大虫拖下冈去。"就血泊里用双手来提，哪里提得动！原来武松使尽了气力，手脚都酥软了。

武松回到青石上坐了半歇，想道："天色看看黑了，如果再跳出一只大虫来，却怎么斗得过？还是先下冈去，明早再来理会。"武松在石头边找到了毡笠儿，转过乱树林边，一步步挨下(7)冈来。

（选自《水浒传》第二十三回）

［注释］

（1）地面：境内。

（2）哨棒：走路时防身用的长木棍。

（3）筛（shāi）：倒。

（4）榜文：公开张贴的告示。

（5）大虫：指老虎。

（6）毡笠（zhān lì）儿：毡制的笠帽。

（7）挨（ái）下：勉强走下。

练　习

一、单项选择题

1. 景阳冈打虎的是（　　）。

A. 林冲　　B. 鲁智深　　C. 李逵　　D. 武松

2. 拳打镇关西的是（　　）。

A. 林冲　　B. 鲁智深　　C. 李逵　　D. 武松

3. 血溅鸳鸯楼的是（　　）。

A. 林冲　　B. 鲁智深　　C. 李逵　　D. 武松

4.《水浒传》中人称"及时雨"，总是在别人最需要帮助的时候出手相救，犹如及时雨一般的是（　　）。

A. 林冲　　B. 宋江　　C. 李逵　　D. 武松

5.《水浒传》中人称"黑旋风"，力大如牛，以两把板斧为武器的是（　　）。

A. 林冲　　B. 鲁智深　　C. 李逵　　D. 武松

6.《水浒传》中人称"豹子头"，原为东京八十万禁军教头，后被高俅设计误入白虎堂，刺配沧州，后雪夜上梁山的是（　　）。

A. 林冲　　B. 宋江　　C. 李逵　　D. 武松

二、判断题

（　　）1.《水浒传》以描写农民战争为主，是中国第一部歌颂农民起义的章回体小说，歌颂的主要精神是被压迫人民的反抗精神。

（　　）2.《水浒传》中108位好汉个个都有一段精彩的故事，人人都有一个特征鲜明的外号。

（　　）3. 在《水浒传》中倒拔垂杨柳的是花和尚李逵。

（　　）4. 在《水浒传》中，绰号为"智多星"的人是吴用，也被称为"赛诸葛"。

三、填人名，补足歇后语

1.（　　）上梁山——官逼民反

2.（　　）打宋江——过后赔礼

四、综合题

观看电视连续剧《水浒传》，谈谈感想。

第四课　《红楼梦》

选　文

［导言］

《红楼梦》是中国古代四大名著之一，原名《脂砚斋重评石头记》，又名《石头记》《情僧录》《风月宝鉴》《金陵十二钗》《还泪记》《金玉缘》等。《红楼梦》是章回体长篇小说，全书有120回，约96万字。目前学界普遍认为前80回为清代曹雪芹所著，后40回的作者暂无定论。小说以中国封建社会时期贾、史、王、薛四大家族的兴衰为背景，围绕着贾宝玉与林黛玉、薛宝钗的爱情婚姻悲剧，塑造了一批举止见识出于须眉之上的闺阁佳人，展现了真正的人性美和悲剧美，以及中国古代社会世态百相，堪称中国古代的史诗性著作。

［作者简介］

曹雪芹（约1715—约1763），名沾，字梦阮，号雪芹，又号芹溪、芹圃。其祖先为清王室“包衣”（皇帝的奴仆），地位虽低，却与皇帝关系亲密。曹雪芹的祖父曹寅是江宁织造（明清两朝设在南京的皇商，负责办理宫廷所需绸缎服装并采买各种御用物品），家世显赫。

曹雪芹青少年时期在南京江宁织造府度过，生活富贵风流。后来曹家因亏空获罪被抄家，曹雪芹随家人迁回北京，靠卖字画和朋友救济为生。这种由盛而衰的重大转折让曹雪芹对封建社会有了更清醒、更深刻的认识，历经多年艰辛，终于创作出《红楼梦》这部伟大的著作。

【简析】

《红楼梦》成书于18世纪，时值中华文明由盛而衰的关键时期，出身贵族并亲历家族衰败的曹雪芹，以他敏锐善感的心灵以及空前绝后的艺术技巧，通过对一个封建大家庭十几年间生活史上方方面面、事无巨细的描写，展现了一个大时代的兴衰、大传统的起伏，以及人生的枯荣无常、命运的起伏难测……

小说的主线是贾宝玉和林黛玉、薛宝钗之间的三角爱情婚姻故事，三人之间有着各种前世今生说不清道不尽的缘分。贾宝玉是神瑛侍者，林黛玉乃绛珠仙草，专程为了报答宝玉前世的浇灌之恩而降生人世，命里注定一生以泪相报，这就是“木石前缘”。而宝玉又是女娲补天时多出来的一块顽石转世，从娘胎里衔玉而生，玉上镌有“莫失莫忘，仙寿恒昌”。薛宝钗则自幼佩戴金锁，锁上刻着“不离不弃，芳龄永继”，这便是“金玉良缘”。宝黛之恋有着共同的志趣爱好和共同的思想价值观，是普天之下难能可贵的纯真爱情。但是“木石”遇上“金玉”，就好似鸡蛋碰石头，终敌不过其强大的势力与坚固的后台。然而在爱情的斗争里，从来就不存在赢家，“木石”也好，“金玉”也罢，终不过似一片“白茫茫大地真干净”。

《红楼梦》的成功之处主要在于人物塑造方面，小说一共写了大大小小400多人，人物关系错综复杂，却个性鲜明，所言所行无不恰如其分。如金陵十二钗，仅从她们各自不同的居所环境，从她们各自不同的言语特点，从她们各自不同风格的诗作，便可知其性情，断然不会混淆。曹雪芹的伟大之处还在于，在人物的塑造上，他并没有裁定善与恶，小说之中没有一个人是完全的好人，也没有一个人是完全的坏人，而所有的人都是真实的。他没有将自己的价值观强加于读者，而是将人物如实展现出来，青菜萝卜，任由读者取舍，彻底打破了以往文学创作的窠臼。

《红楼梦》的成功之处还在于其思想深刻，内容广博，有人说它是人情小说，有人说它写的是爱情，有人说是政治，有人说是哲学……毛泽东说：“《红楼梦》不仅要当做小说看，而且要当做历史看。”王国维说：“《红楼梦》，哲学的也，宇宙的也，文学的也。”（王国维《红楼梦评论》）鲁迅说：“经学家看见《易》，道学家看见淫，才子看见缠绵，革命家看见排满，流言家看见宫闱秘事……”（鲁迅《〈绛洞花主〉小引》）因此，称之为中国封建社会的一部百科全书毫不为过。

【精彩片段】

林黛玉初见王熙凤

一语未了，只听后院中有人笑声，说："我来迟了，不曾迎接远客！"黛玉纳罕[(1)]道："这些人个个皆敛声屏气[(2)]，恭肃严整如此，这来者系谁，这样放诞[(3)]无礼？"心下想时，只见一群媳妇丫鬟围拥着一个人从后房门进来。这个人打扮与众姑娘不同，彩绣辉煌，恍若神妃仙子：头上戴着金丝八宝攒珠髻[(4)]，绾[(5)]着朝阳五凤挂珠钗[(6)]；项上带着赤金盘螭璎珞圈[(7)]；裙边系着豆绿宫绦[(8)]，双衡比目玫瑰佩[(9)]；身上穿着缕金百蝶穿花大红洋缎窄裉袄[(10)]，外罩五彩刻丝石青银鼠褂[(11)]；下着翡翠撒花洋绉裙[(12)]。一双丹凤三角眼[(13)]，两弯柳叶吊梢眉[(14)]，身量苗条，体格风骚[(15)]，粉面含春威不露，丹唇未启笑先闻。黛玉连忙起身接见。贾母笑道："你不认得他。他是我们这里有名的一个泼皮破落户儿[(16)]，南省俗谓作'辣子'，你只叫他'凤辣子'就是了。"黛玉正不知以何称呼，只见众姊妹都忙告诉他道："这是琏嫂子。"黛玉虽不识，也曾听见母亲说过，大舅贾赦之子贾琏，娶的就是二舅母王氏之内侄女，自幼假充男儿教养的，学名王熙凤。黛玉忙陪笑见礼，以"嫂"呼之。这熙凤携着黛玉的手，上下细细打谅[(17)]了一回，仍送至贾母身边坐下，因笑道："天下真有这样标致的人物，我今儿才算见了！况且这通身的气派，竟不像老祖宗的外孙女儿，竟是个嫡亲[(18)]的孙女，怨不得老祖宗天天口头心头一时不忘。只可怜我这妹妹这样命苦，怎么姑妈偏就去世了！"说着，便用帕拭泪。贾母笑道："我才好了，你倒来招我。你妹妹远路才来，身子又弱，也才劝住了，快再休提前话。"这熙凤听了，忙转悲为喜道："正是呢！我一见了妹妹，一心都在他身上了，又是喜欢，又是伤心，竟忘记了老祖宗。该打，该打！"又忙携黛玉之手，问："妹妹几岁了？可也上过学？现吃什么药？在这里不要想家，想要什么吃的、什么玩的，只管告诉我；丫头老婆们不好了，也只管告诉我。"一面又问婆子们："林姑娘的行李东西可搬进来了？带了几个人来？你们赶早打扫两间下房，让他们去歇歇。"

说话时，已摆了茶果上来。熙凤亲为捧茶捧果。又见二舅母问他："月钱[(19)]放过了不曾？"熙凤道："月钱已放完了。才刚带着人到后楼上找缎子，找了这半日，也并没有见昨日太太说的那样的，想是太太记错了？"王夫人道："有没有，什么要紧。"因又说道："该随手拿出两个来给你这妹妹去裁衣裳的，等晚上想着叫人再去拿罢，可别忘了。"熙凤道："这倒是我先料着了，知道妹妹不过这两日到的，我已预备下了，等太太回去过了目好送来。"王夫人一笑，点头不语。

当下茶果已撤，贾母命两个老嬷嬷[20]带了黛玉去见两个母舅。时贾赦之妻邢氏忙亦起身，笑回道："我带了外甥女过去，倒也便宜[21]。"贾母笑道："正是呢，你也去罢，不必过来了。"邢夫人答应了一声"是"字，遂带了黛玉与王夫人作辞，大家送至穿堂前。出了垂花门，早有众小厮们拉过一辆翠幄青绸车[22]，邢夫人携了黛玉，坐在上面，众婆子们放下车帘，方命小厮[23]们抬起，拉至宽处，方驾上驯骡[24]，亦出了西角门，往东过荣府正门，便入一黑油大门中，至仪门[25]前方下来。众小厮退出，方打起车帘，邢夫人搀着黛玉的手，进入院中。黛玉度[26]其房屋院宇，必是荣府中花园隔断过来的。进入三层仪门，果见正房厢庑[27]游廊，悉皆小巧别致，不似方才那边轩峻[28]壮丽；且院中随处之树木山石皆在。一时进入正室，早有许多盛妆丽服之姬妾丫鬟迎着，邢夫人让黛玉坐了，一面命人到外面书房去请贾赦。一时人来回话说："老爷说了：'连日身上不好，见了姑娘彼此倒伤心，暂且不忍相见。劝姑娘不要伤心想家，跟着老太太和舅母，即同家里一样。姊妹们虽拙，大家一处伴着，亦可以解些烦闷。或有委屈之处，只管说得，不要外道[29]才是。'"黛玉忙站起来，一一听了。再坐一刻，便告辞。邢夫人苦留吃过晚饭去，黛玉笑回道："舅母爱惜赐饭，原不应辞，只是还要过去拜见二舅舅，恐领了赐去不恭，异日再领，未为不可。望舅母容谅。"邢夫人听说，笑道："这倒是了。"遂令两三个嬷嬷用方才的车好生送了姑娘过去。于是黛玉告辞。邢夫人送至仪门前，又嘱咐了众人几句，眼看着车去了方回来。

一时黛玉进了荣府，下了车。众嬷嬷引着，便往东转弯，穿过一个东西的穿堂，向南大厅之后，仪门内大院落，上面五间大正房，两边厢房鹿顶耳房钻山[30]，四通八达，轩昂壮丽，比贾母处不同。黛玉便知这方是正经正内室，一条大甬路[31]，直接出大门的。进入堂屋中，抬头迎面先看见一个赤金九龙青地大匾[32]，匾上写着斗大的三个大字，是"荣禧堂"，后有一行小字："某年月日，书赐荣国公贾源"，又有"万几宸翰之宝[33]"。大紫檀[34]雕螭[35]案上，设着三尺来高青绿古铜鼎，悬着待漏随朝墨龙大画[36]，一边是金蜼彝[37]，一边是玻璃。地下两溜十六张楠木交椅，又有一副对联，乃乌木联牌，镶着錾银[38]的字迹，道是：

且说座上珠玑[39]昭日月[40]，堂前黼黻[41]焕烟霞。

下面一行小字，道是："同乡世教弟勋袭东安郡王穆莳拜手书[42]。"

原来王夫人时常居坐宴息，亦不在这正室，只在这正室东边的三间耳房[43]内。于是老嬷嬷引黛玉进东房门来。临窗大炕上铺着猩红洋罽[44]，正面设着大红金钱蟒靠背，石青金钱蟒[45]引枕[46]，秋香色金钱蟒大条褥。两边设一对梅花式洋漆小几。左边几上文王鼎匙箸香盒[47]；右边几上汝窑美人觚[48]——觚内插着时鲜花卉，并茗[49]碗痰盒等物。地下面西一溜四张椅上，都搭着银红撒花椅搭[50]，底下四副脚踏。椅之两边，也有一对高几，几上茗碗瓶花俱备。其余陈设，自不必细说。老嬷嬷们让黛玉炕上坐，炕沿上却有两个锦褥对设，黛玉度其位次，便不上炕，只向东边椅子上坐了。本房内的丫鬟忙捧上茶来。黛玉一面吃茶，一面打谅这些丫鬟们，妆饰衣裙，举止行动，果亦与别家不同。

茶未吃了，只见一个穿红绫袄青缎掐牙[51]背心的丫鬟走来笑说道："太太说，请林姑娘到那边坐罢。"老嬷嬷听了，于是又引黛玉出来，到了东廊三间小正房内。正房炕上横设一张炕桌，桌上磊[52]着书籍茶具，靠东壁面西设着半旧的青缎靠背引枕，王夫人却坐在西边下首，亦是半旧的青缎靠背坐褥，见黛玉来了，便往东让。黛玉心中料定这是贾政之位。因见挨炕一溜三张椅子上，也搭着半旧的弹墨椅袱，黛玉便向椅上坐了，王夫人再四携他上炕，他方挨王夫人坐了。王夫人因说："你舅舅今日斋戒[53]去了，再见罢。只是有一句话嘱咐你：你三个姊妹倒都极好，以后一处念书认字学针线，或是偶一顽笑，都有尽让的。但我不放心的最是一件：我有一个孽根祸胎[54]，是家里的'混世魔王[55]'，今日因庙里还愿[56]去了，尚未回来，晚间你看见便知了。你只以后不要睬他，你这些姊妹都不敢沾惹他的。"

黛玉亦常听得母亲说过，二舅母生的有个表兄，乃衔玉而诞，顽劣异常，极恶读书，最喜在内帏[57]厮混，外祖母又极溺爱，无人敢管，今见王夫人如此说，便知说的是这表兄了。因陪笑道："舅母说的，可是衔玉所生的这位哥哥？在家时亦曾听见母亲常说，这位哥哥比我大一岁，小名就唤宝玉，虽极憨顽[58]，说在姊妹情中极好的，况我来了，自然只和姊妹同处，兄弟们自是别院另室的，岂得去沾惹之理？"王夫人笑道："你不知道原故：他与别人不同，自幼因老太太疼爱，原系同姊妹们一处娇养惯了的。若姊妹们有日不理他，他倒还安静些，纵然他没趣，不过出了二门，背地里拿着他两个小幺儿[59]出气，咕唧一会子就完了。若这一日姊妹们和他多说一句话，他心里一乐，便生出多少事来。所以嘱咐你别睬他。他嘴里一时甜言蜜语，一时有天无日，一时又疯疯傻傻，只休信他。"

黛玉一一的都答应着。只见一个丫鬟来回："老太太那里传晚饭了。"王夫人忙携黛玉从后房门由后廊往西，出了角门，是一条南北宽夹道。南边是倒座[60]三间小小的抱厦厅[61]，北边立着一个粉油大影壁[62]，后有一半大门，小小一所房室。王夫人笑指向黛玉道："这是你凤姐姐的屋子，回来你好往这里找他来，少什么东西，你只管和他说就是了。"这院门上也有四五个才总角[63]的小厮，都垂手侍立。王夫人遂携黛玉穿过一个东西穿堂，便是贾母的后院了。于是，进入后房门，已有多人在此伺候，见王夫人来了，方安设桌椅。贾珠之妻李氏捧饭，熙凤安箸[64]，王夫人进羹[65]。贾母正面榻上独坐，两边四张空椅，熙凤忙拉了黛玉在左边第一张椅上坐了，黛玉十分推让。贾母笑道："你舅母你嫂子们不在这里吃饭。你是客，原应如此坐的。"黛玉方告了座，坐了。贾母命王夫人坐了。迎春姊妹三个告了座方上来。迎春便坐右手第一，探春左第二，惜春右第二。旁边丫鬟执着拂尘[66]、漱盂、巾帕。李、凤二人立于案旁布让[67]。外间伺候之媳妇丫鬟虽多，却连一声咳嗽不闻。

寂然饭毕，各有丫鬟用小茶盘捧上茶来。当日林如海教女以惜福养身，云饭后务待饭粒咽尽，过一时再吃茶，方不伤脾胃。今黛玉见了这里许多事情不合家中之式，不得不随的，少不得一一改过来，因而接了茶。早见人又捧过漱盂来，黛玉也照样漱了口。盥[68]手毕，又捧上茶来，这方是吃的茶。贾母便说："你们去罢，让我们自在说话儿。"王夫人听了，忙起身，又说了两句闲话，方引凤、李二人去了。贾母因问黛玉念何书。黛玉道："只刚念了《四书》。"黛玉又问姊妹们读何书。贾母道："读的是什么书，不过是认得两个字，不是睁眼的瞎子罢了！"

一语未了，只听外面一阵脚步响，丫鬟进来笑道："宝玉来了！"黛玉心中正疑惑着："这个宝玉，不知是怎生个惫懒[69]人物，懵懂[70]顽童？"——倒不见那蠢物也罢了。心中想着，忽见丫鬟话未报完，已进来了一位年轻的公子：头上戴着束发嵌宝紫金冠[71]，齐眉勒着二龙抢珠金抹额[72]；穿一件二色金百蝶穿花大红箭袖[73]，束着五彩丝攒花结长穗宫绦[74]，外罩石青起花八团倭缎排穗褂[75]；登着青缎粉底小朝靴[76]。面若中秋之月，色如春晓之花，鬓若刀裁，眉如墨画，面如桃瓣，目若秋波。虽怒时而若笑，即瞋视[77]而有情。项上金螭璎珞[78]，又有一根五色丝绦，系着一块美玉。黛玉一见，便吃一大惊，心下想道："好生奇怪，倒像在那里见过一般，何等眼熟到如此！"只见这宝玉向贾母请了安[79]，贾母便命："去见你娘来。"宝玉即转身去了。一时回来，再看，已换了冠带：头上周围一转的短发，都结成小辫，红丝结束[80]，共攒至顶中胎发，总编一根大辫，黑亮如漆，从顶至梢，一串四颗大珠，用金八宝[81]坠角[82]；身上穿着银红撒花半旧大袄，仍旧带着项圈、宝玉、寄名锁[83]、护身符[84]等物；下面半露松花撒花绫裤腿，锦边弹墨袜，厚底大红鞋。越显得面如敷粉，唇若施脂；转盼多情，语言常笑。天然一段风骚，全在眉梢；平生万种情思，悉堆眼角。看其外貌最是极好，却难知其底细。后人有《西江月》二词，批宝玉极恰，其词曰：

无故寻愁觅恨，有时似傻如狂。纵然生得好皮囊[85]，腹内原来草莽[86]。潦倒[87]不通世务，愚顽怕读文章。行为偏僻[88]性乖张[89]，那管世人诽谤！

（选自《红楼梦》第三回）

【注释】

（1）纳罕：感到奇怪。

（2）敛（liǎn）声屏（bǐng）气：有意识地收住声音，抑制呼吸，形容畏惧、小心的样子。敛，收拢；屏，抑制呼吸。

（3）放诞：意思是行为放纵，不守规矩。

（4）金丝八宝攒（cuán）珠髻：这里是指用金丝穿绕珍珠和镶嵌八宝（玛瑙、碧玉之类）的珠花的发髻。珠髻，带有珠花的发髻。

（5）绾（wǎn）：盘绕、打结的意思。

（6）朝阳五凤挂珠钗：古代贵族妇女头上所戴的一种长钗，钗上分出五股，每股一只凤凰，口衔一串珍珠。

（7）盘螭（chī）璎（yīng）珞（luò）圈：用珠玉串起来做成盘龙样子的项圈。螭，中国古代传说中的无角龙。璎珞，连缀起来的珠玉。圈，项圈。

（8）宫绦（tāo）：宫中特制或仿照宫样所制成的丝带。

（9）双衡比目玫瑰佩：衡，佩玉上部的小横杠，作用是系饰物。比目，鱼名，传说这种鱼成双而行。比目玫瑰佩，指用玫瑰色的玉片雕琢成的双鱼形的玉佩。

（10）缕金百蝶穿花大红洋缎窄褃（kèn）袄：指在大红洋缎的衣服面料上用金线绣成百蝶穿花图案的紧身袄。褃，上衣前后两幅在腋下合缝的地方。

（11）五彩刻丝石青银鼠褂：石青色的衣面上有各种彩色刻丝，衣里是银鼠皮的褂子。刻丝，即掐丝，是一种镶嵌手法，在丝织品上用丝平织成的图案，与凸出的绣花不同。石青，淡灰青色。银鼠，又名白鼠、石鼠。

（12）翡翠撒花洋绉（zhòu）裙：翡翠，翠绿色。撒花，在绸缎上用散碎小花点组成的花样或图案。洋绉，一种极薄而软的丝绸织品，带有微微的自然皱纹。

（13）丹凤三角眼：眼睛类型的一种，俗称丹凤眼，眼角向上微翘且狭长。

（14）吊梢眉：就是眉毛的后半部接近结尾处往上翘起，仿佛是吊起来似的。

（15）风骚：这里指容貌和姿态俏丽。

（16）泼皮破落户儿：原指没有正当生活来源的无赖，这里是戏谑的称呼，形容凤姐泼辣。

（17）打谅：同“打量”。

（18）嫡（dí）亲：血统最亲近的人。

（19）月钱：古代富贵人家每月按等级发给家人的零用钱。

（20）嬷嬷（mó · mo）：老年妇女的通称。

（21）便宜（biàn yí）：这里是方便适宜的意思。

（22）翠幄（wò）青绸车：用粗厚的绿色绸类作车帐、用青色绸作车帘的车轿。

（23）小厮：指未成年的男性仆人。

（24）驯（xún）骡（luó）：顺服的骡子。

（25）仪门：即礼仪之门。旧时官衙、府第的大门之内的门。

（26）度（duó）：揣度、估量。

（27）厢庑（xiāng wǔ）：正房前面两旁的小屋子。

（28）轩峻：形容宽敞高大。

（29）外道：见外、客气。

（30）两边厢房鹿顶耳房钻山：两边的厢房与鹿顶的耳房用钻山的方式相连接。鹿顶，一作盝顶，单独用时指平屋顶。耳房，连接在正房两侧的小房子。钻山，指山墙上开门或开洞，与相邻的房子以游廊相接。

（31）甬（yǒng）路：这里指庭院中间用砖、石铺成的通路。

（32）赤金九龙青地大匾：一个青色的大匾额，上面描有金龙，环绕在匾额的四周。

（33）万几宸翰（chén hàn）之宝：这是皇帝印章上的文字。万几，同“万机”，形容皇帝政务繁多，日理万机的意思。宸翰，皇帝的墨迹。宸，北宸，即北极星，代指皇帝。翰，墨迹、书法。宝，皇帝的印玺。

（34）紫檀：一种顶级木材。

（35）螭：中国上古神话传说中的龙生九子之一，属于一种没有角的龙。在中国古建筑或器物、工艺品上常用它的形状作装饰。

（36）待漏随朝墨龙大画：待漏，旧时大臣在五更前到朝房里等待上朝的时刻。漏，铜壶滴漏，是古代的计时器，这里指代时间。随朝，按照大臣的班列朝见皇帝。墨龙大画，巨龙在云雾海潮中隐现的大幅水墨画。中国古代以龙象征帝王，画中的“潮”与朝见的“朝”谐音，隐喻朝见君王的意思。室内挂这幅大画，目的是用来表明对皇帝的忠诚与尊敬。

（37）金蜼（wěi）彝（yí）：有蜼形图案的青铜祭器，是一种贵重的陈设品。蜼，一种长尾猿。彝，古代青铜祭器的通称。

（38）錾（zàn）银：一种银雕工艺。錾，雕刻。

（39）珠玑：珍珠。

（40）昭日月：意思是与日月齐辉。昭，显著。

（41）黼黻（fǔ fú）：古代官僚贵族礼服上绣的花纹。

（42）世教弟勋袭东安郡王穆莳拜手书：世教弟，是对年长的同辈的一种自称，表明不仅双方是同学关系，双方的父辈也是同学关系。勋袭，因功勋继承、承受封爵或职位的意思。东安郡王，东安郡的行政长官。穆莳，落款者的姓名。拜手，一种表示恭敬和祝贺的礼节，这里表示恭敬和祝贺。书，即书写。

（43）耳房：堂屋两旁的小屋，像人的两耳。属于中国汉族传统建筑中特有的一种房屋类型。

（44）猩红洋罽（jì）：国外出产的猩红色毛织的毯子。

（45）金钱蟒（mǎng）：织有小团龙纹的锦缎。蟒，巨蛇。

（46）引枕：坐时用来搭扶胳膊的一种圆墩形倚枕。

（47）文王鼎匙箸香盒：文王鼎，原指周朝的传国国鼎，这里是指小型仿古香炉。匙箸，用来拨弄香灰的用具。香盒，用来盛香料的盒子。

（48）汝窑美人觚（gū）：宋代汝州（今河南临汝）窑烧制的一种仿古瓷器。觚，古代一种盛酒的器具。

（49）茗：茶。

（50）椅搭：搭在椅子上的一种长方形绣花绸缎饰物。

（51）掐牙：衣服花边夹缝内镶入窄条锦缎作为装饰的边线。

（52）磊：堆叠。

（53）斋戒：古人在祭祀、礼佛或举行隆重大典前沐浴、吃素，静养一日至三日，目的是摒除杂念，以示诚敬。

（54）孽（niè）根祸胎：原指灾祸的根源，这里是指坏儿子。孽，灾祸。

（55）混世魔王：原是古小说中某些神魔、绿林人物的外号，这里用来突出宝玉的顽皮和任性。

（56）还愿：求神保佑的人实践对神的许诺。

（57）内帏（wéi）：内室，指女子住的地方。帏，幕帐。

（58）憨（hān）顽：顽皮。

（59）小幺（yāo）儿：这里指身边使唤的小仆人。幺，幼小。

（60）倒座：与正房相对的坐南朝北的房子。

（61）抱厦厅：指回绕堂屋后面的侧室。

（62）影壁：即照壁，作用是遮蔽视线，以免外人直接看见屋内。

（63）总角：把头发扎成髻。

（64）安箸（zhù）：摆放筷子。箸，筷子。

（65）羹（gēng）：用肉或菜调和五味做成的带浓汁的食物。

（66）拂尘：一种拂拭尘土或驱赶蝇蚊的用具。

（67）布让：宴席间向客人敬菜、劝餐。

（68）盥（guàn）：洗。

（69）惫（bèi）懒：涎皮赖脸的意思。

（70）懵（měng）懂：不明了，糊涂。

（71）束发嵌宝紫金冠：把头发束扎在顶部的一种髻冠，上面插戴各种饰物或镶嵌珠玉。

（72）二龙抢珠金抹额：用二龙抢珠图案装饰着的黄金做成的抹额。抹额，也称额带、头箍，是围扎在额前，用来压发、束额的一种饰品。

（73）二色金百蝶穿花大红箭袖：用两色金线绣成的百蝶穿花图案的大红色窄袖衣服。箭袖，原指便于射箭穿的窄袖衣服，这里是指男子穿的一种服装款式。

（74）五彩丝攒花结长穗宫绦：五彩丝攒花结，用五彩丝攒聚成花朵的结子，指绦带上的装饰花样。长穗宫绦，指系在腰间的绦带。长穗，是绦带端部下垂的穗子。

（75）石青起花八团倭（wō）缎排穗褂：团，圆形团花。倭缎，又称东洋缎。排穗，排缀在衣服下面边缘的彩穗。

（76）青缎粉底小朝靴：指黑色缎面、白色厚底、半高筒的靴子。青缎，黑色的缎子。朝靴，古代百官穿的“乌皮履”。

（77）瞋（chēn）视：发怒时睁大眼睛看。

（78）璎珞：串珠玉而成的装饰物，多用为颈饰。

（79）请了安：请安，即问安。清代的请安礼节是，在口称“请某人安”的同时，男子打千，垂右手，屈左膝，上身微前俯；女子双手扶左膝，右腿微屈，往下蹲身。

（80）结束：结扎束缚。

（81）八宝：泛称金饰物上所嵌各色珍珠宝石。

(82) 坠角：置于朝珠、床帐等下端起下垂作用的小装饰品，这里指辫子梢部所坠的饰物。

(83) 寄名锁：旧时迷信习俗，为避免幼儿夭折，给寺院或道观一定财物，让幼儿当寄名弟子，并用锁形饰物系在幼儿的脖子上，表示借神的命令将幼儿锁住。

(84) 护身符：旧时迷信习俗，道士画的一种符箓，带在身上，号称可以避祸免灾。

(85) 皮囊：指人的躯壳。佛教认为人的灵魂不死不灭，人的肉体只是为灵魂提供暂时的住所，就像皮口袋。

(86) 草莽：原指丛生的杂草，偏僻的乡间。这里是比喻贾宝玉腹中只有所谓无用的异端邪说的学问，没有当时一般人所称道的有用的才学。

(87) 潦倒：对自己的举止行为不加约束检点。

(88) 偏僻：这里是偏激、不端正的意思。

(89) 乖张：性情偏执，不驯顺，与众不同。

练 习

一、单项选择题

1.《红楼梦》中首次出场“未见其人，先闻其声”，模样儿极标致，言谈极爽利，心机极深细，善弄权术，最后却落了个“机关算尽太聪明，反误了卿卿性命”的是（　　）。

A. 薛宝钗　　B. 林黛玉　　C. 妙玉　　D. 王熙凤

2.《红楼梦》中幼时丧母，少年时丧父，寄人篱下，多愁善感的是（　　）。

A. 薛宝钗　　B. 林黛玉　　C. 妙玉　　D. 王熙凤

3.《红楼梦》中容貌丰美，举止娴雅，博学多才，为人圆滑，“不干己事不开口，一问摇头三不知”的是（　　）。

A. 薛宝钗　　B. 林黛玉　　C. 妙玉　　D. 王熙凤

二、判断题

（　　）1.《红楼梦》的“一个是阆苑仙葩，一个是美玉无瑕”中，前者是指贾宝玉，后者是指林黛玉。

(　　) 2. “木石前盟”暗喻贾宝玉和林黛玉前世有缘；“金玉良缘”则暗喻贾宝玉和薛宝钗今生有缘。

(　　) 3.《红楼梦》的主题就是宝、黛、钗的三角恋爱和婚姻悲剧。

(　　) 4. “女儿是水作的骨肉，男人是泥作的骨肉。我见了女儿，我便清爽；见了男子，便觉浊臭逼人。”这句话是林黛玉说的。

(　　) 5.《红楼梦》中，“撕扇子作千金一笑”的是袭人。

三、综合题

1. 观看电视连续剧《红楼梦》，谈谈感想。
2. 结合小说故事情节谈谈你对贾宝玉这一人物形象的认识。
3. 林黛玉和薛宝钗，你更喜欢谁？说说你的理由。